我是一支爱写作的铅笔

一位老师和他的学生们的故事世界

I Am a Pencil

Sam Swope
山姆·斯沃普 著
汪小英 译

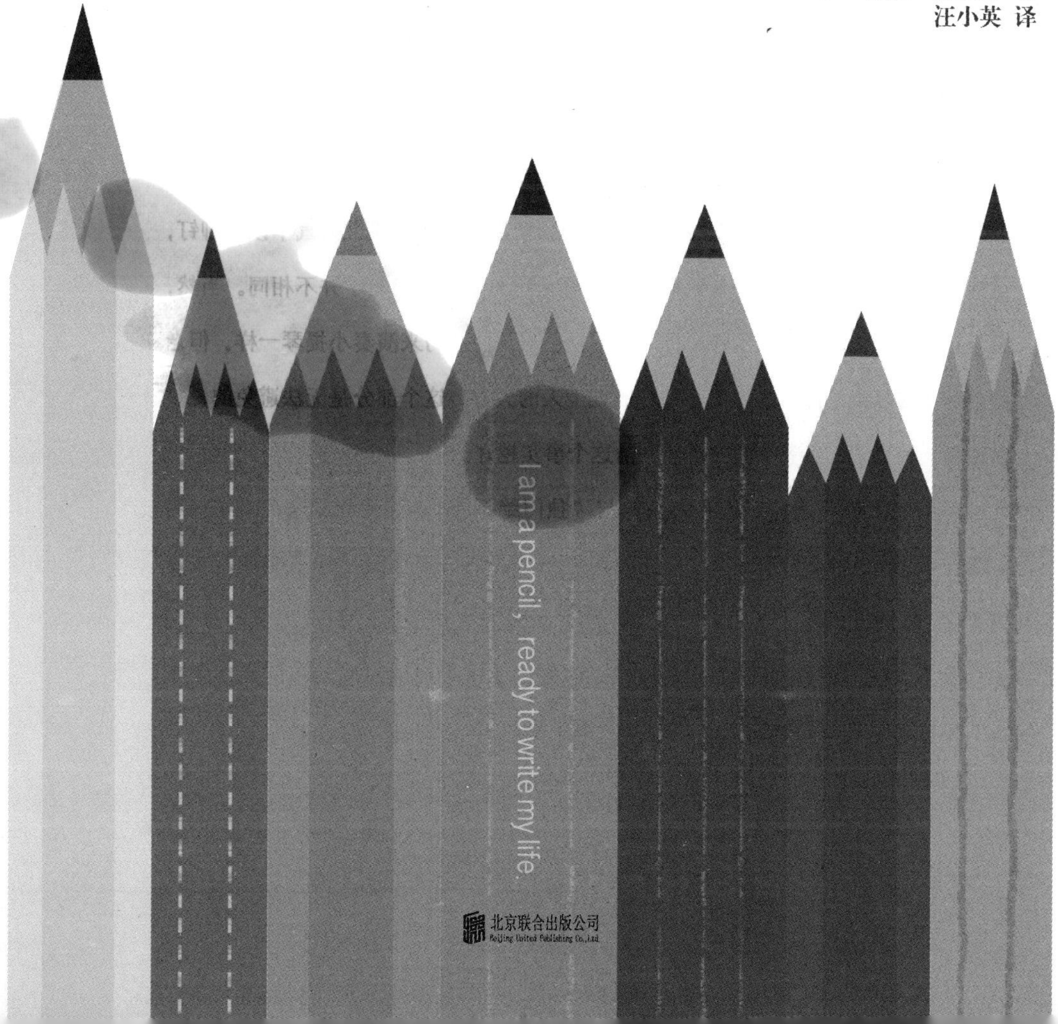

I am a pencil, ready to write my life.

北京联合出版公司
Beijing United Publishing Co.,Ltd.

中文版序

Preface of Chinese Version

这世上最棒的是文字，

以及它们结交朋友的方式，

一个接着一个地。

—— 欧·亨利

本书是我在三年之间教导一群小朋友创意写作的记录。我的学生跌跌撞撞地学习怎么写作，而我也跌跌撞撞地学习该怎么教学。这两者有许多相似之处——都需要技巧，也都需要热情。

今天我们常听到人们谈论测验，以及训练老师帮助学生得到更好的测验成绩的必要性。然而，学习一般的技术，例如学会如何在汽车组装线上为汽车锁上铆钉，就能日复一日地为同一款车锁上同一种铆钉，这与学习如何教学并不相同。当然，教学技巧是可以学习的，就像小提琴家需要学习某些技巧来演奏小提琴一样。但老师也和小提琴家一样，必须学习如何展现个人的天分。这个部分是无法避免的，教学也是一种表演，当老师的人越早认清这个事实越好。

每位老师都有其独特的“角色”与“独门绝招”，就某种程度来说，本书也叙述了我如何找到属于我的角色与独门绝招的经历。现在我已经是个经验丰富的老师了，有些课我会不断地拿来教学生，因为我知道这是我最擅长的东西，也因为我知道这些课的教学效果很好。这些课会由于授课对象的不同而在细节上有不同的呈现，但基本上都遵循同一个主轴。

除了某些情况以外。

我最近到一个三年级的班级进行“作家拜访”活动。一如往常，我一开始先向孩子们朗读一个我写的故事。一般我会带两本绘本在身上，一本供我朗读使用，而另一本则让一位自愿服务的学生拿着，站在我的旁边，向全班同学展示书上的图画。

有许多孩子热切地举手表示愿意服务，当我选择了一个名叫卡桑德拉的女孩时，一个名叫阿尔弗雷多的小男孩既失望又生气地含着泪水喃喃地说：“都没有人选我。”我觉得很难过，并在心中暗自决定，待会儿一定要多给这个男孩表现的机会。

我朗读完故事后，孩子们开始问我关于这个故事的各种问题。阿尔弗雷多此时仍然在生气，于是我问他：“那你呢，阿尔弗雷多？你喜欢写故事吗？”

“我讨厌写东西。”他说。

“为什么呢？”

“我想不出东西好写。”

孩子们常说这样的话，但事实并非如此。他们有很多东西可以写，只是他们自己不知道而已。他们缺少的只是勇气。

我说：“我不太懂你的意思。写作有时候是很困难，但假如你想知道的话，我可以告诉你一个关于写作的秘密，这个秘密会帮助你找到写作的点子。你想知道吗？”

阿尔弗雷多没有说话，我于是转头向全班同学说：“假如我告诉你们关于写作的秘密，你们要向我保证，绝对不可以告诉其他人——连你养的猫都不行。”

我有时会和孩子们玩这种傻气的游戏。他们彼此对看，脸上的表情好像在说：“这个家伙到底想干什么？”

阿尔弗雷多说：“你是说，我也不可以对我的金鱼说？”

“尤其是你的金鱼。”我说。

“不，我可以对我的金鱼说，”他说，“我的鱼听不懂英文。”

“啊，那好吧。好了，写作的秘密就是……”

我转头看看后面，作出要确保没有其他人在偷听的样子，然后小声地说：“当你不知道该写些什么的时候，只管下笔就对了。”

“啊？”孩子们叫道。

“这听起来有点奇怪，但真的很有效。我来向大家示范一下该怎么做。”

我拿起一支铅笔，问道：“这是什么？”

“一支铅笔。”孩子们齐声答道。

“错，”我说，“这是一支魔法棒。”

“哦——”全班同学说。

“但这并不是把人变成其他东西的那种魔法棒。”

在这样的时刻，我通常会拿着铅笔在某个孩子的头顶上挥舞。这一次，我选择了阿尔弗雷多。我在他的头上挥舞了一下铅笔，并对着他说：“你变成一只青蛙了！”

这个举动通常会引得我逗弄的对象大笑，但阿尔弗雷多不为所动。“嘿！”他大叫，“我也有一支铅笔，我也要把你变成一只青蛙！”

“我只是在开玩笑，阿尔弗雷多。这其实不是魔法棒，它只是像一支魔法棒而已。”

“但我的铅笔真的有魔法，”阿尔弗雷多说，“你最好小心一点！”

我不理会他的威胁，径自走到黑板前，对大家说：“现在我们来假装有老师要我写一个故事，但我不知道要写什么。”我作出沮丧的表情，并说：“哦，糟了！我的脑袋卡住了！我不知道要写什么！我该怎么办呢？请大家告诉我该怎么办！”

“只管下笔就对了！”孩子们说。

“你们真的认真听了啊。”我说，“好吧，那我们来看看我的魔法棒到底管不管用。”

我在黑板上写了一个词：

很久

然后我说：“接下来我该写什么，有人知道吗？”

答案显而易见。“再写‘很久以前’！”

我照做了。于是黑板上有了：

很久很久以前

“看到了吗？你们知道发生什么事了吗？我在黑板上写了一个词，而它马上就把其他的词给带出来了。这就是语言的法则。就好像文字会觉得寂寞，它们会悄悄地叫你把其他的文字放在它们的旁边。”

我继续写下去：

很久很久以前有一个老师。

当然，“老师”这个词带出了其他的词，于是孩子们大声说出了“学校！功课！考试！”等等。很快地，我们的第二个句子就有许多材料可用了。但在我写下第二个句子之前，阿尔弗雷多问：“这个老师叫什么名字？”

“我也不知道，什么名字都有可能。你喜欢什么名字？”

“斯沃普老师。”他说。

我的学生时常把我放进他们的故事里。我猜，这种作法大概是能让他们感到自己更有力量，或者觉得和我比较亲近。我接受了阿尔弗雷多的意见。

很久很久以前，有一个老师名叫斯沃普老师。一天早上，他的班上来了一个新同学。

在这个时候，我总是停下来，并对大家说：“我们来把这个学生创造成一个大家意想不到的人物，请大家给我一点建议。”

孩子们大声说出“巨人、巫师、怪兽、外星人”等词，但全都被我否决了——这些词都不够奇特，尤其是从孩子的观点来说。“我想要一些真正令人意想不到的东西，例如青菜或是小虫。”

我把他们的提议列出来，然后请大家表决。结果，“蟑螂”这个点子胜出了。

“现在，我们有很多东西可以写了。”我一边说，一边兴奋地开始在黑板上快速写下一个个句子。孩子们不断地提出意见，而我则从中挑选一些加以采用。

很久很久以前，有一个老师名叫斯沃普老师。一天早上，他的班上来了一个新同学。他是一只蟑螂。斯沃普老师说：“好的，孩子们，我们来写一个故事吧。把你的铅笔拿出来。”于是这只蟑螂拿出了自己的铅笔，那是一支很小很小的铅笔。斯沃普老师对班上的同学说，他们的铅笔都像是魔法棒。这只蟑螂听到之后觉得很惊讶，他拿出铅笔对着斯沃普老师挥舞，想知道会发生什么事。结果你猜怎么着？

我转身面对阿尔弗雷多。“你觉得会发生什么事？”

“他变成了一只青蛙！”阿尔弗雷多说着，第一次露出了微笑。

“太棒了！”

我依照他的提议把故事写完，然后请孩子们把他们各自的魔法棒拿出来，自己创作一个故事。结果，没有哪个学生比阿尔弗雷多更加热衷于完成这项作业了。

山姆·斯沃普

作者小记

Author's Note

长年教学中，我积累了大量的原始资料，其中包括教学笔记、与学生的谈话、课堂录音以及学生作业。这堆积如山的资料长达数千页，是本书的素材。

书中的学生习作和其他情节的发表，事先征得了家长的同意。为了保护隐私，书中学生、老师和家长的姓名皆为化名。如无特别说明，学生习作中的语法和字词错误都经过了订正。

《黑鸟在飞》与《小骗子》两篇最初发表于《教师与作家》，形式与书中略有不同。书中部分内容也曾发表在《教师杂志》和《三便士评论》上，体裁完全不同。

特此感谢以下各方赞助：

欧弗布鲁克基金会

斯宾塞基金会

教师与作家协会

宽容教育组织

菲利浦与约翰逊基金会

目录
Contents

我是一支铅笔

已准备好

写下我的人生

序幕

黑鸟在飞

THE BLACKBIRD IS FIYING

一

二十座雪山
一片寂静，
在动的
只有黑鸟的眼睛。

我们先学了些生词：哑剧、难辩、哈丹姆、清晰、悦耳、马车，然后我就把复印的史蒂文斯·华莱士（以下简称“史蒂文斯”）的诗发下去，一边告诉这些五年级的学生：“《观鸟十三式》是一个叫史蒂文斯的美国人写的，他是个商人。我告诉大家这件事，是想让你们知道，当作家也可以身兼二职，从事完全不同的行业。”

学生们把手放在桌子上，开始读诗。我教这个班三年了，从他们三年级教起。我了解他们每个人。这是个择优班，学生来自第一代或第二代移民家庭，都居住在纽约市皇后区。他们来自二十一个国家，说十一种语言，大多数是拉美人。而这大多数中的大多数又来自厄瓜多尔，其中也有人来自哥伦比亚、古巴、多米尼加、圭亚那和乌拉圭。有两个人的父亲是波多黎各人。点名册上标记有十个人是亚裔——这里面的含义极其广泛：孟加拉人、柬埔寨人、印度人、韩国人、巴基斯坦人、泰国人、越南人、土耳其人，还有来自中国内地、香港、台湾的孩子。班上原来还有个埃及男生和一个克罗地亚、波黑混血的女生。这两个人后来转走了。

学生们多少懂些英语，不过有些人还在用母语思考。我能看出，他们会在心里把我的话翻译出来。大多数学生家庭贫困，把学医当作在美国出人头地的捷径。他们虽然喜欢写作和阅读，但还是觉得理科和数学才最要紧。

五年级的这个教室有点挤，除了人和桌椅，没法儿再放别的什么。不过教室很亮，很高，在老式砖楼的顶层。天花板高高的，窗户离地八尺，即使站着往外看，也需要仰着头，而且只能望到天，就像是一个开着盒盖的深盒子。

史蒂文斯写的是二十座雪山，而现在是一月末，阳光普照，摄氏二十来度。大家都觉得热，学生们嚷着："厄尔尼诺！""全球变暖！"他们怎么会理解黑鸟和雪山？学校没有游戏场地，而他们放学回家后又只能待在狭小的公寓里，家长不允许他们上街玩。

教室里一片寂静，学生们在读诗。

二

我有三副心思，
就像一棵树上的
三只黑鸟。

第一节说的是黑鸟的眼睛，到这节，说的是诗人自己，而黑鸟用来比喻诗人变化不定的心思。整篇诗作里，诗人让实际的黑鸟和自己心中的黑鸟交替出现，至少我是这么认为的，虽然难以确认。这的确是个问题：对五年级学生来说，《观鸟十三式》是不是太难了？

诗人肯尼斯·柯克[1]写了《愿望、谎言与梦想》一书。此书是我教授诗歌的宝典。他的另一本书《玫瑰，你那红色从哪里来？》讲述了如何用成人诗启发孩子创作诗歌。他推荐了布莱克[2]、邓恩[3]、惠特曼[4]、洛尔卡[5]、阿什贝利[6]等人的诗，每首诗都例证了他所谓的诗的立意。即便如此，柯克对于《观鸟十三式》做了更为详尽的分析，发现它既有孩子喜欢的“游戏特点”，又有明显的诗的立意：尽量多角度地描写日常熟知的事物。对于全学年以树为主题的单元，这首诗非常适用，我希望它能帮助学生从新奇的角度研究我们的课题。

我等着学生们把诗读完。他们一个个抬起头来，一脸茫然，没有信心的人侧目观看，想知道别人是不是也跟他们一样迷惑。我对大家说：“这首诗有点难，不懂也没有关系。我只是想先听听你们的感想，然后再讨论。”

没有一个人举手。我举目张望，遇到的尽是躲闪的目光。

我点名叫西蒙。他目光闪亮，长着招风耳。西蒙一家是多米尼加人，作为家中的宝贝，他既可爱又受宠，从来不用担心说错话。他说：“这像是大学的诗，斯沃普老师。你为什么让我们念大学里的东西？”

拉菲尔说：“是啊，我一点也看不懂。”

---

[1] 肯尼斯·柯克（Kenneth Koch，1952—2002），美国作家、教授。于哥伦比亚大学英语与比较文学系任教四十余年。《愿望、谎言与梦想》（Wishes, Lies and Dreams）及《玫瑰，你那红色从哪里来？》（Rose, Where Did You Get That Red？）两本书皆为讲述如何教导孩童写诗作文的著作。

[2] 布莱克（William Blake，1757—1827），英国浪漫主义代表诗人、插画家，重视想象与幻觉。

[3] 邓恩（John Donne，1572—1631），英国玄学派代表诗人，擅用机智巧妙的比喻，以说理的方式撰写诗文。

[4] 惠特曼（Walt Whitman，1819—1892），美国19世纪重要诗人，创造出自由诗体，使英文诗不再如传统的十四行诗一般有严格的格律规范。代表作为诗集《草叶集》。

[5] 洛尔卡（Federico Garcial Lorca，1898—1936），西班牙20世纪代表诗人、剧作家，代表作为《吉卜赛谣曲集》。

[6] 阿什贝利（John Ashbery），生于1927年，美国当代诗人，被视为超现实主义作家，代表作为诗作《凸透镜里的自画像》。

阿伦说："对啊，我都要睡着了。"

全班闻风而动，群情激愤，大家迫不及待要加入一场暴动："就是！""没错！""没错！"

"根本不叫诗！"

"像说明书！"

"看黑鸟指南！"

"就是说明书！"

"上面还有编号！"

"是啊，就像！就像！太奇怪了！"

我真是有三重心思了：我是个坏老师，这是个坏班级，史蒂文斯是个坏诗人。

三

黑鸟在秋风中盘旋，
是哑剧场面的一小部分。

史蒂文斯用词之简略真是惊人。从一只鸟过渡到整个天空，他只用了两行。如果这是电影中的一个画面，背景应当是静音的，镜头追随着一只鸟，然后拉远，揭示出整个秋天的画面，黑鸟在画面中越飞越远。

我说："我现在开始读这首诗，你们坐舒服了，好好听。"我把灯关了，教室里一下变暗，光线模糊，不少学生低下了头。给学生读诗真是奇妙，我的声音、史蒂文斯的诗、黑鸟，回旋在教室里。没有人动，也没有人说话，我读完时，诗还飘在空气中。

"有什么感想？"

学生们抬起头来，揉着眼睛。我叫了马蒂奥。这孩子很有礼貌，他母亲在厄瓜多尔时曾经想当老师。马蒂奥有礼貌地微笑着，抱歉说回答不出。

我说："说吧，马蒂奥，你听我读的时候，怎么想？"

"你读的时候，我好像能懂一点了。"

我说："很好，懂哪一点了？"

他笑了笑，扭动身体，不做声了。

罗茜是个梳着长辫的印度女孩，显得经过了深思熟虑，她说："当你读的时候，有一种说不出的感觉——不管做什么，你总会有种感觉。"

"你说'不管做什么'是什么意思。"

"你读的时候就有种感觉。"

"什么感觉？"

"我说不清。"

这就够了吗？读一首诗，施咒语，给学生一种感觉，然后就过去了？不去说那不可言喻的东西？也许吧。即使我们说，有时读诗就够了，可是《观鸟十三式》是那种读出来就够了的诗吗？我觉得不是这样的。如果我不坚持，史蒂文斯写的诗就会像一阵旋风似的，在教室里刮过，继而消失得无影无踪。

这首诗很难捕捉。没有主角，没有故事，没有幽默，甚至没有韵脚，没有清楚的节拍，没有振奋的激情，它的好处微妙、隐蔽而且抽象。柯克是对的，《观鸟十三式》是个谜，是个立体派拼图，你需要讨论才能更深入地理解。但是怎么跟一群十岁的孩子谈它呢？

遵循着柯克的建议，我集中讨论了诗中比较易读的部分，然后让学生们从尽可能多的角度去写一棵树。多数学生都能想出四五个不同的视角。以下这些出自不同的学生，比较有代表性：

树干上看起来像有眼睛。

像是一根棍子的头上有个蜂窝。

我希望现在是春天，我的树长满绿叶。

树把人圈起来。

我冷时就讨厌你，你是一面墙挡住了太阳。

我又高兴又失望。柯克说对了，他们懂得什么叫诗的立意。可是他们写的不叫诗。为了帮他们写出诗来，我决定分成组，一行一行地讨论，以史蒂文斯的诗为样板，我们要写“看树十三式”。

我讲解之后，一本正经的罗茜望着我说：“也就是说，你想让我们用十三种方法，不过是用不同的字，而且要写一棵树？”

我赶快补充道：“对，没错。不过如果有一节太难，就跳过去，要写完全是自己的东西。”

她安慰我说：“不，不，并不太难，没问题。”

树周围的世界，

匆匆忙忙，

可它一动不动，

内心勇敢坚强。

—— 罗茜

四

一个男人和一个女人
是一体。
一个男人和一个女人和一只黑鸟
是一体。

到这里，诗的风格变了，是简单、声明似的语句。史蒂文斯宣告了一种合而为一的精神主张。我们是一体，没有多余的话。

我一个组一个组地开会，私聊的好处太惊人了。有一个组都是男生。讨论到这一节时，他们人人都抢着说话。西蒙之前还怪我给他们读一首大学的诗，这时却急不可待地发言，人都站到了椅子上。

“西蒙，从椅子上下去。”

“可我想说说第四节是什么意思！”

“好吧，第四节的意思是什么？”

“意思是指一个男的和一个女的结婚了，变成了一个人，因为他们相爱，就不再是分开的两个人了。”

凯撒不同意:“不，它的意思是，男的和女的结婚，然后他们看着黑鸟，发现黑鸟也是一样。”

“但是一个男人和一个女人不会和黑鸟结婚！”加里说。

凯撒解释:“不，他们不是真的结婚，鸟和人所做的事基本上一样——”

西蒙说:“不对，他说一个男的和一个女的和黑鸟是一体，他并没有比较他们。”

我问西蒙:“那史蒂文斯在这儿写黑鸟是因为什么？”

西蒙想了一阵，然后说:“也许黑鸟是他们的宠物吧。”

大家都欢迎这个解释。拉菲尔说:“也许他们喜欢鸟，这个男的和这个女的，刚刚结婚，他们把黑鸟当成自己的孩子。”

凯撒也笑了，很满意这个说法。他叹了口气说:“是家庭的一分子。”

你们是一体，
我也是。
而树也是
我们的一部分。

—— 娜利亚

五

我不知道更喜欢哪个，
转折之美，
还是暗喻之美，
是黑鸟的鸣啭，
还是随即的寂静。

我求米格尔："米格尔，写！写点什么，试试看！"

几个月以来，他一个字也没有写过，也没交过作业。米格尔上课的时候不老实。他非常自信，有很多奇特又有趣的想法，但是懒散、没条理、易怒、不会与人相处。其他同学写的时候，他总是画画，其实他并不擅长画画，他的画常常让我心烦。

"让我看看行吗？"

他在作文纸的边上画着，画像往常一样潦草、难以辨认。上面有直胳膊直腿的小人儿，还有枪炮和炸弹。这回倒是画了只鸟，是只老鹰，的确画得不错，只是它的心在滴血。画上有一团一团的爆炸痕迹，还有不少尸体。这不是一个快乐幸福的孩子的画，没有表示阳光的折线，也没有鲜亮的颜色。

我于是叹息："米格尔，你的画为什么总这么暴力？"

他笑了，很高兴有人注意到自己，手却仍旧不停。我们已经这样谈过很多次了。

"我很担心，米格尔，从画上看你好像不高兴。"

"斯沃普老师，我其实很高兴。我只是爱画暴力，没别的。"

我跟他很熟，所以能这样对他说："这画会让我误以为你长大后会变成杀人狂。我觉得你不至于那么坏，不会做那样的事。"

米格尔笑出了声，仍旧埋头画着。

“求你别再画了，开始写吧！写写怎么看树，至少写一种看法，好吗？你能行！”

它长得很大，
但是他
很小。
不过，
大事
正在他的里面
发生。

——米格尔

没有韵律，甚至表达得不是特别清楚，它却有一种有趣的暗喻，非常有才华。我给他写了个“好！！！”。

可是很难说清楚我指的是什么——是这首诗，还是诗后面的那个男孩？是这个学生本身，还是我所期望的米格尔？

六

冰凌挂满了长长的窗户，
结成一层野蛮的玻璃。
黑鸟的影子，
在上面往来穿梭。
情绪，
找寻着影子里
难辨的缘由。

全班都喜欢这一节。这里有冰凌做的监牢，可怕的影子，一种令人起鸡皮疙瘩的邪恶。我请淑永对一棵树做类似的描写时，她摇头说太难。

其他同学不同意——

“我知道！”

“穿过冰做的窗户——”

“树——”

“或者它的影子——”

“像怪兽之类——”

“突然，起风了，你看见树枝——”

“它看起来像只手——”

“是啊，你很害怕——”

“你还看见个 UFO！”

别的孩子缩起来，吓来吓去时，淑永安静地坐着，不为所动。她总是一言不发，但不总是有意这样。有时，她也会参加讨论，尔后会把我们惊呆：突然不做声，像是从监狱的栏杆后面望着我。她说不出来，即使想说也不行，没有人可以解释这种奇怪的突然沉默，淑永自己也不行，就好像突然中了魔法。在某种意义上，她是个悲剧女孩。当你作为一个孩子在受苦，心中有黑鸟的阴影时，你怎么会觉得害怕和恐惧好玩、令人兴奋？我教淑永这几年，她没有写过一个幸福的童话，她的故事里没有王子。

我们总是想了解我们的学生，了解后才能施以援手。我搜索着她的习作，确保自己能够读懂。如前所述，她的生活是否就是那难辨的缘由？我有这么聪明吗？我可以说自己非常了解她，能够透过某扇窗户望见她的心灵吗？我这样想是否太自以为是了？

淑永对这节的议论只是：“我不喜欢看冰做的窗户，我觉得会对眼睛不好。”

“因为太刺眼？”

“没错！”

树是个天使，
神派它来
守护地球，
可是冬天里，
大雪蒙住了它的眼，
它什么也看不见。

——淑永

七

噢，哈丹姆的瘦男人们，
为什么要妄想金色的鸟儿，
你们没看见黑鸟
如何围着你们身边的女人的脚
走来走去吗？

正确地认识世界真是很难。

一天，我们去中央公园画树。我望着拉菲尔。这个瘦瘦的古巴男孩，头发像黑鸟般黑而闪亮。

“拉菲尔，你为什么把树干画成棕色？”

“它们就是这样的。”

“你好好往周围看看，树皮是什么颜色的。”

他瞄了一眼近处的树，说：“是棕色的。”

“不，不是，是灰色的。”

“才不是呢，就是棕色的。”

我对他说：“看，用眼睛看！”

拉菲尔又看了一下，发现我是对的。但他仍然说：“我不在乎真正的树是什么颜色的，在漫画里树都是棕色的。”

拉菲尔的父母离婚了。为了养活儿女，拉菲尔的妈妈在做接待员，一个星期得工作六天。她是个善良、正派的女人，但笑容哀伤，看起来总是很疲惫。她来过学校好几次，很担心拉菲尔。拉菲尔不读书，讨厌上学，不做作业，考试成绩不好，他关心的只有漫画和动画片。她应当怎么办？

我说：“帮他买画纸、颜料和彩笔，让他去上绘画课。”

“我不想鼓励他画画。”

“他画的漫画真的很棒，也许他能成为画家。”

她说：“我担心的就是这个。画家的日子可不好过。”

“没错，这的确令人担心。但是，假如他天生就是个艺术家，你也没办法，你无法改变。假如你鼓励他画，对拉菲尔、对你都会更好。”

她难过起来。

“别担心，他不会有事的。我认为他有天赋。况且，做卡通也能挣不少钱。”

拉菲尔的艺术家性格显而易见。他独来独往、安静、爱哭，发起脾气来像响尾蛇一样可怕。他还喜欢跳舞。

我要是让他用漫画代替写作，他就很开心；但即使我不准他这样做，他还是会在文字里插入漫画，不管我要求他写的是哪类文体——议论文、故事或是诗，他总会忍不住加上一串漫画。

拉菲尔把自己写的《看树十三式》交上来时，我问他：“你写这首诗时，有没有看过真正的树，哪怕看一眼？”

“没有。”

我绝望地举起手，叫道：“拉菲尔！”

他对我笑："嘻，嘻，嘻。" 模仿的是《瘪四与大头蛋》[1] 中瘪四的笑声。

不过拉菲尔是对的，只要照着模版写就是了。我认为史蒂文斯并没有坐在一块年代久远的石头上写脚边的黑鸟。

噢，萨丁岛的疯狂的哑剧演员们，
别再白白为树表演了。
你看不出吗？
树也是演哑剧的，跟你们一样，
树是一动不动的哑剧演员。

——拉菲尔

八

我知道高贵的口音，
清晰、明快的节奏，
我也知道
黑鸟也参与了我的知识。

在开始的时候，是哼哼叽叽、吭吭哧哧，然后有了字词，或者是口哨？远在高贵的口音形成之前，在语言刚刚出现的时候，发明语言的祖先采用的是什么方式？语音从何而来——风声？泉水声？鸟鸣？在史前，大自然是否参与了语言的形成，给了我们思想？这是否就是史蒂文斯所指："黑鸟也参与了我的知识。"

法蒂玛是个阴沉的巴基斯坦女生，学校拼写大赛的冠军。我问她，

[1] 《瘪四与大头蛋》(Beavis and Butt-head)，一部盛行于 1993 至 1997 年的美国动画，因低俗对话而广受青少年欢迎。

她的《十三式》是如何完成的。她告诉我，她不喜欢这个作业，"问题是，它说得很少，所以你没法理解。"

说得有理。即使用词简单，读史蒂文斯就像试图理解你不太懂的一种语言，你要做很多猜想。

而加勒比女生娜利亚则无忧无虑，她咧着嘴笑，露出豁牙，对我说："所以我才喜欢这首诗。"

"解释一下？"

"因为我不懂。"

"那你凭什么喜欢它。"

"这样我才能学会新东西，而且它有点怪。"

"怪就是好吗？"

"噢，当然！怪当然好！"

娜利亚喜欢发音滑稽的字词，她会大声念："暗喻！""悦耳！"我猜史蒂文斯的"马车（equipage）"最让她喜欢。我一说"这个字很可笑，大家一起念一念"，娜利亚就立即像弹簧似的跳上跳下，一遍遍喊："Equipage！Equipage！Equipage！"

后来，我把这件事讲给一位朋友听，一位史蒂文斯的粉丝，她自己也是诗人。我讲完，她问："的确是这样发音吗，你肯定是'艾基佩热'？"

"不，我不确定，你说该怎么念？"

"应当是法语，念成'艾基帕热'。"

"天，我真蠢。当然，你是对的，我怎么能那么想？"

可是我后来查了字典，发现我们都念错了。这个词是法语，可却是由英国传来的。通过高卢人的低语，又经过亨利·西金斯的鼻腔，现在它念作"艾奎皮热"。

树的

手，

伸向

阳光。

——加里

九

当黑鸟飞出视线之外，
它画出了许多圆圈的边界。

假如史蒂文斯是我的学生，我会在他的作业边上写：“有趣的意象，史蒂文斯，但我不知道你指的到底是什么。你的圆圈究竟指什么？”

如果我想到自己的学生，我可以在心里看见他们的样子——类似看见吧——全班人手拉手，站成一圈。

树摇摆

手臂，

我仍看见

摇动的

轨迹。

——艾拉

十

见那黑鸟
在绿光中飞，
甜言蜜语的
鸨母
也会尖声惊叫。

我告诉每个小组："我也不知道这一段说的是什么。不要费力模仿它了，就自己编吧。现在，咱们往下学。"

我不懂这一节，确实如此。不过，那不是我匆匆带过的真正原因。我想跳过去，是因为鸨母这个词。我查了一下字典，希望它指的是放荡，但它的意思却是卖淫。

我不是担心孩子不能把握这个词。他们看电视，伸中指，骂既粗野又性感的脏话。有些学生知道很多不该知道的东西。我担心的是他们的家长。家长们不知道对于半夜在霓虹灯下站街的妓女，他们的孩子知道（更糟的是，一知半解）多少。我还担心学校董事会和右派势力。

我向窗外望，
树在那里
望着我，
似乎知道些什么。
——罗茜

十一

他乘着玻璃马车
走在康涅狄格。
突然一阵惊悚，
错把车影
当成黑鸟。

这一节很有意思。玻璃马车经过康涅狄格是一个很好的写法，有些超现实。乘车的人，我想是贵族，脆弱、裸露，好像在一个肥皂泡中。

突然一阵惊恐袭来，让他倒吸一口凉气。

我启发一个小组："如果用这样的手法写一棵树，你们该怎样做？"

一点就通的艾拉也需要时间想一下，但不需要太久。这位女生很快就写成了。

我乘公共汽车，
一路走着。
我看见
动的是树，
而不是我，我疯了吗？
—— 艾拉

太棒了！她甚至表达出了惊恐，事出意外时的那种震惊。艾拉是中国香港来的，骨瘦如柴。有关她的一切就是快、快、快！田径运动会上，哨子一响，她就飞跑起来，把其他人都甩在后面。在课堂上，我刚一布置下作业，一眨眼的工夫她就做完了，而且做得干净利落。说到算术，她把手举得高高的。她的脑袋瓜就像个计算器，马上就能算对。此外，她还急着长大。女生中她是头一个，手叉着腰，翻着眼珠，跟我说："噢，拜托！"她也早早领先其他女孩，打扮成中学生，穿起超短的短裤，并且把衬衫的下摆系起来，露出肚脐。

两只鸟
停在一棵树上。
当两个心眼
想在一处，
二人合而为一。
—— 艾拉

写得妙！她不但懂得黑鸟作为思想的比喻，还把这个意思扩展了，喻作爱情。我夸她说：“艾拉，这真是妙，确实深刻，而且表达得很美。”

她说：“我这个是从广告里学来的。”

“什么广告？”

她狡猾地一笑：“二人从不分离。”

我还没明白。艾拉扇了扇风，叹了口气，对我说：“算了！”

这时，娜利亚告诉了我：“牙膏广告！一部分去烟渍，一部分增白，二者合而为一。”

十二

河水在动，
一定是黑鸟在飞。

洁西卡想得太多，她的故事写得复杂而混乱，结尾只能写成：“待续！”初次仿写史蒂文斯时，她的文字尤其难解：

地上有
五种心思，
就像我的树。

我对她说：“洁西卡，不要多想，想到什么就写什么。”那天结束的时候，她交上来的作业里有这么一节：

我的树太大，
以致没人
注意到它。

第二天我给全班念这首诗。洁西卡叫道："嗨！那不是我写的！"

"名字是你的，笔迹也是你的。"

我把原诗交给她，她看来看去，似乎仍不相信。

我说："是你写的，肯定是。干得好！这是首好诗。"

洁西卡将信将疑："真的？"

"的确！"

"噢！"她笑逐颜开，一脸骄傲。

后来她去想了一阵，告诉我，几乎是坦白："你喜欢我写的那首诗？我不知道它的意思。"

十三

整个下午就像傍晚一样，
雪在下，
雪还要下。
黑鸟蹲在
杉树枝上。

这首诗十分安静。之前，讨论黑鸟在寂静的秋风中盘旋时，米格尔说："我觉得史蒂文斯想说的是，黑鸟在风中飞的时候没有出声，它跟周围一样静。"

马雅说："如果它是静的，就不会飞来飞去，对不对？"

我说："静不只是静止，也指安静。"

马雅说："哦。"她眼神迷离，顺滑的长发像披风一样垂在身后。

我问约什："史蒂文斯在最后一节写了什么？"

约什轻声说："这是诗的结尾，所以，应当是天要黑了，下了一点雪，但是雪要下大了，他应当回家了。"

“诗人为什么用这么简单的画面结尾？”

“他可能不想写下去了，他要用人人都懂的方式来结尾。”

“嗯……你怎么知道这就是结尾？”

“他说天黑了，他要去睡之类的。”

睡眠，也许这里有更深层的静寂，雪枝上的黑鸟喻示死亡。很多孩子听到了黑暗的回声，而马雅却喜欢恐怖，甚至醉心于它。她露出期待的笑容，问：“十三不是表示不吉利吗？黑色不是代表邪恶吗？”

我说：“是啊，这些在诗里都有。”

马雅是个模范生，举止娴静，招人喜欢。我们研究史蒂文斯时，我没觉得她有什么不对劲。可是后来，她妈妈打电话来告诉我，马雅的叔叔刚去世，她最好的朋友也离她而去。马雅经常痛哭，对父母喊：“我想死！我想死！”

和夜一样静。
夜静时，
风吹，
鸟鸣，
狗吠，
但树仍然安静。
狗不叫了，
没有显出
痛苦和煎熬。
怎么会呢？
没有痛苦，
没有
人才有的东西，

所以要付出，
要坚强，
没有什么
能够阻挡。

——马雅

我们学了两个星期史蒂文斯的诗。然后，在二月里天色将晚的一个下午，很多学生为全班朗读了自己写的诗，我们就跟黑鸟说了再见。大家都有些累了，但似乎都很快乐，到了放学回家的时候了。

我说："好啦，真不错。谢谢大家，这的确很有意思。"

我问西蒙现在是否喜欢这首诗，他笑逐颜开，说："噢，当然，很喜欢！"其他人也随即大声附和："噢！是的！""是的！""当然！"

三年级

盒子计划

THE BOX PROJECT

HOMES
ANIMALS

初为人师

Becoming Mr. Swope

我本是作家，以写作童书为主。我编些滑稽的故事，故事里什么样的事都有可能发生。每天早上我六点起床，喂过猫之后就开始写作。我成天跟想象中的巨人、怪物、仙女和会说话的动物打交道，如此这般直到出门。走上大街，我会变得极为危险，想入非非，过马路闯红灯，被汽车“嘀”时，会跟对方大发脾气。为了便于写作，我一切从简，在曼哈顿租了间小小的公寓，不要小孩，不要汽车，甚至也不要电视。

我在现在和过去都没有什么名气，也没有发表太多作品，有段时间什么作品也没有。可是，我保持着工作习惯，往电脑里一屏一屏地刷字，写下一个又一个精彩的开头，编出一些角色，一些不成形的想法。虽然日积月累，可并没有真正的作品产生，我很久都没有发表过什么了。我开始心灰意冷。

教师与作家协会这时请我做一个为期十天的写作工作坊，对象是一所小学三年级的一个班。我很庆幸生活能有些变化。于是，在一个晴朗的十月的早晨，我出发前往皇后区。高峰时段的地铁里非常拥挤，朝九晚五的上班族就像沙丁鱼一样挤在一起，等着被运到“地狱”中特别的一站。我闭上眼睛，把外界隔绝在外。直到皇后区的前一站——中央车站，乘客们都下去了，车厢里只剩我一个人。我很高兴能独自一人，便找了个位子坐下，跷起二郎腿，摊开手中的《纽约时报》。列车开始向前倾，隆隆地慢慢驶入东河河底的隧道，在这里逐渐加速，冲入一片日光之中（这个改变令人目眩，却也十分开心），然后哐当哐当地驶上穿越皇后区的高架铁道。

我仍然能看见身后曼哈顿的摩天大楼，就隔着一条河，但那些大楼已恍若隔世。皇后区与曼哈顿区完全不同，这里的建筑往往只有几层，从车厢内我既能看到近景，也能看到开阔的远景。铁道对面的窗户快速从眼前掠过，向远处眺望，则是一连串沥青与木板的屋顶、烟囱、电视天线、树木、卫星接收器、电线杆、洗车房、小型工厂以及广告牌。不远处有几架飞机飞得很低，它们要在拉瓜迪亚机场降落。

到站了，我下了地铁，咯噔咯噔地沿着金属阶梯走到了街上。一到喧闹的大街上，我马上觉得自己就像个观光客。我从来没有见过这样的地方，如此有异国情调，又没有什么独特的民族特征。这里不像唐人街或小意大利区，而是一个移民的世界，所有的元素都混杂在一起：哥伦比亚人开的发廊、印度人的香料店、韩国婚纱店、意大利面包店、清真寺、多米尼加人开的律师事务所、巴基斯坦人开的糖果店、华人的露天菜市、爱尔兰人的酒吧、墨西哥杂货店、印度寺庙、英语学校以及各式各样的餐厅。这里充满了异国情调，有一种第三世界的气息，但并不永久，就像是个中途站，或是电影《星球大战》里的银河酒吧，是旅行者暂时停歇的一个中间地带。

小学周围的街区是住宅区，是 20 世纪 20 年代的木结构建筑和 50 年代所建的砖楼公寓——从外面一点也看不出屋主是来自哪个国家。这个区域安静且平和，间或可看见房前的花园，也有不少大树。我在路上没有看见太多垃圾。学校始建于 1910 年，是一座威严的老式砖石建筑，当时的学校都刻意要给人庄严肃穆的印象。

我到得较早，看见了大人送孩子来上学。这个景象蔚为壮观！他们手拉着手，从四面八方而来：头戴棒球帽的古巴籍父亲，蓄着胡子、缠着头巾的锡克教徒，穿高跟鞋、染了指甲的拉丁美洲女子，面纱遮面的印度尼西亚女子，穿毛式上装和运动鞋的中国祖母，以及额上有颗红痣的印度教信徒。此情此景如同史诗，这些来自世界各地的移民，这些满怀希望的父母，长途跋涉来到皇后区，找到了这所学校，这才是他们此行的目的：为了让孩子过上好一些的生活。

在童话中，漫游者都会找到一个避难所——白雪公主找到了森林里的小木屋；《绿野仙踪》里的多萝西找到了翡翠城——而我向邓肯老师的教室里张望时，也找到了我的避难所。似乎那里自成一统，阳光充足，窗外有一棵枫树，教室布置整齐而用心。室内一群肤色各异的八岁孩子，正在专心听一位女老师说话。女老师年近五十，眼睛像大海一样蔚蓝。她望见了我，对我笑笑，热情地招手，让我进去。

她说："你一定就是斯沃普老师了。"

这并不确切。我不是斯沃普老师，我从来没当过老师，大家只叫我"山姆"。但是，我并没有反对，接受了这个新名字。一时间，我有了新名字——就某种意义上来说，我获得了新生——不过，当时我并没有意识到这一点。

邓肯老师说："同学们，这就是我提到过的那位特别的客人。斯沃普老师是一位真正的作家，而且不是一般的作家——他专为孩子写故事。今天他来就是要帮助大家写故事。"

全体学生欢呼起来，那么热烈，让我有点不好意思，有点羞愧，又有点开心。

"嗨，大家好。"我说。

我们围坐在教室后面的阅读角里。孩子们坐在地上，我则坐在椅子上，就像鹅妈妈讲故事。我读了一本我创作的绘本《自由街上的阿拉布里人》，故事里虚构的阿拉布里一家有着五颜六色的肤色——橙黄、粉红、绿色和蓝色。这个充满快乐的家庭，从远方的小岛来到了一个不许笑也不许跟别人不一样的地方。写这个故事的时候，我断没有想到有一天自己会向现实中的阿拉布里人讲述，但是，就在那一刻，这个情景成真了。

我讲完故事，孩子们都拍起手来，我的脸都红了。然后，坐在我脚旁的一个男孩说：“我有一个问题。”

“请说。”

“你觉得我是男生还是女生？”

这个问题真是出乎意料，我不知道该如何回答。我不确定他在打什么主意，于是决定拖延时间，先仔细研究一下。“嗯——”我说。他的个子很高，穿一条牛仔裤和一件 T 恤，眼镜腿上拴了根鞋带，眼镜框大得盖住了半张脸。他的嘴唇上有一点点胡须，黑发剪得很短，像幼鸟的羽毛，毛茸茸的。我几乎看出来他想骗我，想让我说他是女生，但后来我决定给出一个比较安全的答案，于是说道：“我觉得你是……男生。”

我怀疑地望着他，但其他孩子都向我再三保证，法蒂玛确实是女生。

法蒂玛耸耸肩说：“谁都以为我是男生。”

我感觉很糟，于是设法补救。我说：“那是因为你的头发太短了，再说，你长得多高啊……”但是我的胡说八道骗不了法蒂玛。她把我看透了，转过身去。她的后背就像是对我关上的一扇门。

邓肯老师后来告诉我，法蒂玛是班上最会写作的孩子。对此我并不感到意外。有许多作家小时候就有认知混乱、爱摆布人或者自我毁灭的倾向，不是吗？我希望法蒂玛会原谅我，会和我成为朋友。我想把她当作同行，欢迎她加入作家的行列。我想让她知道，总有一天，一切都会好起来。

邓肯老师

Mrs. Duncan

邓肯老师住在皇后区，她从小在这里长大。她的丈夫也是老师。他们没有孩子，养了一只金毛犬。邓肯老师已在这所学校教了二十六年书，每天早早就到学校，为一天的教学工作做准备。像《欢乐满人间》中的玛利·波平斯小姐一样，邓肯老师纪律严明，做事雷厉风行。她要学生把衣服挂整齐，按大小个排队去餐厅，知道哪一天轮到自己擦黑板或是扫地。她每天都会留作业，要求学生准时到校，有最佳的表现："听清楚了没有？每个人都听清楚了？"抱怨、抢着说话、不友善都是不允许的，没有商量的余地。"找理由？我不想听！"

学生表现好时，她会微笑，给他们发贴画。而当他们总不听话时，她会把他们叫出教室，给他们一通训斥，告诉他们完成作业、负责任、对同学友善是多么重要。她说："有时候，我都觉得自己唠叨。"可她的唠叨确实有效，家长都恳求她下一年继续教同一班学生，而大多数学生都认为邓肯老师最大的特点是十分有趣。

她告诉我："这个班很特别，每个孩子都很聪明、配合、体贴，每一个。眼下这真是绝无仅有。"

写个故事，什么都行

Write a Story, Any Story

我留下作业：“写个故事，想写什么都可以。条件是，必须是你自己编的，不能抄电视上或者书上的，要有点意外，让我猜不到，要写得好玩。”

学生们都想取悦作家老师，马上拿出纸笔来。米格尔举手了。他很高，有点胖，黑眼圈有点像浣熊。

“嗯，斯沃普老师，你都是怎么想出来的？”

“噢，天，这可真难回答。大多数故事都是突然一下想到的。”

米格尔懂事地点点头，可看上去还是很迷惑。我于是从另一个角度解释：“灵感无处不在，只需要去发现。比如，你要是仔细去看，就会在地上找到一个灵感。”

米格尔看了看桌子底下，又望着我：那又怎么样？

为了证明，我关注起他站的地方来，说：“瞧，那是什么？”我大步走了过去。学生们都伸长脖子去看。我走到米格尔跟前，趴在地上，看着地板上的缝隙，说：“你知道吗？这里面住着小人一家，他们坐着小小的沙发，正在看小小的电视。”

娜利亚也跟我一起，眼睛紧贴着地板缝，嚷着：“我看见了，斯沃普老师，这儿有小小、小小的一家！”

我对米格尔说："看见没？灵感到处都是。"

"可是看不见。"

"真的吗？你不介意我看看你的耳朵吧？"

米格尔的眼睛瞪圆了，然后呵呵一笑，耸耸肩答应了。我就像医生那样，开始查看他的耳朵。我说："哈，我猜得没错，你的脑子里真的有个灵感，而且还很好玩呢！"我把笔放在他手里，说："你能做到，人人都能做到，只需要开始写，灵感自然就会来，我保证。"我站在他旁边，耐心地等。他扭了扭身子，终于说："我能写类似自传之类的故事吗？"

我说："当然！"真没想到他还知道自传这个词。

米格尔开始写了。教室里安静下来，人人都在写。

我觉得自己真了不起。这个斯沃普老师是打哪儿冒出来的？我完全没有预料到，他从天而降，是儿童节目和脱口秀主持人以及我自己的混合体。我跟邓肯老师站在教室后面，看着孩子们写，感动于这种天天都在发生的奇迹。

她问："你是怎么做到的？"

其实我什么也没有做。

她说："人们总是说，先要让他们列出故事大纲。"

我向她坦白："我从来也没有写过大纲，我试过，但是没起作用。大多数想法都是写起来才会有的。"

"我开始时有些担心。你让他们爱写什么就写什么，我担心他们会卡住，不知道怎么开头。"她看了看她的学生们，想要弄明白这一切，觉得我一定是有什么魔法，说："你就像童话里的吹笛人。"

吹笛人，我喜欢她这么称呼我。但是，要是真有什么魔法存在，它更应该是书，书才是作家带来的魔法。尽管如此，我仍然很愿意相信她说的是真的，我可能有某种还未被发现的潜能——比如启发孩子写作的天赋？

米格尔举着他的作文纸跑过来："斯沃普老师，看看我写的自传！"

他无比自豪。

“让我看看。”我说。

1987年，有个孩子出生了，他的生日是12月25日。这孩子聪明、强壮、有礼貌。他大一些的时候，学会了乘法。这个小孩名叫米格尔。他是在厄瓜多尔出生的，他非常喜欢写作、画画和乘法。然后有一天，他想尝试一样新东西。他的表哥们对他说，嘿，小不点儿，想打篮球吗？我说，好哇，但请叫我米格尔，我不是强迫你，但你可以试一试。然后我们去打篮球，突然，有一个表哥掉进流沙，快要被淹没了！另一个表哥也掉进去了，只剩下我一个。我不能站在那儿眼看着他们被埋掉！于是我把他们拉了出来，冲洗干净。然后我们又去打球。我们一气儿打了七天篮球，根本没回过家。不过，买过吃的和喝的。我们在篮球馆里睡了七天。

米格尔对我解释说：“这才是第一章。”

我告诉他写得很好，说我等着看更多有关米格尔的故事。然后，我问他是不是真的生在圣诞节那天。

他看着我，有些不解，不明白我为什么问这个。

“这儿不是写了吗？你生在12月25日。”

米格尔看了看，说：“我写错了。”他马上拿出橡皮擦擦掉。

我不知道是否对米格尔有了一些了解。他是否流露出了潜意识，是否在潜意识里认为自己就是耶稣基督？这些想法只是一闪而过。

阿伦站在我面前，拿着自己的故事。

“斯沃普老师，这样对吗？”

“‘对’是什么意思？故事不分对错。”

“读一读吧，斯沃普老师！”

阿伦长得很瘦小，是班里个子最矮的，棕色的头发软软的，眼里总有笑意。我立刻就喜欢上了他的作文，虽然潦草，但充满热情，很有表现力。虽然他的标点不对，语法也不太正确，拼写更糟糕，但要解读他的作品并不太难：

夏天的圣诞老人

从前，并不是很久之前，有一年的冬天很热，热到一点雪也没下。所有的小孩都在吵闹："圣诞老人今年不会来了！"突然间，出现了一道闪光，有谁灵巧地踩着滑板来了。原来是圣诞老人！圣诞老人，加油！圣诞老人，加油！他给每个孩子发了礼物。小精灵到处散布彩虹。圣诞老人来了，大家都很高兴。然后他让天空下起雪。我跑过去一拉，把他的胡子拉掉了。他说："你别想跑，小孩儿！"原来他不是圣诞老人！哈！原来不是圣诞老人！别人不再信圣诞老人了，但我还信。我真希望他在这儿。

我说："这真是天马行空！嘿，同学们，听听阿伦的故事，真是太棒了！"我把《夏天的圣诞老人》念给他们听，提议大家当场就把它演出来："快，把桌椅靠墙，腾出演戏的地方。"

我跟学生们一样想看到这出戏。这是受了维薇安·裴利[1]的《沃利的故事》的启发。沃利是幼儿园里的一个淘气包，他的故事被演成了戏，这个过程改变了沃利以及他的老师和同学。读了这本书，你就会觉得自己掌握了教育的秘诀，假如每个课堂都是那样，世界就会完美起来。

我说："既然故事是阿伦写的，就让他来选演员吧。阿伦，谁当讲故事的人？"

[1] 维薇安·裴利：生于1929年，美国资深幼教老师，重视以游戏启发孩子。

“我！”

“谁来演圣诞老人？”

有很多同学举手，米格尔举得最高。可是阿伦选了宽印。米格尔的肩膀耷拉下来，一脸不高兴。

我对他说：“不要因为没选上而生气，等大家演你编的故事时，你也能想演谁就演谁。”

米格尔说：“没错！”他暂时又高兴起来。可是到最后，阿伦什么角色都没分给他，米格尔失望之极。他建议说：“驯鹿呢？有人演驯鹿吗？”

“阿伦的圣诞故事里没有驯鹿。”

“可圣诞老人应该有驯鹿啊！”

“故事想怎么样就怎么样，作者说了算。阿伦写了故事，我们就得照着演。”

《夏天的圣诞老人》的全球首场演出就演了三分钟，最多三分钟，但令人难忘。瘦瘦的宽印装出滑滑板的样子，摇摆着出场，马雅和美凯演小精灵，像撒花那样向空中播撒彩虹。雪下起来时，演小孩的加里和易卜拉辛假装冷得发抖。阿伦在一边看着，频频点头，像是在说：“太棒了，真太棒了！”

我最喜欢结尾，觉得非常微妙。叙述者揪下圣诞老人的胡子之后，别人不再相信圣诞老人了，而讽刺的是，只有叙述者还相信圣诞老人的存在。他的想象很大胆，但有些孤单，“我真希望他在这儿”。

我觉得我懂阿伦。在他这个年纪时，我也非常相信圣诞老人的存在。我的哥哥们千方百计地证明圣诞老人并不存在，我就去问父亲。父亲告诉我，别理他们，圣诞老人当然是真的了。但是，有那么一天，教堂的牧师号召大家为穷人的孩子捐些圣诞礼物。

怎么回事？

圣诞老人不去穷人家吗？

我又去问父亲，他看我的眼神似乎在说，我终于长大了，他很难过。

我很不情愿地接受了失去圣诞老人的现实，那是我经历的第一起死亡，第一次背叛。父亲不玩了，这意味着我和阿伦一样：独自一人，希望圣诞老人还在。

《夏天的圣诞老人》的大幕落下，一时间，同学们纷纷盼望自己的故事也能上演，可是，邓肯老师说："今天我们来不及了。快放学了，现在要开始收拾。你要留什么作业，斯沃普老师？"这个问题吓了我一跳。

没想到，有人会问起作业。我连忙搜肠刮肚，想出来一个作业。这是我有生以来留的最好的作业。我对全班同学说："明天来学校的路上，发现一个新东西，你从前没有见到过的、你喜欢的小东西。"

我记得自己曾做过这类的功课。我记得小时候，走在上学的路上，我总能发现一些以前从来没见过的东西，然后感到惊喜，更妙的是，只要去看，你总能发现更多的新东西。人行道裂开了，窗台上有只猫，树下有个蚂蚁窝。不知为什么，发现这些隐秘的世界，去观察它们，令我无比快乐。

多年后的今天，走过一条经过了千次百次的老路，比如去超市或是洗衣房，只要我神志清醒，没有想入非非，还记得寻找，我也总能发现一些新奇的、以前没见到过的小东西。

哪一个是淑永

Which One Is Su Jung

我估摸着，我是在小学三年级时第一次写故事的。一定是这样的，但具体的细节我一点也记不起来了，并且什么凭证也没留下。那些故事会不会就是我现在这些作品的雏形，或是另一种东西？我是否仍会回忆起当初的写作？无论如何，晚上回到家中，对着学生们的第一次写作，我为此庆祝了一番——我放上一段舒缓的音乐，倒了杯酒，坐在我最喜欢的沙发里，让猫儿蜷伏在我的膝上。万事俱备，我开始读他们的第一次。

那天有两个学生缺勤，于是我手里有二十六份作品，内容和形式各异：九个鬼故事，六个冒险故事，四个童话，两个故事明显地受了《自由街上的阿拉布里人》的启发，还有一个神秘故事和一个荒诞派故事。一个叫奥坎的男生写的是怎么开飞机的说明文。伊莲娜和尼可两个人各写了半句话，正如邓肯老师所担心的那样，她们一定是卡住了，不知道写什么才好。可她们假装忙碌，躲过了我和邓肯老师的注意。

从阿莱格拉勉强可以辨认的“蜘蛛爬”，到法蒂玛的复合句，他们的写作水平参差不齐。我从他们说的英语中常常能感觉到他们的母语的语法，可在他们的行文中，这类特点却不明显。大多数故事都很短，只有几段，也有几个人写了好几页纸。这些写作常有逻辑上的大幅度跳跃，并且令人迷惑。加里的故事就是这样，我把它照抄下来，没加改动：

很久以前，乔治·柯比特想要发现一个新的星球。他找到了一个世界，找到了一个门。他打开门，人有五丈高，而宠物有三丈高。他把它叫做“大脚星球”。玩拳击手套的人有三丈高。不久他们买了球，像是篮球，但是球上有嘴巴！鲨鱼什么也不吃。鲨鱼很快长得越来越大！到了中午十一点人们才睡觉！夜里三点，我告诉大家要给我投票，选我当总统。

如果遇到三年级一个班的作文，你不要一下子读完。一次读几篇，不然，你会将它们混作一团，感觉雷同，分辨不出作品的好坏。你会努力分辨那些错字和故事究竟是什么意思，发生了什么事，因而累得筋疲力尽。你会沮丧，觉得烦；你会生气、郁闷，以至于想要尖叫，认为教写作似乎毫无可能。而就在此时，如果你运气好，接下来你会读到这么一篇：

森林里的生活

有一次，一家人到森林里去度假。一下车，我就听见狮子在吼，猴子在唱歌。我不知道自己是不是喜欢这个地方……

房子又脏又乱，到处都是灰土。我不相信我要在这儿待上两个月……这座房子只有一间，我不想在这儿度假，这儿真可怕。

我真是气疯了，真的很生气。我就到森林里走一走，想冷静下来。走着走着，我发现了一座小屋，有点怪怪的。我走了进去，看见里边有个男人。我问那个男人："森林怎么样？"那个人说："住在森林里挺可怕的。可有时，也只能这样。"

我离开了那座小屋，回到自己的房子里，清理了灰尘。住满一个月的时候，我又去那座奇怪的小屋。我走了进去，可是屋里没有人。我慢慢走回家，很担心。我要找到那个人。我喊："爸爸！开车带我出去！"爸爸向我喊："等会儿，我正忙着呐！"我上楼回到自己的房间，自言自语。我问妈妈："你们度假为什么非要来森林？这地方太可怕了。"她哭了，说："你要学着喜欢这里。"我一听见这话就昏倒了。我很害怕。

突然，妈妈把我摇醒，说："醒醒，该去上学了。"我问："我们怎么在这儿？"妈妈问："什么意思？"我糊涂起来。我要上学去了，我心想，还好，这只是一场梦。

这篇作文里有真实的原创的声音，有发自内心的呼喊。故事中充满了形象和神秘色彩，有唱歌的猴子，乱糟糟的屋子，小屋里的陌生人，还有一股冲天的怒气——是的！作家就是这样写作的，勇敢、热情，就像一个闯进森林的孩子那样，冲进故事中，不管会有什么结果。

谁是淑永？这是哪国人的名字？韩国？淑永是个男生还是女生？第二天一大早，我就问邓肯老师："谁叫淑永？"

"坐在中间的那个系蓝发带的女生。"

淑永正安静地坐在那儿，抄着黑板上留的作业，不知道我正在观察她。

我问邓肯老师："她怎么样？"

“我说不好。她会非常安静，又会非常尖刻，也会非常严肃。”

我把淑永写的故事拿给邓肯老师：“她写的，看看吧。”

她很快读完，说道：“嗯，这透露出很多她自己的故事。那个森林就是城市，肮脏、吓人，而淑永要学着去喜欢……”

“森林也许象征着她的整个生活？”

“还有打扫。这些孩子总爱说打扫，我在他们的日记里总看到这件事。他们要做很多家务事，总是打扫。”

我把作文发回去，淑永的留到最后才发。我在她的座位后俯身，把作文放在她的桌子上（她邻座的艾拉装作若无其事的样子，其实是在偷听）。我说：“我很喜欢你的故事，写得真好。”

淑永紧盯着桌面，我看见她的胸口一起一伏。

我问：“你是从韩国来的？”

她点了一下头。

“你在韩国时住在城里吗？”

她摇头。

“住在村子里？”

她再次点头。

“来美国时你多大？”

她小声回答，声音太小，我没听清。

“对不起，你说什么？”

“四。”

“你是说四岁？”

她又点头。

“我懂了。那你还记得韩国吗？”

没有回答。

“你在韩国时，去过森林吗？”

摇头。

“故事里，小屋里的那个人是谁？他会去哪儿？”

她又摇头，她自己也不知道。

我说：“没关系。”我说起故事的结尾，我告诉她很多孩子的故事结尾都是从梦中醒来。我说：“快乐的故事结局来得不容易，因为真实生活里的快乐结局也不容易。不管怎样，祝贺你，写得真棒！”我觉得我的意思她听懂了。

她没有看我一眼，也没说什么，只是紧紧抓住桌子边，捏得指节都变白了。

我信仙女，我信

I Do! I Do Believe in Fairies

邓肯老师选了《彼得·潘》作为学校文艺汇演的剧目。这个是缩略版，只有二十来分钟。不过，要做的准备可真够多的。我的写作课因此要停一阵，让位给排练、画布景、做戏服、练歌舞。我跟学生们只在一起待了几周，眼下又要分手。我答应回来看他们演出。

这出戏讲的是一个不愿长大的男孩，作者是詹姆斯·巴利。巴利的生平相当值得一提。他于1860年出生在苏格兰的一个大家庭里，家中并不富裕。他六岁时，他的哥哥戴维（又高又帅、擅长运动、惹人喜爱）在滑冰时死于一场意外事故。哥哥的死让巴利的母亲深受打击，几乎把她击垮了。有一年多的时间，她拉严了窗帘，把自己关在卧室里。这位剧作家后来写道，他想让母亲好起来，想让自己变得跟哥哥一模一样，让她分辨不出。然而，这是一个不可能实现的梦想：巴利长大了，而他的哥哥和那些夭折的孩子一起，永远停留在童年，不再长大。

奇怪的是，巴利的个子并没怎么长，好像他的身体一直在拒绝长大。他相当矮，大约只有一米五，而且保留着尖细的童音。有人认为巴利得了腺体病变，这种病变会阻止青春期的到来，在极端的情况下，还会让一个人的心理状态永远停留在十二岁。无论如何，长大后的巴利显然还保留着童心，非常热衷于过家家等游戏。

在写《彼得·潘》之前，巴利已经是著名的成人小说作家。他从来没想过要为儿童写作，直到四十岁时，他结识了已婚的希尔维亚·莱维琳·戴维斯和她五个年幼的儿子，其中一个就叫彼得。这些孩子非常崇拜巴利，自己没有小孩的巴利也很是喜欢他们。巴利时常跟这些孩子在吉辛顿花园玩，一玩就是很长时间，这令戴维斯先生很尴尬。巴利还与孩子们一起演出精彩的冒险故事，故事里有海盗、印第安人、沉船、荒岛和一个叫彼得·潘的主角。

这些故事构成了《彼得·潘》的雏形。这出剧于1904年首次公演，演出后立即受到好评，并且长盛不衰，成为当时最为著名的儿童剧，巴利也因此变得极为富有。然而，悲剧发生了。戴维斯夫妇相继去世，巴利的玩伴们成了孤儿，于是他收养了他们。这些男孩逐渐长大，但一个个地都对作家巴利和他们的彼得·潘失去了兴趣，甚至开始因为他而感到难堪。

孩子们忙着排戏时，我待在家里。这时，我发现自己很想念那群孩子。我意识到，我已经撞进了一个美妙的世界，必须把它写出来。然而，我的工作坊只剩下一两周的时间了，而我对学生的了解还远远不够，不足以让我如实地把他们反映在纸上。于是，我决定把这个班当做我的个人项目，在未来的三年里继续教他们写作。如此一来，我就可以一边充分了解孩子们的生活与想象世界，一边看着他们长大并成为作家。这是一个令人振奋但同时又相当冒险的提案计划。我从来没有写过这样的书，也不知道自己的生活能不能维持下去，因为这一周二至五天的教学活动是无偿的，但至少，这种研究与教学会充满乐趣与收获，我知道自己在做着有益的事。总而言之，这个安排对大家都好，当然对我也有益：那年秋天，我和一位朋友吃饭时，她问我是不是在谈恋爱，说我看起来容光焕发。

邓肯老师制作的《彼得·潘》在学校的礼堂公演，学生与家长都来观看。邓肯老师尽可能地让孩子们自己选择角色。淑永演温迪（女孩与母亲），凯莫演钩子船长，加里演鳄鱼，阿莱格拉演小仙女叮当，阿伦演海盗，米格尔演彼得·潘。

他们的演出可爱又感人。孩子们跳起舞，伸开双臂，在空中翱翔，飞向梦幻岛。当他们唱起《不想长大》时，我感动得快哭了。米格尔演得最好的是有名的那一场：叮当快要死去时，彼得·潘向前跨出一步，请观众拍手表示他们相信仙女确实存在。我们拍了手，叮当于是就活了过来。我不得不老实说，米格尔演的彼得·潘过于严肃，动作不够轻快，太过忧伤。不过，这一切都无伤大雅，他把台词记得很熟，吐字清楚，我真为他感到骄傲。

众演员谢过幕，父母拥抱了自己的孩子，之后众人纷纷散去，我帮忙拆布景。米格尔身上还穿着绿天鹅绒的戏装，和我一道折起海盗船。这船是西蒙和加里在纸板上画的。

“你爸妈来了吗？”

“来了。”

“你家有几口人？”

“呃，六口。我妈、我爸和四个男孩。”

“你有三个兄弟？”

“我是老大。”

“三个弟弟——哇。”

“有一个弟弟是在芝麻街出生的。我们那天去那里玩，结果他就不小心在那里出生了。所以，他去芝麻街终生免费。”

“多么幸运的人生开始啊！”

“是啊！”

“你父母喜欢这出舞台剧吗？”

“我爸说，他回去要罚我。”

“为什么？”

“我不该参加演出。”

“那又是为什么？”

“因为这违背了我们所信的教。”

“演戏就违背了信仰？”

“是这个戏违背了我们的信仰。”

“《彼得·潘》违背了你们的信仰？你信什么教？”

“天主教灵恩派。”

我对灵恩派的了解仅限于他们又被称做圣灵附体者，他们会使用灵言。我问他：“《彼得·潘》有什么问题？”

“里面有仙女。”

“仙女不好？”

他点头，加上一句：“跳舞也不行。”

“跳舞也不行？跳舞有什么不对？”

“在我们的教派里，你跳舞时要显得被圣灵附体，眼睛不能睁开，手要举起来。你要是跳别的舞就是在给魔鬼跳，然后，到死的时候，魔鬼就会告诉你：‘你在人世上给我跳舞跳得高兴，现在你就在地狱的火里为我跳吧！’”

“那你排练的时候就知道这些呀！”

“我觉得自己很不光彩。我应当老老实实坐在一边，提醒自己不能参加。可是那样我又会很难过啊，排戏很好玩，除了这个也没有什么好玩的事情了，几乎没有了，什么也没有。我常常觉得我信的教很糟糕，它总让我对别的教派生气，因为别的教派的人能玩蝙蝠侠、变形金刚。他们能在万圣节上门要糖，还有圣诞老人等等好玩的事。”

我小时候对教会的感受与他完全不同。我们卫礼教会的礼拜非常沉闷无趣，我听着听着就会睡着。那时我很羡慕灵恩教派的舞蹈，觉得小孩子一定很喜欢。听了他的话，我也害怕起来。如果米格尔的爸爸觉得《彼得·潘》有大罪过，那么在他眼中童年本身也是有罪的。我心里对这个可怜的孩子充满了同情，他这么想演戏，以至于不顾最后会受处罚。为了对米格尔表示支持，我撒了个谎，我说："不管怎么说，我觉得你演的彼得·潘真是太棒了。"

"斯沃普老师，谢谢你了。"

我把这件事讲给邓肯老师听。她解释说，宗教在贫穷的移民孩子生活中极其重要，教会提供了各式各样的活动，从辅导班到一整天的礼拜。每逢礼拜，教会就会提供饮食，也等于是提供了社交的机会。她告诉我，尤其是在陌生的环境中，教会提供给移民家庭一种熟悉的场所，让操同一语言、有同种文化背景的人能够聚在一起。她说："宗教是穷孩子们能'拥有'的。"

我想，想象力也是他们能拥有的。在我的课堂上，米格尔会受到鼓励去自由地想象，这是我能给这个孩子的。

过了几天，邓肯老师的邮箱里出现了一台宝丽莱相机和两盒胶卷，不知是什么人送来的。没有一张字条，也没有寄出的地址，这是来自圣诞小精灵的礼物。邓肯老师说："真奇怪。"

我说："宝丽莱就像变戏法，孩子们一定喜欢。"

她把相机递给我说："拿去用吧。"

我们把全班分成两队，要每一队编一个故事，演一遍，拍出三张照片，一个表示开头，一个表示中间，一个表示结尾。邓肯老师有一大纸箱道具和戏服。孩子们在里边翻来翻去，想出蒙面强盗、大鸟、持刀杀人、复活节兔子种种情节。照片拍好后，我要求两队彼此交换照片，我说："你们在照片中看出了什么故事，写出来吧。"

这个要求的结果很糟糕。我没有事先介绍一些摄影常识，导致照片照得乱七八糟，取景和表现都很糟糕——只有照的人知道他们照的是什么。于是乎，写出的故事与原来的设想大相径庭。米格尔听到别人讲述他们组的照片时，说："我不喜欢他们的故事。我的意思是，我喜欢，可是他们讲错了。"

“你说‘错’是指什么？”

“他们讲的不是照片上的故事。”

“说到点子上了，但不必只有一个故事，看同一组照片的时候，人人都会发现一些不同的东西。”

米格尔说：“可照片就是照片啊，他们的故事跟我们原来的不一样。”他固执得如同一字不差地读《圣经》的原教旨主义者。

“你既然这么在乎，为什么不自己把它写出来呢？”

“我会的，可是我想跟你一起写。”

这个想法很吸引我。我也渴望给米格尔找点乐子。我说：“那咱们现在就写。”我们走到外边，坐在一张靠墙的桌子前。我自告奋勇做记录。我们把照片一张张摆好，仔细研究。

我问：“这些角色都是谁？”

“尼可戴着贝雷帽，是个著名的日本画家。娜利亚是个电影明星，所以她戴着王冠。”

“画家的名字叫什么？”

“我不知道日本名字是什么样的。”

“嗯，我想想。叫淳子怎么样？听起来像是个日本人名，是不是？”

米格尔点头，急着想继续下去。

我说：“好，我觉得我们的第一句就有了：‘从前有个叫淳子的画家。’现在咱们表示一下淳子有多么出名。写完这一句，‘淳子非常出名，她……’”

米格尔张口就说出了一大串复杂的句子：“淳子非常出名，她画的每一张画都用金画框框起来，挂在博物馆中最大、最重要的展室里。”

我说：“哇，你可真会编！”

米格尔不耐烦地打断我，让我赶紧写下来，然后他仔细读了一遍。他指着我写的，说：“斯沃普老师，‘展室’前你忘了写‘最重要的’。”

我赶快改正，说：“对不起。然后呢？”

“一天，淳子画烦了，说：‘要是再看见一张画纸，我就会叫起来。我需要休息一下。’”

我说：“很好。”

“这是什么？”

“引号。你要用引号表示这是故事里的人说的话。”

“真酷！”

“后来呢？”

“她于是拿出那支特别的黄色羽毛——”

“羽毛是从哪儿来的？”

“是一只神鸟的。然后她就去找当电影明星的好朋友埃斯特拉·德·曼都去了。这是个西班牙语名字，意思是世界之星。她也有支同样的羽毛。”

“一模一样？”

“不完全一样，斯沃普老师，你看照片呀，埃斯特拉·德·曼都的羽毛是红的！”

“我看见了。那埃斯特拉·德·曼都的红羽毛又是打哪儿来的呢？”

米格尔停下来。他瞪着眼睛想了一会儿，然后说：“有一天，埃斯特拉·德·曼都正在看自己演的一个片子，银幕上突然飞出一只鸟，落在了她的王冠上。”

“太妙了！”

“所以，淳子来找她玩的时候，埃斯特拉·德·曼都非常高兴，高兴得直哭。”

“慢点儿，我都跟不上了。”

可是米格尔停不下来了。他加重语气，像个演说家，两手比划着。“为了让埃斯特拉·德·曼都止住哭泣，淳子说：‘嘿！逗我痒！’埃斯特拉·德·曼都就用羽毛逗淳子，淳子大笑起来。淳子又说：‘现在该我逗你啦！’她们俩逗来逗去的，玩得又累又饿，就叫了吃的。”

“比萨？”

“不是，是柠檬水和巧克力饼干。她们吃完又接着互相逗，她们大笑，一直玩到九十九岁。”

“然后呢？”

“然后她们就死了。”

“真可惜。”

“不啊，因为她们死的时候都还在笑。”

我也笑了，我说：“真好，这真好。”

我们开始编辑这个故事，更换句子的顺序，改动几个动词，加进一些细节。米格尔认真地看着我的每个改动，最后我把抄好的稿子交给他，他一言不发地看着，感到很奇妙。终于，他说：“这是个了不起的故事。”

他急着要给全班同学读。读的时候，他兴奋得手直抖。大家鼓掌时，米格尔骄傲地来回踏步，像是正随着什么音乐。他抱住我的腰，告诉我说：“等我长大了，我要当个作家。”

我一下僵住了，举起手来。对于一个老师，尤其是男老师来说，拥抱学生是很冒险的。米格尔一直没松手，他仰望着我，用婴儿似的口气说：“爹爹！做我爹爹吧！”

我轻轻推开他，说：“我可以当你的老师和朋友，但不能给你当爹爹啊。”

米格尔经常说起自己的爸爸。我不认识他爸爸，他从来也不来学校，而且我跟他语言不通。我对他的印象很模糊，都是从米格尔那儿听来的：爸爸很聪明，擅长运动，很严格，脾气不小，每天晚上都给孩子念《圣经》，而且以前结过一次婚，还是在厄瓜多尔的时候。早年的婚姻中有两个女儿。现在他在打零工，经常没有工作可做。实际上，米格尔一家经常缺钱，经常处在乞讨的边缘。此刻米格尔向我表白，错并不在他的“爹爹”。他说“爹爹”伤了膝盖，或是忙着给教会当义工，或是老板太苛刻。米格尔总有一些好理由，就像交不上作业时那样。完不成作业在他也是常事。

寻找故事

Hunting for Stories

帮助米格尔写故事太有意思了，我接着又帮助了其他学生。从来也不缺志愿者。我只要问：“今天有谁想合作？”手就都举了起来。每次合作的经历都是独特的，像是不一样的林中寻宝。有些孩子知道该怎么做，他们走进树林，自信满满，凭着直觉找到好的想法；也有些孩子粗心大意，莽撞地向前冲，迷了路，想把捡到的零零碎碎的东西都放到故事里去。不少孩子开始时很拘谨，他们需要有人拉着他们的手——别害怕，没关系的，好主意就在前头，只要朝着一个方向，任何方向都可以，让我们看看这条路通向哪儿——就这样，他们就会明白没什么好担心的。

我喜欢这样寻宝，虽然每一次都很累。有些寻宝过程比较难，因为树林并不总会交出它的宝藏。大多数人都能有幸运的发现，也有人没有，比如法蒂玛，她从来也没有主动跟我进过树林。

可是阿莱格拉很踊跃。她是班上唯一一个金发碧眼的学生，是克罗地亚和波黑的混血儿。她父亲是巴尔干冲突的难民。她的门牙龇着，最近掉了一颗。她可爱、甜美，傻得不可救药。她像兔子一样好动，不能安安静静地坐下来写作。她花了好多天才完成下面这篇有趣的故事——“好啦，阿莱格拉，坐下来，再写一句，求你了。”

牙齿大冒险

从前，在树林里，有一颗牙跟他姐姐走散了。第二天他和朋友回到黑黑的树林。可是，朋友跑了。他便往家里跑，大叫着："我要回家！"这时，他听到了一声巨响——砰！

隔天，他独自一人回到树林里，可是他听见身后有脚步声。那是他姐姐珍妮，他们一起回家去。

珍妮和弟弟又到树林里去找她的朋友。她急着想找到他。他们到了那儿的时候，他已经走了，他们又生气又难过。

我想给她些鼓励，就问她想不想合作写故事。

"好呀！"

我们坐在教室外的桌前，我的小录音机放在我们之间。

"你要给我录音？"

"是呀，我给每个人都录了音。"

"为什么？"

"这样我才能记得我们今天都说了什么呀。我想写一本跟你们一起的书，这是为写书而做的研究。"

她说："噢——"装出很懂的样子。

"阿莱格拉，我们今天写什么故事呢？"

阿莱格拉不好意思地笑了，呼扇着胳膊，笑呵呵地说："我也不知道！"

"要不写个神秘故事，冒险，或者童话？"

她又把手一挥，说："我也不知道！"

"要不写个动物的？你喜欢动物，对不对？"

"我家的公寓里有耗子。"

"真的？天，真的吗？"

“它们到晚上才出来。”

“那你想写耗子的事吗？”

“我想写大象！”她说着，咯咯笑起来。

“哦，好呀，我也喜欢大象。还要有什么别的角色呢？”

她又挥起手来，笑呵呵地说：“我也不知道！”

“阿莱格拉，别再说‘我也不知道’了。我们还要加一些什么角色呢？”

她的眼珠转来转去，像个洋娃娃，然后她说：“科学家？”

“太棒了。那我们给他起个什么名字呢？”

“我不知道！”

“好吧，咱们想一想。你写的那个牙的故事很好，我们可以管他叫丹特博士。丹特的意思……好吧，你觉得丹特是什么意思？指的是……丹特的意思是牙，比如牙医。”

她一脸茫然。

“你完全不懂我在说什么，对不对？”

“是的。”

“没关系。那你喜欢丹特博士这个名字吗？”

她点点头。

“好吧。那现在你会写‘丹特’了吗？”

“D——E……D？”

“先发音：丹——”

“N？”

“太棒了！对了！很好，下一个音：特。”

“D？”

“特、特。”

“T？”

“又对了！现在，两个音一起念：丹特，厄。”

“I？”

“实际上是 A，A 的短音。你知道短 A 的音怎么发吗？”

她摇头。

“你当然不知道了，你怎么会知道呢？”孩子们不知道的太多了，要教的太多了！可是，如果要想写出一个故事，我们就得继续往下走。我说：“实际上，因为这是个名字，我们怎么写都行。你要是想用 I，也可以。你觉得怎么样？”

她微笑着表示同意。

“很棒的选择。好吧，丹蒂尔博士跟大象有什么联系呢？”

她又一挥手，说：“我也不知道！”

我必须让她打住了。我搞怪地向前一倒，“当”地一头栽到桌子上，无比绝望。“求你了，阿莱格拉，不要再这样，我受不了啦！”然后，我坐直了，盯着她说：“阿莱格拉，现在要开始工作了，你要控制一下自己，把手放在腿上，不许再瞎比划。听好：科学家跟大象有什么联系？”

她乖乖把手放在腿上，我们静静地待了一小会儿。然后，她仰脸望着房顶，看上去就像已失去知觉，不知道自己在做什么。她慢慢把五根手指放到嘴里，好像咬住了一个大奶嘴。或许，她是在模仿大象的鼻子？噢，阿莱格拉，你那傻乎乎的小脑袋里到底在想些什么呢？我耐心地等着。可是过了一阵，我担心她在做梦。“嘿，阿莱格拉？你还在吗？”

她把手从嘴里拿出来，头歪向我这边，冲着我傻笑：“他切掉了大象的鼻子，拿它去卖钱？”

儿童的幻想领地有着不经意的残忍，这很自然，通常没什么可担心的。我说：“这想法真是太可怕了，真是了不起！让我们接着编下去……”我想，我们大概会沿着这个方向走下去，很容易地把故事编完。可是我想错了，写完这篇“丹蒂尔博士”就如同拔牙：

丹蒂尔博士回到他的独木舟上，划了九十九天，才来到北美。他直接去了梅西珠宝店。他拿出象鼻子给经理看。经理说："东西真不赖。"他给了丹蒂尔博士三千美元。丹蒂尔博士直接去商店里买了很多吃的，这下他永远不会再挨饿了。之后，他结了婚，生了八个孩子。他现在生活得很幸福，没有再去打猎。

圣诞精神

The Christmas Spirit

那一年的十二月，皇后区下了大雪。街上的车都被雪埋上了，铲雪车铲除的雪堆得直有两个学生高。我从来没见过这么大的雪。奇妙的白色世界和出现在我生活中的孩子就像是圣诞节施的魔法。像圣诞清晨的斯克鲁奇[1]一样，我对生活充满了爱，愿上帝保佑所有的人——街上卖报的、卖咖啡的，停车场里收费的，乘公交的上班族，帮助学生过马路的人，学校里的秘书、清洁工和校长。我心里对他们充满柔情，我在他们身上看到了我的学生，他们也都曾经是孩子，就像我那些学生一样，眼中充满渴望和好奇。

可是到了学校，我就要收敛一些。学校里的孩子所信奉的宗教各式各样：巴哈伊教、佛教、印度教、伊斯兰教、天主教灵恩派、锡克教、道教、天主教和基督教长老教会。邓肯老师过圣诞节不用圣诞树和圣诞老人，可是完全忽视这个节日又有些荒唐，因为圣诞的气氛无处不在，无法躲避。寒假也以它开始，显示了它在文化上的重要意义。于是，邓肯老师过圣诞节的方式是，让大家交换简单的礼物以表达对朋友和

---

[1] 斯克鲁奇：英国小说家狄更斯的作品《圣诞颂歌》中的主人公。

亲人之爱。

放假前的那天，我们开了个小小的晚会。孩子们给家人写了诗，做了贺卡。邓肯老师送给每人一本书，我则给每个人三个不一样的词——我为各人精心挑选的，是他们不认识的大词，我用书法写在小小的贺卡上，系着丝带。（我后来在他们写的故事中一遍又一遍地再见到这些词，米格尔特别喜欢用其中的一个。他喜欢“英勇”这个形容词，总是用在他的故事主人公身上。）

那天早上，我拿了书架上安徒生的《卖火柴的小女孩》，带着它去学校。我有好多年没读这个故事了，心里觉得，贫穷的小女孩从窗户里看到别人高兴地过节，这会在这些穷孩子中引起共鸣，但给他们念这个故事时，我觉得我选错了。我忘了它是多么阴沉、伤感，抑或充满了基督教的教义。

故事讲的是一个女孩赤脚走在下雪的大街上。她划着火柴取暖，在短暂的火光里看见了一些景象：一个炉子、一张宴会用的桌子和一棵圣诞树，最后，是她那已去世的奶奶。奶奶抱起小女孩，带她去了一个地方，那里“没有寒冷和痛苦，因为她们跟上帝在一起了”。第二天早上，女孩被人发现，“脸蛋红扑扑的，带着微笑——已经死了”。

“有什么感想？”我问。

像往常一样，米格尔最先举手。“我喜欢她划着火柴的时候，那时她就会高兴起来，而火柴一灭，好事就都没了。”

洁西卡却有些糊涂：“她是怎么死的？”

淑永说：“因为冷？”

“没错，她是冻死的。”

“她的灵魂离开了，去了天堂。”西蒙说。

“因为这女孩真是需要上帝，没有上帝，她就会死，而且什么都没有。”加里说。

美凯家信奉道教，她说：“没错，她的灵魂会迷失。她很不幸，她会一遍又一遍地重复这样的生活，还会挨冻。”

我问：“你指的是轮回？”

美凯没听说过这个词，糊涂了：“嗯？”

卡洛斯说：“女孩死时，人们会怎样？他们让她轮回吗？会把她的血取走吗？”

罗茜信印度教，说道：“在我们的信仰里，你得把尸体烧掉，把骨灰洒进河里。”

我问：“有人知道什么是轮回吗？”

只有一个人举手。我叫了阿丽扎，一位穆斯林女孩。她努力作出解释：“我外公死的时候，在他的葬礼上，我妈妈看见了他的魂。”

我说：“轮回还不是这个意思。还有人知道吗？娜利亚？”

而娜利亚说的是她心里想的事：“我不懂为什么那个小女孩死的时候会笑！”

淑永说：“她见到奶奶了，觉得很高兴。”

米格尔说：“是啊，她很高兴不用再受苦了，不再觉得冷，也不再光脚走路。”

而奥坎不明白，这本书的插图里为什么没有上帝。我说：“这真是个有趣的发现。上帝长什么样呢？”

没有人回答。过了一会儿，米格尔说：“我不知道该怎么说，不过他穿着袍子，不穿鞋，光着脚。”

易卜拉辛说：“我爸告诉我，上帝既不是男的也不是女的，他是一种精神。”

娜利亚问：“那上帝为什么会有个儿子？”

淑永说：“我去教堂时，人们说，耶稣死在十字架上，是为了救大家。”

这话引起了很多人的共鸣：“没错。”

米格尔说：“我的《圣经》上说，马利亚生了耶稣，他身体强壮，他到天堂去见他的父亲，他父亲又让他回到地上，为我们死，宽恕我们的罪。”

易卜拉辛还是不为所动:“我的上帝不是她或者他,我的意思是……他、他,他叫安拉。”

凯莫说:“我跟易卜拉辛一样,是个穆斯林。”

我看出米格尔很苦恼,像是一时思维短路了。怎么不会呢?大人们教他说,他的神是唯一的神,其他的神都是假的。他举起手,决心挽回。他使劲招手,我故意不去看,担心引起一场宗教战争。我叫了马蒂奥。

“我表弟说,如果上帝不死,我们就会光着身子而不觉得害羞。”

我和学生们都哈哈笑起来。邓肯老师这时说:“笑话别人的信仰是不对的。斯沃普老师,我错看你了。”孩子们都朝我看,我一下子呆住,脸刷地红了,觉得自己就像个八岁的孩子。邓肯老师并没有真的动气,她只是巧妙地转变了话题,宣布道:“同学们,现在该摸礼物了!”

“耶!”

每个孩子都带了一个简单的礼物来学校,放在装水果的牛皮纸袋里。孩子们排队,等着轮到自己摸礼物。礼物很简单:一本涂色书、一盒蜡笔、一整张贴画、一个塑料怪物巨人和一只皮球。但是,孩子们不在乎,他们高兴得不得了。阿伦得到了我带来的礼物,他不知道那是什么。

我告诉他:“这是印字母的模子。”见他有些不感冒,我说:“它看起来普通,其实很有意思。你看,你可以用它来写出自己的名字,或者做标记。”

阿伦没在听我说什么,他的注意力被凯莫吸引了。凯莫的礼品袋里是个大盒子,外边包着蓝色的亮纸。

大家看着凯莫撕开亮纸。凯莫看到礼物,惊叹起来:“哇!”那是一辆可以变形的未来汽车。命运似乎不公,给了凯莫最贵的礼物。他家是班上为数不多的富裕家庭,或者至少是有希望富裕起来的家庭。

他父亲马上就会开始行医挣钱，凯莫不停地这样告诉大家，我们都块听烦了："挣的钱比美国总统还要多！"阿伦告诉我说："那个变形金刚本来是我的，但我妈妈说我们太穷，买不起小礼物，我就拿了我唯一的圣诞礼物来。"

"阿伦，你真是太好了！"

这真是雪上加霜，阿伦最好的朋友宽印过了寒假就不来了，他们一家在皇后区的另一处找到了更宽敞的住处。邓肯老师告诉我，这里的人经常搬家，孩子们在学校之间转来转去。那天阿伦和宽印想最后一次合写一个故事。他们俩并排坐着，手搭在对方的肩上，一起编故事。

勇气

Courage

一月里，开学了。淑永来上学时，脸上有淤青。她说是去长老教会时在台阶上摔了一跤，可是邓肯老师不太相信。假期里，她一直都在担心淑永。淑永常常哭着来学校，邓肯老师问她究竟是怎么回事，可她一个字也不肯说。

我问："你不会认为有人打她了吧？"

"我不知道该怎么想，只是一个学生哭着来学校，之前一定发生了什么事让她难过，不论是在家里，还是在路上。你一定不会相信，可是淑永有一天在餐厅跟一个男生打起来了。"

"真动手了？"

"那个男生跟她住同一栋楼。事后我问她是怎么回事，她却什么也不说。所以，我一直想争取给她做心理测试。这些事情在她的作文里有没有反映？"

我说："没有什么特别的。"我翻看着她的习作夹。"这儿有个故事，我很喜欢，有种很好的、自由的感觉。"

我是只史努比气球

我被折起来，放在一边。这里落满了灰尘。有人来了，擦掉了我身上的灰。我想到外边去，感受风吹。

我来到了外边，飘在空中，我听见有人在喊，是孩子的叫声、笑声。我心里充满了感激，我往下面看，看见人山人海。我高高地飞在天上，感到凉风在轻轻吹拂。我真高兴，参加了梅西百货的感恩节游行。

可游行结束了，我得回到那个脏库房去。我希望游行再次来临。

邓肯老师说："嗯——她又提到了灰尘，还有什么别的吗？"

"没什么了。这一篇提到了女巫。一个女巫因为长得不好看而在学校里受到嘲笑，于是她写了一个故事，想让自己变得跟大家一样。"

"我看过那篇，我觉得故事情节发展得很好。"

我说："嗯。我倒觉得那篇有点四平八稳，我知道她能写得更好。她没有再写出像第一篇那样有趣的东西，那篇《森林里的生活》让我觉得她有点害怕自己的想象。"

邓肯老师说："我不懂你的意思。"

我没想到她会这样说。也许我是在瞎说，可我感觉确有其事：淑永的想象会把她自己带到可怕的、她并不想去的地方。可是，即使我是对的，当老师的又能做些什么呢？你怎么才能教会学生勇敢地去追随想象，即使是可怕的想象？你是否该这样做？我回答不了，但是，没有时间继续想下去，要开始上课了。

我今天上课的灵感来自《个人故事写作》一书。这本书对我很有帮助，作者是梅丽迪丝·苏·威利斯，里边有很多创造性写作的练习。我对大家说："拿出一张横格纸，在一侧的顶端写上标题《我的外面》，然后在下面写上你给别人的印象。之后翻过来，再写上标题《我的里面》，在这下面写下别人看不见的那个你。但是，你若是不愿意，不必写自己的隐私。”

在《我的外面》的话题下，多数孩子都透露出他们对自己的外表的想法。凯莫写道：“我的鼻子很大，但是并不可笑。”娜利亚讨厌梳辫子。罗茜写道：“我的肤色是棕色（这没什么）。”淑永对自己的描写很客观：

我的外面

我有黑色的头发和棕色的眼睛。我总是把头发扎起来再去上学。我几乎天天穿牛仔裤。我的肤色是桃色，我很高，短发，几乎总穿球鞋。

在《我的里面》下，她却什么也没写。我说：“你应当写点什么，淑永。看看其他同学是怎么写的。尼可写了‘在我里面，我很勇敢，可是我的外表很害羞’。阿什利写了‘我的内心是一阵和风’。阿伦开了自己的玩笑：‘谁也没有看出，我是穿着便装的蝙蝠侠。’再看凯撒的：‘我的里面有大脑、心脏、胃、肠和血液。’明白了吗？大胆一些，把它写完，好不好？”

淑永却把纸推到一边，头伏在桌子上，像只断线的木偶。我由她去，但那天收作业时，我注意到她终于写了些什么，那六个小字让我心痛：“我总是不高兴。”

我拿给邓肯老师看了，她立即请心理辅导员给淑永作辅导。这对淑永来说很幸运。辅导员是个仁人君子，每周一次，淑永去她的办公室。

我问辅导员：“你怎么帮助她？”

“我们玩温和的游戏。淑永是个聪明姑娘，她只需要细心爱护，也需要有个说话的人。”

“你们都说些什么？”

“什么都说，说就是了。”

“她有没有说到自己在担心什么？”

“没有，这是个让她感到安全的地方。”

淑永非常想和我一起写作。我一经过她的座位，她就说：“请跟我一起写吧，斯沃普老师！”

“可是，淑永，每次我们开始写时，你却什么也不说。我没法一个人合作。”

“求你！”

我有时会妥协，说：“好，来吧。”她就笑了，一跃而起，我们就到教室外面去。开始时，我们会先聊一小会儿，聊得很好。她告诉我不少事。她说自己是通过看巴尼的电视节目学会说英语的。她还告诉我，她跟爷爷奶奶一起住，她叔叔也和他们住在一起。她很喜欢叔叔，因为他总是送她东西。她还告诉我，她跟奶奶和四岁的弟弟睡在客厅。我也给她讲我自己的事。我告诉她，我的猫有一次从三楼跳了下去，居然没事。我给她讲我小时候的故事，我和童年朋友的事，我们有次给鸟做了个墓地，却找不到什么死鸟来埋。我们就想干脆杀几只，但是从来没有真的那么做。

“斯沃普老师，你真怪。”

“我也这样觉得。可是，人人都这样，不是吗？总之，咱们开始写吧，好不好？我们今天写个什么故事呢？”

沉默。

“咱们先写一个地方吧。我们的故事从什么地方开始呢？”

沉默。

“从哪儿都行，只要说出一个地方。皇后区？巴黎？首尔？”

沉默。

“这不难呀，淑永，随便挑个地方。求你了，我不能一个人合作。”

沉默。

“说句话，淑永。就说一个词，求你了。”

沉默。

“我可不能一整天都坐在这儿，淑永，还有别的学生在等着我呢！”

还是沉默。

到最后，我叹口气，让她回教室里去。我们两个都觉得很失败，这经历真可怕。

邓肯老师的一个教学单元的主题是勇气，我来配合她。我对学生们说：“咱们画一个主角，名叫勇气。想象一下叫勇气的人或动物。不过，不能是狮子，那太明显了。想一些出奇的东西，比如一只甲虫，或者你的勇气可以是个千头怪，或者身体着火的东西。随便你了，但不管你想出什么，你一定要表现出你的勇气是勇敢的。”

淑永这样写：

勇气是只粉红耳朵的兔子。一只狮子让这只兔子去它家。兔子很害怕自己会被吃掉，可它还是勇敢地去了狮子那儿。

我说：“淑永，你的兔子是勇敢还是愚蠢？它要是够聪明，不是应当跑掉吗？”

“你又没说勇气必须聪明，你只说它需要勇敢。”

我只见过淑永的父亲一次，在家长会上。他又高又瘦，不会说英语，淑永就当我们俩的翻译。我们坐在一张小圆桌前，对着彼此微笑，就像在吃茶闲坐。然后，我告诉他父亲：“淑永很聪明，学习很用功，很有当作家的天赋。”

淑永笑了，听到我的夸奖很高兴。但她翻译时，她爸爸面无表情。我又说起淑永的沉默，我说她上课时说着说着就没声音了，并没有什么明显的理由。“好像她还想说，但又说不出。你能稍微解释一下吗？”

淑永的脸顿时沉了下来。我看出来，她觉得我背叛了她。但是，我并不是在告状，我只是希望在这个问题上能有所突破。我等着她翻译。虽然她对父亲说了些什么，但我心里明白那不是我的原话。可是，我怎么能怨她呢？换了我，我也会这样。

她父亲坐在那里显得很被动，有些迷惑。淑永和我之间有一些秘密。我笑了，表示我并不生气。我用开玩笑的口气说："你这个小骗子，你刚才说的是什么？"

她一觉得没事了，就对我咧开嘴笑，继而又噘起嘴，装作反抗。她把手指在嘴上一划，好像拉上了拉链。

谋害双亲

How to Kill the Parents

罗茜说："那个，斯沃普老师，我恩你个问题可以吗？"

"你问我一个问题？"

"对，我就是这个意思。"

"不对，你说的是'恩'。有人会这么说，不过多数人还是说'问'。你能听出区别来吗？"

"嘻嘻。"

"说'问'。"

"恩。"

"乌恩问。"

"乌恩问。"

"对了。"

"好了，斯沃普老师，我能恩个问题吗？"

"问吧。"

"你为什么这么红？"

她指的是我红红的爱尔兰人的皮肤。我反唇相讥："那你为什么这么黑？"

她听了大笑。

罗茜是班上很酷的小孩。她会慢慢地踱进教室，手插在牛仔裤的后兜里，蓬松的头发编成上百条小发辫，系着彩珠。她一动起来，这些珠子就会响。有一件事让我记忆犹新。一天放学时，我跟她在学校外说了再见，然后直奔地铁。我走到路口该拐弯时，突然有种回头看一眼的冲动。我一回头就看见了罗茜，她还在我们分开的地方，手叉着腰，目光灼灼地盯着我，在用“心灵控制”让我回头。我肯定她是在对我施魔法，可是有谁不想被这个可爱的小火球似的孩子施魔法呢？我微笑着，冲她挥挥手。她一脸得意，这才跑着追她妈妈去了。

开始我以为罗茜是黑人，可她竟是印度人，来自古吉拉特邦。她父母的英语有很重的口音，但她十来岁的哥哥像罗茜一样，也是在纽约学会的英语，说的都是内城的俚语，罗茜称之为“街语”。

在黑人历史月，四年级的一个班演出了讲述马丁·路德·金生平的舞台剧，里面有舞蹈和爵士乐，还有金牧师的讲话，演出令人难忘。这些移民小孩，各色皮肤的年轻的美国人，他们说出的金牧师的名言我就好像是第一次听到。四个孩子手拉着手，向前一步，朗声说道：

> 世界上发生了一件事，人民起来了。今天，不论他们聚集在何处，不论是在南非的约翰内斯堡、肯尼亚的内罗毕、加纳的阿克拉、纽约市、佐治亚的亚特兰大、密西西比的杰克逊，还是田纳西的孟菲斯，呼声只有一个：“我们渴望自由。”

我顿时流下热泪。流泪的不只我一人，老师们都感动哭了。孩子们注意到了，我猜他们会觉得有点害怕。不过，老师们并不会经常哭，我只见过一次。那是在我四年级时，校长来到教室，告诉大家肯尼迪总统被刺的消息。

在看这次演出之前，罗茜心中的英雄是圣雄甘地。那一天，她的英雄里又多了金牧师。她告诉我说，她在幼儿园就经历过种族歧视。那时她好朋友的家长不许女儿跟一个印度孩子在一起，她因此而失去了一位好朋友。罗茜被这出剧深深感动，她自己写了一封感谢信：

你们的演出帮助我回到了那个年代，在那时黑人受到轻视。我希望自己也能对渴望自由的人群说出这样的话："上帝送我们来，是为了和平和爱，而不是为了让灵魂邪恶。"我希望我能实现梦想，我保证我能。我的梦想是世界和平，而你们的演出示范了怎样才能做到。

我对罗茜说："总有一天，你会去竞选总统，到那时我会为你投票的。"

罗茜又聪明又有志气，愿意尝试任何新事物，给她当老师真是令人愉快。她的习作夹很厚，比其他人的厚一倍，一眼就能认出来。我记得自己曾经想过，如果她成了作家，她会是个小说家。她的叙述很长，有时能写出二十页，充满起伏转折、伏笔，故事里套着故事。我不在意她急急忙忙，性子急，从来不检查，她的写作很有热情，她的故事有种神秘感，让我想起《格林童话》里的隐讳和阴暗。

我喜欢的故事是这样开始的：

从前，在一个阴森的深树林里，住着一个难看的公主。她其实已经死了很久很久了。她的名字叫蒙贝尔。她活着时，很多人都想娶她，但是没人愿意看她的脸。所以她独自住在一个阴森的城堡里……蒙贝尔成天看电视，自己高兴地呵呵笑。

蒙贝尔，我们后来才知道，长了一脸疣，从来也不打扫她的城堡。但是，有天晚上，当她在林中散步时，一只手蒙住了她的脸。她惊叫起来，“叫声如此之大，以致惊动了林中的邪灵”。蒙贝尔公主以为这只手是个警告，要她必须改变自己的坏习惯，于是她就每天打扫屋子、淋浴。这样的改变使她恢复了美丽，也终于使她复活。蒙贝尔公主离开了树林，去了“真实的世界”，找到了自己的父亲。在一位老爷爷的帮助下，她发现父亲已经死掉，正躺在比萨斜塔地牢的棺材里。她又使他复活。

罗茜的故事讲的几乎都是救赎，故事中总有个女主人公挺身救父。罗茜也要救自己的父亲。

罗茜的父亲自小在印度长大，一直梦想着当医生。可他家没有钱，不能供他继续上学。他年轻时便移民到美国，做起了生意，现在已经拥有好几家糖果店。但是，他最大的梦想是培养一个孩子上哈佛，实现他自己没能完成的梦。罗茜的哥哥们都成绩平平，这个重任就落在了罗茜身上。她决心不让父亲失望，她说：“我的父母如同神明，我要爬上那座山，上哈佛，不论怎样……我是说哈佛，或者，五大名校中的一所。”

同时，罗茜似乎知道一点这座山有多险峻，旅途有多艰难。当她知道自己会在《彼得·潘》中演海盗时，她写了如下的话：

> 我想当迷路的女孩，因为我不想长大，我也不会长大。我会永远高兴，永远是父母的女儿，不管将来怎样，我就想这样。

我告诉孩子们，如果他们特别想写什么，可以不理会我的作业。看到罗茜更愿意做自己的事情，我很高兴。她总是挑战我。我有次建议她改变一下，写一个坏女孩而非乖女孩，她顿时来了兴致。她把这个坏女孩的故事叫做《幽灵的聚会》。有一天，我们讨论了她的初稿。她的反派女主人公叫亚妮，一个坏女孩，腿又粗又难看，很生父母的气，想杀掉他们。

我有一瞬间在想，这个故事是不是有些令人不安（毕竟，我只是建议写个坏女孩，并没有要写谋杀）。可是，罗茜明显不是个问题儿童，即使她有什么原初的潜意识，那也没有什么大碍。此外，她也不是第一个写主人公谋害父母的作者。

大多数成年人都惊讶于经典儿童作品的主人公总是失去父母中的一位——通常是母亲，或是双亲俱失。可以举出一些例子，比如《哈克·贝利·费恩历险记》、《汤姆·索亚历险记》、《绿山墙的安妮》、《小猪宝贝》、《小鹿斑比》、《蝙蝠侠》、《吹梦巨人》、《大篷车小孩》、《夏洛的网》、《灰姑娘》、《长腿叔叔》、《大卫·科波菲尔》、《糖果屋》、《阿尔卑斯山的少女》、《蓝色的海豚岛》、《怪桃历险记》、《森林王子》、《杜松树》、《小瘸腿王子》、《海的女儿》、《孤女安妮》、《小公主》、《玛德琳》、《雾都孤儿》、《彼得·潘》、《长袜子皮皮》、《桑尼布鲁克庄园的丽贝卡》、《红舞鞋》、《秘密花园》、《白雪公主》、《超人》、《泰山》、《金银岛》、《女巫》、《黑鸟水塘的女巫》、《绿野仙踪》，以及比较近期的雷蒙尼·史尼奇的“波特莱尔的冒险”和J.K.罗琳的“哈利·波特”系列。可是，当我们长大成人后，就像被魔杖点了一下，我们就忘记了一切，仿佛得了健忘症，开始美化起自己的童年来。我们不再记得小时候独自一人，或者在大发脾气的时候，曾冲着父母尖叫（我记得自己就曾经对着可怜的母亲这样叫过）：“我想让你死！”

罗茜的主人公将会变成孤儿，这个坏女孩五岁大，年龄很合适，因为这会使得故事情节很离奇。亚妮用定时炸弹炸死了自己的父母。

我说：“这有点像卡通片。不能想点别的办法吗，五岁小孩用的办法？”

“嗯……她在树林里发现了一条蛇，一条毒蛇，然后把它放进了浴室。”

“很好，这样就好多了！”我开始记录：找到蛇，放进浴室。“好了，然后呢？”

“她在客厅里，把耳朵堵上，等着她父母尖叫。”

我赶快写：堵耳朵，痛苦尖叫。

罗茜看着我写，问：“agony（痛苦）是什么意思？”

“很疼，很惨。接着说，再往后怎么样了？”

“可是亚妮听不见那……什么来着？”

“痛苦。”

“那痛苦的叫声。不但没有痛苦的叫声，她妈妈还来叫她吃晚饭。”

“亚妮听得见她妈妈？她不是堵上耳朵了吗？”

“是啊，没错，她听不见她叫，所以她妈妈就来揪她。”

“我不敢保证揪这个字合适。”

“拽她，说：‘洗澡去！’”

罗茜很喜欢这个新的情节，她用手指头点着初稿说：“能不能把我写的这些都划掉？”

“当然可以。”我说着，哗哗地把两页纸都划了，“满意了？”

“耶！”她叫道，兴奋地看到一个故事可以整个儿重新来过，“她妈妈就把她拎起来，亚妮大叫着，她妈妈还是把她拎进了浴室……她爸爸也来帮她妈妈。”

“慢点，我写不了那么快。”

“我小时候，斯沃普老师，我跟我爸爸和两个哥哥一起洗澡，我们一块儿，很好玩。”

“好了，于是爸爸妈妈拼命让亚妮洗澡，然后呢？”

“浴室里不是有蛇吗？”罗茜问。

“你在问我？这可是你的故事。”

她高兴地说：“噢！所以亚妮拼命地想出去，可是她妈妈堵住了门，她爸爸拉着她，要给她洗头发。”为了制造出戏剧性的效果，罗茜压低了嗓音，说：“蛇突然就发动了袭击，他们三个都死掉了。”

我也学着她的音调，说：“……喷头哗哗地冲着三具毫无生气的尸体。”

罗茜叫道：“哇，太酷了！”

您的孩子真了不起

Your Child Is Wonderful

家长会那天，中午放学，整个下午和晚上都陆续有家长来。除了晚饭时间，我们没有休息过。好在除去一人（罗茜），所有学生的家长都来过了。不好的也是这个，二十七次与家长会晤，一个接一个，像是连续轰炸，每次只有十分钟——您的孩子是？——一切都需要通过翻译，几乎没有什么时间说学生的事，更顾不上对家长有什么了解。我想知道很多事，我的学生太小而不知道或者不能解释的事。家长们在家都做些什么，对学校的印象如何？他们的饮食如何？怎样祈祷？来美国为的是什么？他们是否想家？美国是否跟他们设想的一样？

晚上结束的时候，我坐下来写日记，却想不起见过的一半的人。谁是阿玛吉特的家长？凯撒的妈妈说了些什么？真是一头雾水。但是，明显的，有些事情很突出。

加里的父亲一个人来的。他是个庄重的中年男子，有一张饱经风霜的脸。他乘船从古巴跑出来，差点淹死。现在他在曼哈顿的一家旅店里当行李员。他说："是个好差事。"我在秋天时见过他一次，当时他专门到学校来感谢我教了他儿子。他听英语没问题，可是说话口音太重，我有点听不明白。他称我为索普先森。

我说:“加里真是个好孩子,又聪明,又善良,非常有礼貌,非常好学。”

他问我什么,我没听清楚。

“您说什么?”

他又说了一遍。

“您说什么?”

我还是没听明白。我抱歉地耸耸肩,他无奈地放弃了,肩膀耷拉下来。

我说:“加里不太会讲故事,他没法抓住一条主线。我不明白这是为什么,因为他人很聪明。也许是我的错,我告诉学生要有意外之笔,加里可能因此把每句话都编得很出奇。我没法让他改过来,疯狂的事一件接着一件,但从来没有形成过一个故事。”

加里的爸爸点点头,却不知道说什么好。

我说:“我倒不担心,多练练就好了。”

“你不担心,索普先森。”

“是的。”

他点头同意。

我问:“你晚上给加里念书吗?你会不会给他读西班牙语故事?”

“不是英语的?”

“对,你应当给他读西班牙语的故事。父亲讲故事的声音会是永久的记忆,用你的母语读。”

美凯的妈妈李太太在美凯快要出生时从中国台湾来到美国。她在家里的厨房里做缝纫活儿,帮助维持家用,她丈夫则在饭馆里打工。美凯的妈妈不会说英语,她的笑容是我见过的最温暖的。我立即对她有了好感。我们有时会对一个陌生人产生这种奇怪的、莫名的亲近感,就好像前生曾为手足。

美凯跟她妈妈和十来岁的哥哥阿伦一起来。阿伦替我们翻译。我说:“美凯是个好孩子,非常有责任心,非常整洁。她不太会分段,总是忘记用过去式,但这会好的。”

哥哥翻译时,美凯和我相视而笑。我又说:“你女儿最了不起的一点是,她是我所知道的班里最快乐的孩子。她让大家都快乐，这真是福分。”

美凯妈妈看着美凯，点头说她明白。美凯的快乐也让她赞叹。我想教美凯的妈妈一个英文单词，就指着美凯说:“快乐。”

她妈妈跟着说:“快乐。”

大家都笑了。

我问:“你会给美凯读中文吗?”

当她明白我在说什么时，她疑惑地望着我说:“嗯?”

阿伦问:“她不是该学英文吗?”

我说:“告诉你妈妈给美凯读中文，这会促进美凯的写作。母亲读故事的记忆对于孩子非常重要。”

美凯的妈妈将信将疑:“嗯?”

马雅的爸爸在圭亚那长大，农民出身。他对于当老师的我非常敬重，弄得我十分不好意思。他不知道我教课全是凭着感觉走。

“斯沃普老师，我要向您致谢，您把时间、经验和智慧都给了马雅，教她写作。斯沃普老师，您是一位专家，不管您推荐看什么书，我都会给她买，多少钱都没关系，我愿意为马雅的教育牺牲一切。”

我说:“她有你这样的父亲真是幸运。”我希望我能说出有关他女儿的什么特别的事情，可实际上，我并不十分了解马雅。她很安静，按要求完成作业，而她的写作也没有什么与众不同的地方。

我对他说:“马雅是个了不起的女孩，我很高兴看到她的进步。只是有一点，她有点性急，她应当学会慢慢来。你会给她念书吗?”

“哦，马雅自己看了很多书，她总是在看书。”

“是啊，可是你也应当给她读书，父亲读故事的声音对她来说会是很重要的记忆。”

法蒂玛的父亲来自巴基斯坦。他要养活五个孩子,看上去干瘦又憔悴，我都担心他已身患绝症将不久于人世。男孩一样的法蒂玛是他最小的孩子。他没有带她来，不过很明显，他对女儿的期望很高。他问我："法蒂玛是不是全班写作文最好的？"

我没有正面回答这个问题，只是说："她的写作技能非常好，水平相当于高年级的学生。"我并没说出实情——法蒂玛确实比其他的同学写得更加流畅，可是她的故事千篇一律，老生常谈，非常乏味，我不愿意去读。（她喜欢现实主义的小说，以学校或者家庭为背景，充斥着性格虚假、类似情境喜剧里的那样的人物。）

他又问："不是优等生吗？"

我又没有正面回答，只是说："法蒂玛很独立。如果我在她的座位边停下，她就会把纸翻过去，她不想让我帮他。"我见他有些担心，就说："可是独立对于作家来说是好事。法蒂玛在家是什么样的？"

"她有时很阴沉，然后就没事了，又变得高高兴兴的。我们家只有一间卧室，有时她想独自待着，就会带着录音机去储物间。她对着录音机说话，用各种不同的声音。"

我说："真棒！"我很高兴看到法蒂玛有个想象中的世界。"希望她能把这些声音写进她的故事里，尤其是，法蒂玛需要学会发挥想象力。"

她父亲严肃地说："我要跟她谈谈。"

我真想踢自己。为什么我要说那样的话？那样一点好作用也不会有，反而会有害，让法蒂玛认为我在告她的状。我想她爸爸回家会说："斯沃普老师对你不太满意，法蒂玛，你要是不发挥想象，就永远不会是优等生。"那法蒂玛能怎么样？她只会说："我让您失望了，我很难过，父亲。我今后会发挥想象，我保证会的。"

可想象不是学乘法，你没法学会怎样去获得，你也没法期盼。你要么有，要么没有。

我说："也许她会成为一个纪实作家。你会给她念书吗？你在家说什么语？"

"乌尔都语。"

米格尔的妈妈非常年轻，只有二十几岁，可以说她自己还是个女孩。她的脸圆圆的，并且作为一个灵恩派教徒，她不戴首饰，不化妆，不剪发，长发及腰，也不用发带或发卡束上。她穿着简单式样的花布裙。

“斯沃普先生，米格尔总是说起你。”

我说：“他是个好孩子，非常聪明。”

她很高兴听到我在肯定她已经知道的事。她本人就很聪明。她告诉我：“我没有的我想让米格尔有。我对他说，我想让他聪明，上了大学再结婚。我对他说：‘我想让你参加数学大赛，拼写大赛。我想让你事事争先。’他说：‘妈妈，你逼我逼得太紧了。’”

我立即喜欢上了她，将她引为同盟。我说：“米格尔有你这样的妈妈真是幸运，你就应当督促他。他太懒，太拖沓了，没有条理，他需要这个。他缺乏控制力，他的故事东一句西一句的，我总告诉他要切入正题。你用西班牙语给他念书吗？”

“每天晚上给他念《圣经》。”

“很好。”

“斯沃普老师，我们很困难。”

“怎么讲？”

可是没时间了，楼道里学校的喇叭在一遍遍地重复：“五分钟后学校关闭，五分钟后学校关闭。”

我说：“我们改天继续谈好吗？也许放学后？我很愿意为了写书采访你。”

米格尔的妈妈受了奉承，脸红了：“你想了解我这个人，斯沃普老师？”

我说：“是的，当然。”她于是请我第二天去她家。

你不需要朋友

You Don't Got No Friends

米格尔·圣地亚哥的家与学校隔着三条街，在那条破败的街上的一栋旧公寓楼里。电梯坏了，我只好爬楼梯。楼道还算干净，但是令人压抑：呆板的瓷砖地，闪烁不定的荧光灯。米格尔的爸爸来开门，客气地欢迎我。房间很整洁，但很小。米格尔和他的弟弟们共用一间卧室，父母则睡在用布帘隔开的客厅里。米格尔的妈妈名叫克里丝蒂娜，从厨房里向我问候。那间厨房比壁橱大不了多少。她正在做晚饭，把米饭和豆子混在一起煮。

圣地亚哥先生请我坐在饭桌前的折叠椅上，这张饭桌也是书桌。

我说："格拉齐亚。"（西班牙语的"谢谢"。）

"不客气。"

我也就懂这么多西班牙语了。我和他尴尬地对视着，微笑，直到米格尔进来。米格尔一屁股坐到我对面，说："嗨，斯沃普老师！"圣地亚哥先生趁机把三个小儿子带进卧室，留下我跟米格尔和他妈妈说话。在家长会上，我鼓励圣地亚哥太太与米格尔合写一个故事，现在她说，他们已经在做这件事了。我看得出，她很上心，于是请她念一遍故事。这个故事很有意思，是《三只小猪》的改写，里边有三束小火苗，分别叫做灾难、危险和爆炸。故事中大灰狼的替身是一朵阴云。我夸故事写得好，米格尔的妈妈听了骄傲得脸都红了。在那一瞬间，我看到了她也如此地渴望受教育。

我问她是如何来美国的。

她说："斯沃普老师……"我连忙请她就叫我山姆。她说，她会尽量这样做，但她有点把我也看作她的老师了。

克里丝蒂娜·圣地亚哥出生在厄瓜多尔。她两岁时，母亲把她丢给了父亲，自己移民到了美国。五年后，她七岁，被带到了皇后区，离开了厄瓜多尔（和她亲爱的父亲）。在皇后区，她跟已经淡忘了的母亲住在地下室里，家里还有一个以前从没见过的继父和六个兄弟姐妹。她没有朋友，也不懂英语，学习很差。她说："我没有米格尔现在拥有的这些。"她搂着儿子说："我母亲没有坐在我身边，鼓励我，帮助我，在学校学的什么我一点也记不住。"她笑起来，试图变得积极，说："可是，我跟儿子一起学了不少，因为我在帮助他做功课。"

米格尔点点头，对自己很满意，说："我就像德国牧羊犬一样守护着她。"

圣地亚哥太太后来的情况变得更糟，让我想起了一个格林童话。她上高一的时候，有天晚上，继父带回来一位同事。克里丝蒂娜回忆说："当时我正伏在地上看电视，看到父亲和一个陌生人进屋来，我马上就跑回了卧室，因为我只穿了件衬裙。继父进到卧室，对我说：'亲爱的，过来，我让你见个人。'我说：'我谁也不想见！'但我妈妈也过来，让我去见。然后，就发生了后来这一切。"她看了一眼米格尔，说："我们不得不结婚。"

米格尔说："妈妈，你选对了人。"

圣地亚哥太太怀孕后，不得不辍学。这段婚姻从一开始就磕磕绊绊的。米格尔一岁时，她和丈夫经常吵架，闹离婚。后来，有一位朋友来访。米格尔的妈妈告诉我："他向我们传道，我当场就接受了耶稣基督是我的救主，我丈夫也接受了。从那儿以后，我们就遵守上帝的律法。一晃七年过去了，这真是奇迹。"

我不信奉上帝，不过我很希望自己信。我妒忌他人有坚定的信仰，他们在信仰中获得了力量和安慰。圣地亚哥太太说，教会成了他们家庭生活的核心。他们不但周日去教会，周六也去。她告诉我，米格尔四岁就开始在教堂宣讲，这让我感到不可思议。她说："上周又是他布道，每个人都感动得哭了，因为圣灵降临到他身上。人人都觉得有点起鸡皮疙瘩、毛骨悚然。"

米格尔忍住没有笑，不过他很自豪，他说："灵恩派信徒应当是捕人的渔夫，我们要传播神的话。"

"你传播了什么？"

"我说：'感谢上帝，因为我今天不想布道，是我爸爸逼我来的。假如没有他，我就不会在这儿布道，而那正是撒旦想要的，是撒旦不想让我布道！'"

米格尔去做功课了，我对他妈妈说起我担心的一件事。我说："米格尔在学校里没有什么朋友。"

她点头，说："我告诉我儿子，只有父母、上帝和你的弟弟们才是你的朋友。其他人，你以为他们是朋友，可是有一天，他们会给你惹来麻烦。我这是经验之谈。所以，我对他说，你不需要交朋友。"

离开米格尔家时，我心里有些难过。但是，我告诉自己，如果不这样也许更糟。他的妈妈宠爱他，全家人晚上一起读《圣经》。这很好，每个人，即使是不信教的人，也应当读《圣经》，哪怕只把它当作伟大的文学作品来读。而他去布道，也是非常好的练习公开演讲的机会，他会从中获益匪浅。虽然我宁可米格尔有一个完全不同的童年，但我宽慰自己，假如他日后成为作家，他会有很多素材。

小骗子

The Little Liar

一天，阿伦和我一起写故事，我问："咱们的故事写谁？"

"鲨鱼！"

"不行。我已经跟别人写过三个有关鲨鱼的故事了，一提起它我就反胃。"

"那——写人。"

"好、好，可是我们的故事里还是可以有鲨鱼，外星鲨鱼之类的。"

"佐依星！"

我说："噢，我喜欢这个主意。告诉我，佐伊星上的海跟地球上的有什么不一样？"

"它上面的海洋就是滚烫的岩浆，而且像是粉泡泡糖的颜色，尝起来也有点像。"

我说："太棒了。"马上动手写下，"那上面的生物又是什么样子的？"

"长得跟鲨鱼一样，但舌尖上有一个小灯。"

我说："很好。那小灯是做什么用的？"

"用来猎食的。"

"解释一下。"

阿伦坐在那儿，手压在腿下面：“它的身体躲在沙子里，只露出灯来，要是有小鱼过来，想看看灯是怎么回事，它就一口把小鱼吃掉。”

“这个点子太棒了。”我微笑着说。

但阿伦并没有笑，他天生就会说故事，知道只要一笑就会破坏故事的魔力。但他又无法隐藏，眼神为之一亮，而我也用眼神来回应他。我们俩就像在分享一个秘密的笑话。

“这种鱼叫什么名字？”

“嗯，叫波普洛克。”

这是《自由街上的阿拉布里人》里的动物的名字。我从来也没有在书里细讲过波普洛克，只交代说它是这家人的宠物之一。我对阿伦说：“给我讲讲波普洛克。”

阿伦说，波普洛克受到人鱼攻击时，一生气就会下两个蛋，孵出两个会看书的小波普洛克。

我有点怀疑：“真的？看书？”

阿伦说：“对，看书。”他看了我一眼，好像在说，他明知这听起来很奇怪，可是，确实就有这样的事。

“好吧，可以看书。然后呢？”

“然后大波普洛克叫起来：‘别看书了，快帮我对付那些人鱼！’”

我不知道阿伦是否懂得想象的力量和危险：面对人鱼的进攻，却迷失在文字世界里。不过，他的故事经常有语言和想象上的歧义。在短故事《我是谁》中，里边有只小螃蟹只说了“凡基”，马上就引发了一连串可怕的事情，到最后小螃蟹保证再也不说这个词了。在《魔法橡皮》中，四个兄弟得了癌症，就要死去，因为他们吃了太多的肉。后来他们发现了一个藏宝箱，里边有块橡皮，是作家用的，结果这块橡皮不但把四个兄弟擦没了，还擦掉了澡盆、房子、住的地方和城市，最后擦掉了整个地球。

“阿伦，你身边曾有人死了吗？”

“两个，我爷爷和一个朋友。”

“你朋友是因为什么死的？”

“癌症。他的脸很白。”

“他多大？”

“六岁。”

“他死的时候，你一定很难过。”

“所以我没去参加他的葬礼。”

“他叫什么？”

“我不记得了，乔治？”

“你爷爷是怎么死的？”

“他也是得癌。电视上说，你要是吃肉太多而吃菜太少，就会得癌。”

最好的纪实作家会使用写小说的方法来写作，但对于一开始就分不清现实和想象的孩子来说，这真是令他们迷惑。阿伦在写一篇反映他父亲在非洲的生活的报纸文章时，他说他父亲的父亲死于一场地震。

“他被房子埋在下面了？”

阿伦说：“没有，他掉进地震产生的裂纹里了。”

我扬起眉毛说：“真的？”

“没错。”

“所以，这是爷爷，而死于癌症的是外公。”

“不对，是同一个人。他先在地震里死了一回，后来又死了一回。”

阿伦在想什么？他是否跟我们大家一样，为了给互相冲突的事实找出一个令人满意的答案，只好用想象来代替所缺少的事实？他是否知道他像我们大家一样，正在用想象给相左的事情找到一个说得通的答案？或者他知道自己正在胡乱猜测，希望能侥幸蒙混过关？假如能让我相信，那事情就是真的了吗？

“你肯定是这样吗，阿伦？”

“没错，我肯定。”

我觉得所有的作家都是依靠想象来脱离贫穷的，我幻想阿伦也会这样。他有奇妙的叙述的想象力，可他的故事往往敷衍了事，草草写就，部分原因是因为懒怠——我监督着他的时候，他就会加进我喜欢的细节，并且能够写对标点和开头大写。他还有个写作的坏习惯——手拐起来，这样写字就好像在倒着写，时间一长就会很累。我一遍遍纠正他："阿伦，手腕不要向里弯，放松，跟食指保持在一条直线上，坐直。"

不管第一稿多么潦草，里面总有些有趣之处。我们写神话时，阿伦的第一稿的灵感来自电子游戏，写的是蝎子与神狗大战。我说："你写的是蝎子绑架了神狗的恋人，然后把她藏起来了？"

"没错。"

"但是，你后来再也没有提过这件事，为什么？"

"我也不知道。"

"你知道蝎子把她藏在哪儿了吗？"

"知道。"

"在哪儿？"

"在神狗的大脑里。"

这个情节，我肯定，是他现编出来的。可是我还是说："太了不起了，阿伦，你要加把劲儿，把这些好主意写下来。现在要记着把这个情节写到第二稿里，我保证故事会变得有意思得多，不会像眼下这个乱打一气的东西。别偷懒啊！"

"我的第二稿，斯沃普老师，会写上五张纸！"

可他交上第二稿时，我的心往下一沉，只有拼写和标点符号改对了，后面只加了一句，说蝎子把神狗的爱人藏在神狗的脑子里了。除此之外，一切照旧。

我用我最严厉的语气说："我很失望，阿伦，你保证过会有五页长，可你还是没有说神狗的爱人被藏起来后到底怎么样了。她是一直待在那儿还是出来了，还是别的什么？"

“出来了。”

“怎么出来的？”

“没错，她——”

“我不想听，我想读到它。现在，我要你重写，我要你向我保证，你会写一个迄今为止最好的故事。”

阿伦的第三稿干净整齐，有很多形容词，标点正确，有五页长。他交给我时骄傲地说：“我这辈子还没写过这么长的！”我喜出望外。尽管他的笔迹有点歪斜，但故事的创意很了不起。在这一版的故事里，邪恶的蝎子同意归还神狗的爱人，但当它把她取出时，也把神狗的大脑偷偷塞进了自己的口袋。在类似《暮光之城》的错综复杂的故事里，神狗得到了恋人，却已认不出她是谁。

蝎子是阿伦自己的写照吗？作家是不是就是这样，偷走别人的思想？

那年春天，上科学课时，邓肯老师把变色龙带到了教室里。每个组发了一个玻璃缸，里边有一些树叶和一只变色龙，它的食物是活蟋蟀。学生们兴奋地看着变色龙一口吞下蟋蟀。蟋蟀越来越少，邓肯老师问学生们，哪里可以找到更多的蟋蟀。阿伦举手说：“我奶奶在长岛的房子后就有蟋蟀，我周末去看她时会抓一些。”周一早上，邓肯老师问他蟋蟀抓得怎么样了，他说：“我们抓了一百只，可是死了一只，现在只剩下九十九只了。”

邓肯老师说：“足够了，那你在家庭记事本上记下‘明天上学带蟋蟀’。我们的蟋蟀快用光了，变色龙需要更多的吃的。”

可第二天，阿伦上学时什么也没带。当邓肯老师问他原因时，他说：“我们一家都睡过了头，忙成一团，爸妈忘了给我拿蟋蟀。”

邓肯老师说：“保证拿蟋蟀的又不是你妈，是你，阿伦，这是你的事。变色龙都饿着呢，它们全靠你了，全班都指望你了。明天别再忘了。”

星期三阿伦仍然什么也拿不出来。邓肯老师毫不惊讶，她说：“蟋蟀不在别处，而是在你的想象里，对不对，阿伦？”阿伦没说话。

邓肯老师叹了口气，她知道她只能让变色龙继续挨饿，让阿伦因为说谎而挨罚。我却为阿伦编的故事折服了。死去的那一只蟋蟀令我兴奋，我也惊讶于阿伦坚信自己的想象力可以重新创造一个世界。

有时孩子说谎是有意为之，可是有时他们张口就来，并没有什么特别的居心，就好像孩子的想象力也会突然迸发，让他们惹上麻烦。我九岁的时候，我们全家乘火车旅行。我非要自己一个人坐在车厢后部的座位上。过了一阵，有位女士坐到我旁边。家人警告过我，不要跟陌生人说话，可当一个陌生人坐在你身边时，你就是会感到兴奋，又有点紧张。我偷眼看她，只见她拿出一本书，戴上了一副眼镜。那时我也刚戴上眼镜不久。不过，我还没有见过她那种样式奇怪的眼镜。我忘了矜持，直瞪着眼睛看。那女人觉出我在看她，便低下头从眼镜上方看我，我吓得一动不敢动。

她招呼道："你好，你是谁？"

我说："我是捷克斯洛伐克的王子。"说完我自己也吓了一跳。

她说："那儿离这里可是大老远的。你上美国来干什么？"

我很惊讶，她居然信了。我的心跳加速，身体一激灵，兴奋于自己的力量。我告诉她："我们全家都被杀了，就我逃了出来。"

"那你好可怜！"

我悲伤地点头，头转向车窗外。

她说："告诉我，你是从捷克斯洛伐克的哪儿来的？"

"杜赛尔多夫。"

"奇怪呀，我怎么觉得杜赛尔多夫是在德国？"

"从前是，后来搬到了捷克斯洛伐克。"

她说："啊，原来是这样。"她合起书，摘下眼镜，请我讲讲我的事情。我就开始编，心里多少明白她知道我在瞎编，可是，她听得专心致志。把她玩弄于股掌之间的感觉让我相当兴奋。

我把这个经历讲给朋友听，朋友说："你这是从《麦田里的守望者》

里截取的。霍尔顿对列车上的女人撒谎，告诉人家他得了脑瘤。”我回去查书，确实，霍尔顿对列车上的陌生女人撒了个弥天大谎。我于是开始怀疑自己的记忆。我是真的在列车上遇见了那个女人，还是这段故事其实是我编出来的，还是读了《麦田里的守望者》之后我才编造了这段记忆？是不是我不知不觉被塞林格[1]玩弄于股掌之中了？

奥坎是个迷迷糊糊的土耳其男孩，一天到晚只想着飞机。四月里的一天早上，我刚到学校，奥坎就告诉我，他很难过。

“你为什么难过？”

“阿伦今天早上被抢了。”

我抽了一口凉气，向阿伦那边望去。他正在努力解数学题呢，高领红球衣一直盖到鼻子上方，似乎他想缩进衣服里，藏起来。他这么小，这么弱，要是有谁想伤害他，我会很生气的。

我问邓肯老师发生了什么事，她告诉我说，阿伦今天上学时两手空空，说自己被抢了，书包让人家抢走，他妈妈还叫了警察。这一带抢劫小孩的事情虽然不多见，但是偶尔也会有，而且一定会造成严重的创伤。

“他还好吗？”

“似乎没事，但是谁知道他又在想什么。见他妈妈之前，我还不能确定该怎么做，因为，好像阿伦该交的作业也都在被抢的书包里。”

“太糟了！”

她说：“就是这样，我没有别的办法，只好当成是真的。这真是可怕。”

这一年的早些时候，加里带了一本书到学校来，书名叫做《小骗子》。在这个预示灾难的《狼来了》的翻版里，一个男孩反复告诉村民们，洪水就要来了，每次人们都跑到高处。但当洪水真的到来时，谁也不再信这个男孩，于是大水淹死了所有的人，包括那个说谎的小孩。

阿伦的书包不见的那天早上，我带他一起去写故事。在写之前，我

---

[1] 塞林格：指杰罗姆·大卫·塞林格，《麦田里的守望者》的作者。

问他事情的经过。

“唉，当时我正走在街上。”

“哪条街？”

“我想想，噢，对了，就在我家附近。”

“啊哈，然后怎么样呢？”

“好像有人从后边抓住了我，用枪顶住我的脸，说：‘把书包给我。’”

“你怎么反应的？”

“我说：‘我还是不要书包，要命吧。’我就把书包给了他。”

我说：“你这样很明智。这人长什么样？”

“嗯，我没看见。”

“怎么讲？”

“嗯，他戴着黑色的面罩。”

“嗯，他是不是还有把刀，也许？”

阿伦板着脸说：“对啊，他有把刀还有把枪。他用枪顶着我的脸，把刀架在我脖子上。”

“他有没有口音？”

“听起来像德国口音，我觉得。”

“要是我，我会吓坏的。”

“斯沃普老师，这是我这辈子遇见的最可怕的事。”

“给了他书包之后，你怎么样了？”

“我跑回家，告诉我妈妈去报警，然后我把经过告诉了警察。”

“警察抓住他了？”

“没有。”

“好吧，我很高兴你没什么事。”

我不知道阿伦是否觉出了我在怀疑，或者他是否知道自己说谎说得有些失控，早晚会被拆穿。不过，我觉得我不应当说破，于是我转换话题，问他想不想合写故事。

“好吧。”

“你想写点什么？”

“我的事。”

阿伦编了个叫艾力克的男孩的故事。艾力克到了火星上，爬上了一个飞翔的城堡，见到了一个很老很老的老头。艾力克一碰到他，老头就变成了一堆土。他的眼珠跟着艾力克，老想把艾力克给吃掉。艾力克为了逃命，从窗户里跳出去，在太空里游荡，最后掉到地上，把眼球毁掉了。

“艾力克又怎么样了？”

“他最后挂在月亮尖上，叫：‘救命！’最后他控制了整个宇宙，除了宇宙字母。”

“宇宙字母又是什么？”

“二十六个行星，各叫一个字母，如果他不能控制宇宙字母，它们就会来找他。”

“字母会把他怎么样？”

“会把他变成一个字母，然后爬上去。他们想要整个星系，要更多的字母。”

“后来呢？”

“要是他们控制了行星，上帝就会变成字母树，艾力克会爬上树。如果爬上去，他就到了天堂，就不会变成字母了。”

我说：“那就没事了。”

阿伦说：“是啊！”

第二天，邓肯老师请阿伦的妈妈来学校，这才知道阿伦放学时没带书包已经有两三天了，是丢在游戏场上了，还是干脆扔掉了？这次请家长让邓肯老师很生阿伦和他妈妈的气。阿伦的妈妈跟我一样，对儿子的骗术很感到惊奇，还对他笑，这说明她认为他有多么可爱。

我说：“至少阿伦这样编造说明他很有想象力。”

邓肯老师说：“这说明他在说谎。我现在开始怀疑他说过的每件事，没准那个圣诞节的故事也是他编出来的，为了得到我们的同情。我觉得被他操纵、欺骗了。昨天阿伦告诉我被抢时，我特别担心，同学们也很担心。不行，编这种伤人的故事是不可以的。”

我觉得她说得也有理。“可是，他编这么大的谎来逃脱作业，你不觉得有点可笑吗？”

“一点也不。”

我说：“学会开体制的玩笑不也是一种成长吗？有时撒谎的人令人佩服。”

邓肯老师感到很震惊，问：“什么时候撒谎的人令人佩服了？”

“比如《皇帝的新装》里的裁缝，他们把大家都骗了，我们喜欢他们撒的谎。”

邓肯老师看着我的眼神，好像在怀疑我精神不正常：“那只是故事，而这是真实的生活！”

闪光的不都是金子

All That Glitters Is Not Gold

五月的一个早上，我一睁眼醒来，就立刻看向窗外的天。看到阳光普照，我松了一口气。今天我们要去大都会艺术博物馆，我希望会一切顺利。

大都会艺术博物馆是个奇妙的地方，我知道孩子们一定会喜欢。怎么会不喜欢呢？建筑物本身就是巨大的石砌的宫殿，沿着第五大道，跨了四个街区，气度非凡。它的展厅、走廊和院落变化多端，无尽无穷，令人流连忘返。这里的画作、摄影作品、印刷品、家具、不同历史时期和文化的珍品构成了一座又一座迷宫。我们要去看的是盒子——装首饰的、装信笺的、音乐盒、鼻烟盒、部落的盒子、圣骨盒以及石棺。这次参观是为了这学期的最后一篇作文做研究。

我告诉大家："你们每个人都要做一个盒子，想做成什么样子都行。在博物馆里，你们会借鉴到各种样式。盒子做好之后，每个人就做一本自己的故事书，然后把这本书放进盒子里，永久保存。将来有一天你们的孩子会看到它，打开它，然后发现里边有一本书，讲的是装书的盒子的故事——"

"装书的盒子的故事！"淑永说着就笑了，她很喜欢这种绕口令似的说法。

我们就叫它盒子计划。

在去博物馆的途中，我们停了一下，去了我的公寓。邓肯老师希望孩子们能看到一个“真的作家”居住的地方。我也喜欢这个主意，让他们来我家里。我为他们准备了一个惊喜——两只盒子。我把其中一只用漂亮的花纸包装好，上面还放了些糖果，另一只则是个粗糙的纸箱，我用麻绳绑了一下。

米格尔没有来。他没保护好弟弟，让弟弟受欺负了，他爸爸要罚他，不让他出来。他妈妈告诉我说：“米格尔要学会保护家人。”我请求他妈妈改变主意，解释说这两件事并没有关联，但她说，穷人家的孩子什么都没有，也就谈不上有什么可以剥夺孩子的，既然现在米格尔很想参加这次旅行，他们就觉得不让他去会是一种惩罚。

我反驳说：“这次活动不是为了玩，这是他学习的一个重要部分。”可虽然圣地亚哥太太开始心软了，她也做不了什么——她丈夫一旦下了决定，事情就不能更改了。

我们走之前，我跟米格尔坐了一会儿。我说：“我很难过，你不能跟我们一起来，我会想你的。”

他说：“我很难过，不能去你家。”

“改天我请你和你妈妈一起来。我保证。”

我给了他一个礼物，是我的一本《自由街上的阿拉布里人》。他谢了我，笑了，去了另一个班。他的同学们则兴高采烈地去地铁站。

我的家在曼哈顿上西区一栋赤褐色的沙石建筑里，是一个大小适中的一居室。天花板很高，四面窗户对着外面绿树成荫的街道。我的床可以收回到墙里，这让孩子们高兴坏了。他们也很高兴见到我的猫——麦克。她躲在高处的搁板上，俯视着大家。

娜利亚说：“斯沃普老师，你的猫是母的，为什么起名叫麦克呀？”

加里说：“对呀！”

洁西卡也说："对呀！"

"对呀！""对呀！""对呀！"

我告诉大家说："麦克也可以当女孩的名字呀，我父母有个记者朋友就叫麦克，我很喜欢她。"

响起一片回应："噢——"可是好像他们并不太相信。

我说："吃点饼干吧！"便把盘子传下去。

接着我亮出了我给他们的惊喜。"好啦，大家看见这两个盒子了吗？"

我把两个盒子举起来，他们都对那只好看的发出了赞叹。

我说："说话算话，我会把盒子里的东西给你们，但是只许选一只盒子。"我停了一下，让大家听清楚，然后又说："好啦，多少人选难看的盒子？"

手都举起来。

这可不是我预期的结果。按理说，他们应当选好看的那只盒子，当发现里边什么也没有时，他们就会觉得意外，我就可以趁机说教一番了："你们看见了吧，不要凭外表来判断一样东西，闪光的不一定是金子。"噢，我想象得出后面会怎样。

我把一切都设想好了，我想着他们会如何求我再给他们一次机会，让他们选难看的那只盒子，而我会摇头拒绝，逗他们说："不行啊，不行，你们已经选了这一只，就只好这样了。"最后，我才会说："好吧，好吧！"我会装作不情愿地打开那只难看的盒子——那盒子里边装着给他们的礼物，人人都有份。

可是，他们得先选那只好看的盒子，这一切才会发生。

我说："我觉得你们还不知道这里有些风险：如果选了难看的盒子，你就不知道好看的盒子里有什么了。你们是不是还想再试试？仔细想一想吧，不要选错了啊！"

可大家齐声说："要难看的！要难看的！"

"噢，求你们了，不要这样！你们把我的计划都破坏掉了！你们是怎么知道的？看出了什么破绽？”

凯莫说：“你拿那个好看的盒子给我们看时，我们就看出来了，里边没装东西，那是个骗局。”

罗茜说：“我们就知道不管你说什么，肯定都跟实际的相反。”

我说：“好吧，露马脚了。”

说话算话，我于是打开了那只难看的盒子，里边装着一摞《自由街上的阿拉布里人》，这是我的出版商捐赠的。当孩子们出门的时候，我发给每人一本。

我们先在中央公园野餐，然后再去博物馆。孩子们坐在树底下、草地上，真是赏心悦目。淑永跟邓肯老师和我在一起。淑永说：“斯沃普老师，我现在知道你住在哪儿了，我们长大了以后会一起去看你的。”

我说：“我真希望你们会来。”

“能得到《自由街上的阿拉布里人》真是太好了。”

“谢谢你，这太让我感动了。”

后来我才知道，我的书并不是在哪里都受欢迎。那天晚上，米格尔的妈妈告诉他说：“你爸爸要是看见这本书会生气的，你最好把它藏起来。我觉得他会把书撕了。”

米格尔说给我听时，我说：“我的书哪儿不对头？”

“有女巫、仙女教母和魔法的书都是坏的，因为耶稣治好病人，让拉撒路复活，让彼得掉进水里也没有淹死，这些都不是魔法，而是奇迹。《自由街上的阿拉布里人》还不是太坏，它说的是想象，不是魔法。”

为了尊重米格尔的信仰，我们让他免做一些事情，比如编写神话故事。可是，我一直也没弄清他究竟不能写什么。有时，这类禁忌让我感到很惊讶。一次，我要学生写一种嗜好，我说：“嗜好可以是吃冰激凌，也可以是打篮球，也可以是读书。不管是什么，必须在主人公生活的各个方面反映出来——家中、穿衣、工作、饮食等方方面面。”

第二天，米格尔的妈妈来告诉我，米格尔不能做这份作业。她解释说：“如果你有嗜好，你就会被魔鬼控制。”

“那如果我只是说非常非常喜欢什么呢？”

她松了一口气，说：“噢，可以，这样可以。”

在教义和学习之间的一些冲突让米格尔有些迷惑。如果说，《自由街上的阿拉布里人》这本书由于有想象而算得上有点坏，他就应当知道他的写作也很可疑，甚至有罪，因为里面有魔法。

一天，他告诉我说，他做了一个梦。他说：“我做完祈祷就睡着了。我很困，然后就做了一个梦。在梦里，我跟爸爸走散了，我看见有两个人都有点像他，我就说：‘哇，上帝，我该选谁呀？谁才是真正的爸爸？’一个人拿着巧克力，是好时牌的，另一个人拿着甜筒冰激凌，好像是草莓味的。我就走到那个拿着巧克力的人跟前。他却说：‘你把我当你爸爸了，拜拜！’他不是我爸爸，是故意在逗我。我又跑到另一个人那儿，那人却说：‘儿子，你为什么一开始不来找我？我才是你的亲爹。’可是，我还是拿不准，斯沃普老师！我还是拿不准！我想从那个梦境里出来，我不想继续下去了。我就祈祷，可是魔鬼说：‘嘎嘎哇哇！’”

米格尔的梦让他难以选择——拿巧克力的人还是拿冰激凌的人——如同选择救赎还是选择欲望，选择想象的写作还是选择上帝的教义，选择教师还是选择父亲。可怜的米格尔，我担心我没能帮助他，反而害了他。

米格尔说：“最后，我祈祷，然后我就跟上帝在一起了。我看见人人都进了天堂，都是我不认识的人，还有我的老师和其他人。”米格尔想总结自己的梦，但觉得十分迷惑，找不到恰当的词，最后才有了个妥当的说法，像是在布道。他说：“我确实觉得灵恩派的信仰很好，因为这样你才能跟耶稣和天使们在一起。”

对米格尔来说，梦中冲突唯一的解决办法，他的老师和同学跟他一起进入天堂的唯一途径，就是成为灵恩派的教徒。不过，米格尔和我又都明白，这种事不可能发生，他的布道没什么作用。我想起他扮演彼得·潘时，求观众们拍手，表明相信叮当，大家都照做了，叮当就得救了。但是，当然，那是假装的，跟这是两回事。

多亏了甜李子

Sugar Plum Saves the Day

娜利亚来自多米尼加。她有着电影明星玛莎·雷伊一样灿烂的笑容，大笑起来就像只卡通小猪。我问她长大后想当什么，她说："搞笑的脱口秀演员，或是爱说笑话的侦探。"

她的父母年轻漂亮，不会说英语，两人都上班。爸爸在一家银行的收发室，妈妈在肯尼迪国际机场给飞机做保洁。他们盛装来开家长会，穿着丝绸的衣服和时装鞋。很明显，他们非常疼爱女儿。我告诉他们，娜利亚很可爱，常有奇特的想象，但总是不写作业。他们听了，对懒女儿好一通亲吻和拥抱。

娜利亚胖乎乎的，虽然喜欢穿芭比娃娃装，有时上学也穿着银色的芭比装，但她却不是个小淑女。她这样穿戴与其说是为了好看，不如说是为了有戏剧感。到了学期末，这身衣服有点穿不下了，拉链绷得紧紧的，我都怕她会像卡通片里演的那样，从衣服里边爆出来。

学生们做好盒子之后，我就一个个地听他们的故事构想。

"嗨，娜利亚，你今天好吗？"

她像悲剧演员似的，说："糟糕！可怕！恐怖！"像是在开玩笑。

"什么事这么糟糕、可怕、恐怖？"

“我爸爸从家里搬出去了。”

“噢，娜利亚，真的吗？我真难过，这是什么时候的事？”

“有两三天了。”

我对她的父母幸福、相爱的印象一下子暗淡下来。

我不忍心听到、知道这样的消息，不想让娜利亚遭遇这样的事。让我惊讶的是，她把一切掩藏得多么好。如果不是她说出来了，我一点也看不出。一个孩子怎么能面对这种糟糕的事情？她看不出有多么悲伤，并没有像淑永那样被打蒙，或者像法蒂玛那样退缩。老师在这样的时候能做些什么呢？我该说些什么？

“娜利亚，我真难过，这件事对你来说真是太糟了。”

“我觉得自己像是死了。”

“你妈妈一定很难过。”

“她都病了，要问问医生，要不要去医院。我要尽量让妈妈感觉好受些，我成天都在逗她笑。”

“这个你最拿手了。”

“我给她讲笑话，我让她大笑个不停。”

“她幸亏有你！”

我们对视了一阵，什么也没有说。我难过得想哭。见我难受，娜利亚说：“嘿，斯沃普老师，想听听我的故事吗？”

“这真是个好主意。”

娜利亚的盒子是藏宝箱，看起来就像她本人。她在圆盒盖上画了个笑脸，又插了很多软铁丝，像乱蓬蓬的头发。

我说：“我喜欢铁丝做的头发。”

“这不是头发，这是豪猪身上的刺。”

“一个有豪猪刺的盒子？有意思。你的故事起名字了没有？”

“有啊，《多亏了甜李子》。”

“给我讲一讲。”

“云彩上有一家人，家里有两姐妹——酸猫和甜李子。姐姐酸猫很恶心，把所有的衣服都翻过来穿。甜李子是妹妹，胖乎乎的。”

“她穿什么？”

“穿了件有点大的连衣裙，上面有花瓣的那种。一天，酸猫终于做好了一个炸弹。”

“等等，你是说‘炸弹’？”

“没错，炸弹。她做了个炸弹。她说：‘在这儿搁几个樱桃核，那儿再放一些胡椒粉……好啦！多么优雅的炸弹！现在，我要炸掉天堂！’”

娜利亚像女巫那样怪笑了一阵，然后又说：“突然之间，从哪儿响起‘咚’的一声，一个盒子掉落到地上，就是这样！盒子说：‘好疼！’”

“这是个会说话的盒子吗？”

“是的。”

“好吧，接着讲。”

“酸猫说：‘嗨，这盒子是我的！我要把它拿回来！’可是这个盒子开始一跳一跳地躲开了，它不想被酸猫抓到。它跑到甜李子那儿，跳到了她身上。”

“到她怀里？”

“对。”

“那肯定扎得她挺疼。”

“没有，斯沃普老师，甜李子拿的是不带刺的那面。”

“原来是这样！”

“盒子说：‘别让那个坏丫头拿到我！’甜李子说：‘好，我会帮你的。我知道，我要把这些针取出来，一根一根取出来。它们变松了，变松了，好了，都弄松了。哎哟，好疼，我要一个创可贴。’”娜利亚甩着手，就像真的被刺扎了似的，“然后，大概过了五个钟头，甜李子终于拔完了刺。她打开了盒子，发现里边装着的是酸猫的心。”

“她怎么知道那就是酸猫的心？”

“那颗心是绿的，而酸猫的心不是红的。”

“甜李子该怎么办？”

“甜李子对盒子说：‘我们把这颗心放回原处，放到她的箱子里。’她于是溜进了酸猫的房间，打开了酸猫的箱子。”

“酸猫的箱子怎么打开？”

“用一把钥匙。”

“前面提到钥匙了吗？甜李子从哪儿拿到的钥匙？”

（平心而论，这是多么蠢的问题！每当我听故事讨论的录音时，我就很羞愧。我常问那些最奇怪的问题，跟孩子们要讲的故事毫不相干，有时会使故事脱离情节，朝别的方向发展。）

娜利亚说：“甜李子生下来就有那把钥匙。”

我说：“明白了。接着讲吧。”其实我不明白。

“甜李子就把心放回了酸猫的箱子。酸猫就又变好了，一切恢复了正常。”

“到这儿就完了？”

“没呢，结尾是甜李子和盒子成了好朋友。我就想这么结尾。”

“我很喜欢，这一定是个好故事，娜利亚。”

“他们成了好朋友，我就是这样结尾的。”

善良与毁灭

Kindness and Doom

每只盒子都如同指纹一样独特。加里的盒子像一辆红色跑车，是魔鬼的；奥坎的盒子里装的是幽灵和“最最可怕的东西”；马蒂奥做了副棺材；尼可的盒子装的是四季；西蒙的盒子里则是一座城。

米格尔的盒子装的是末日，这是灵恩派教义的核心，如同一场大灾难。届时，一个魔鬼会把世界上所有的人都锁在这盒子里，除了一个“勇气男孩”（这是米格尔起的名字）。这个男孩扮演了救世主，他打开盒子，把人们放了出来。

做盒子的那天，我见淑永前所未有地高兴。她决定用纸泥，但纸泥浆弄得哪儿都是，邓肯老师让她穿上一个大垃圾袋，把衣服罩上。淑永的盒子简单而雅致。她把它涂成黄色，在盒盖的中央画了一朵玫瑰。

淑永和我一起讨论她的故事。我们坐在空教室里（讨论时间比我预期的要长，淑永提议午饭之后马上回来）。我们坐在教室后面的圆桌前，她告诉我，她的故事叫做《善良与毁灭》。

“哇，这名字真带劲。故事是怎样的？”

“在善良王国里有一个国王，他派了个女人去一个岛上取一只盒子。”

“盒子里有什么东西？”

“他不知道里边有什么吗？”

“你为什么问我？你是作者，你决定。为什么他想要这个盒子？”

“他想要里边的东西？”

“为什么？”

“因为他好奇？”

“不行，这不够好。如果你是国王，你不会坐在那里就说：‘噢，我想知道盒子里有什么。’”

“盒子是金子做的。”

“啊，好了，现在故事有点合理了。接着讲。”

“好，你看，女人被派去，是因为她很善良。她找到了那个盒子，把它交给国王，国王又派了个男人去那……”

“哪儿？”

“那个地方。”

“为什么？”

“想看看有没有更多的盒子。要找金子，对不对？盒子就知道会这样。”

我跟不上她的思路，可她现在话说得很流畅，我不想打断她。

“那个男人打开盒子一看，盒子里还是盒子，盒子套着盒子，打开最后一个时，他看见里边有行字，写着：‘你被外面骗了。’”

“你说‘外面’是什么意思？盒子的外面？盒子外面很好看，里边却是空的？”

“是啊，然后怎么样了？”

“然后，他回去见国王，国王就认为是他把金子藏起来了，就把这个男人送去了毁灭国。”

“他被放逐了。你知道‘放逐’这个词吗？意思是把人送到很远的地方，作为惩罚。”

“于是，他想还给国王。”

“你是说‘报复’？”

“对。”

“好，先停一下。如果你要写个小说，这样就可以，但是对一个短篇故事来说，情节太复杂了。你为什么不一开始就写放逐，干脆写一个复仇故事呢？你可以一开始就写善良国王和毁灭国王。你怎么想？”

“好。”

我说：“现在，给我讲讲毁灭国。毁灭听起来很好玩，到底是什么意思呢？”

“我想我知道毁灭的意思，但是解释不清。”

“我也是，把字典拿来，咱们查一查，好吗？”

她拿来字典，查到了这个词，可是她的眼睛紧盯着那页。

“淑永，你要不要给我念一下？”

沉默。

我假装悲伤地抱怨起来：“噢，不要这样！”我想开个玩笑，“别又不说话了。淑永，今天不要！我还要帮助别的同学呢，求你念一下。”

她用那种悲惨的、迷茫的眼神望着我，似乎想说却又说不出来。

我想贿赂她一下，便从衣兜里拿出一些硬币：“要是你能念出解释，我把这些钱都给你。”

沉默。

我说：“那好吧，我也可以不说话，跟你一样，你知道。当你准备开口时，你告诉我一下，我就坐在这儿等。”我抱起胳膊，像在进行一场友好的比赛。

沉默。

我试图动之以情，说：“你要是跟邓肯老师一起做，会不会容易些？我不知道怎么才能帮你，这让我很难过。我很抱歉，这样下去不是个办法。”

沉默。

最后，我试着严厉起来，希望能强迫她打破沉默。我说：“好吧，我们结束吧。这简直是在浪费我的时间，也是在浪费你的时间。你的开头很好，别的地方也很好，你自己去把故事完成吧。”我挥手让她离开。她拿起字典，回到自己的座位上，好像也被放逐了。她背对着我，没有一点要写的意思。空气里充满了不快的气氛。我感到自己无力、小气。为什么我这么爱她，却没法帮她？我走到她跟前。

我说：“你怎么了，淑永？我不明白。”

“我也是。”

“你为什么不念出来，这有什么大不了的？”

“我也不知道。”

“求你念一下。”

淑永拿起字典，开始念：“毁灭，一些不可逃避的事情，如痛苦、毁坏或死亡。”

我说：“谢谢你，谢谢你，谢谢你，谢谢你。好了，痛苦、毁坏或死亡，而毁灭国王想要哪一样呢？”

“报复。”

“善良国王想要……”

“善良。”

“毁灭国王想怎样报复？”

“把一种报复药水放进瓶子里，假装那是善良的药水。”

“妙极了，是什么颜色的瓶子？”

“蓝色？”

“不要这么不自信，蓝色正是那瓶子的颜色。”

接下来越来越容易，我们稳操胜券。我帮她构思情节，她写了三稿。最后，她和我都很得意。她的故事如下：

善良与毁灭

从前，在火星上，有两个大陆。一个是善良王国，另一个是毁灭王国。围绕着善良王国的是朱庇特和天使的塑像。毁灭王国则在火星的另一头，围绕着它的是一团团的黑烟。自由国王统治着善良王国，床单国王统治着毁灭王国。这两个王国之间有一座荒岛，叫做欢庆岛，岛上一个人也没有，只有花草和树木。岛上很闷热，没有人能受得了。

毁灭国的国王想报复善良国的国王，因为很久以前善良国的国王放逐过他，也因为毁灭国的国王心里只有痛苦、毁坏和死亡。过了很多很多年，床单国王还一直在想着怎样报复，终于，他想出了一个主意。他让人做了一个金盒子，然后在里边放了一个蓝瓶子。瓶子的标签上写着"善良"，但是，瓶子里装的实际上是毁灭的药水。然后，他让人把瓶子埋在欢庆岛上的树底下。

当毁灭国的国王做完了这一切，他派了最美丽的女仆去见自由国王。女仆穿着白袍子，上面还有双假翅膀。她对自由国王说："在欢庆岛中央的一棵树下，埋着一只盒子，盒子里装着一瓶善良的药水。不管你把药水洒在哪里或者什么东西上，被洒到的地方或者东西就会变得善良。"自由国王说："准备行动！"他就动身带着所有的仆从去那个岛。

他们很快就找到了那棵树，国王挖到了盒子。盒子十分美丽，是金子做的，盒盖上还有一朵花……善良国的国王把药水洒了一世界。但是，世界不但没有变得善良，反而几乎被毁灭。太阳也变成了黑色……床单国王高兴得大笑，他骗了自由国王。

但是，自由国王很聪明，他杀了一只天鹅，一只最美的天鹅，他把天鹅的心和剩下的药水混在一起。他开始洒下这种液体。当第一滴药水滴到地上的时候，整个世界又恢复成原来的样子了。

人们为善良国的国王举办了一场舞会。在舞会开始之前，他们先把毁灭国的国王和他的仆从淹死了，这样这些人就不会看见善良国的人们了。之后善良国的国王（和他的仆从）在荒岛上幸福地生活着。

一个没有故事的世界

A World without Story

学期的最后一天。

邓肯老师警告我，要记得孩子们是学生，不是朋友。我没听她的，我想跟他们做朋友。现在暑假要开始了，我们要分开一段时间，这让我很难过。我还想听他们讲自己的事情，我会想念他们写的故事，会想念我走进教室时他们的笑脸。

全班同学给了我一个惊喜。这是邓肯老师的主意。她找到了一个泰国锡盒。在盒子里，每个孩子都放了一个小信封。邓肯老师告诉他们："信封里要放一件既不用花钱，又对你们和斯沃普老师有意义的东西。"

阿伦、娜利亚和马蒂奥画了我们共同写的故事里的人物。罗茜知道我对她的信仰感兴趣，给了我一张印度伽内什象头神的肖像。米格尔的信封里是一面厄瓜多尔的国旗，还有一张他妈妈写的字条："上帝保佑你！"淑永从来也不让我给她照相，却居然送给我一张她的学生照。美凯写了一首诗：

一个

没有故事的世界

就如同一切被

炸药炸平。

没有文字，没有故事。

世界没有故事，

就什么也没有。

没有一个学生跟我一样难过得不加掩饰。暑假就要开始了，他们很高兴。我在教室里走来走去，从一个孩子身边走到另一个孩子身边，跟他们一一道别。对一些人来说，这就是永别。阿莱格拉要搬到布鲁克林去；凯莫一家要去密西西比州，他爸爸要在那里开启行医生涯；易卜拉辛要回埃及，他的父母不愿意他太美国化。

“嗨，美凯，我喜欢你的‘没有故事的世界’。哇，你是怎么想出来的？”

“我一写就写出来了。”

“我真感动。这个世界的确不能没有故事，我们都是通过故事来认识世界的。”

“所以我才这么说嘛。”

“放假你会去哪儿玩吧？”

“哪儿也不去。”

“那你整天干什么？”

“睡觉，烦我哥哥。”

“好吧，你应当休息一下，这个学期你很努力。如果可以，就写信给我，好不好？我喜欢听到你的消息。”

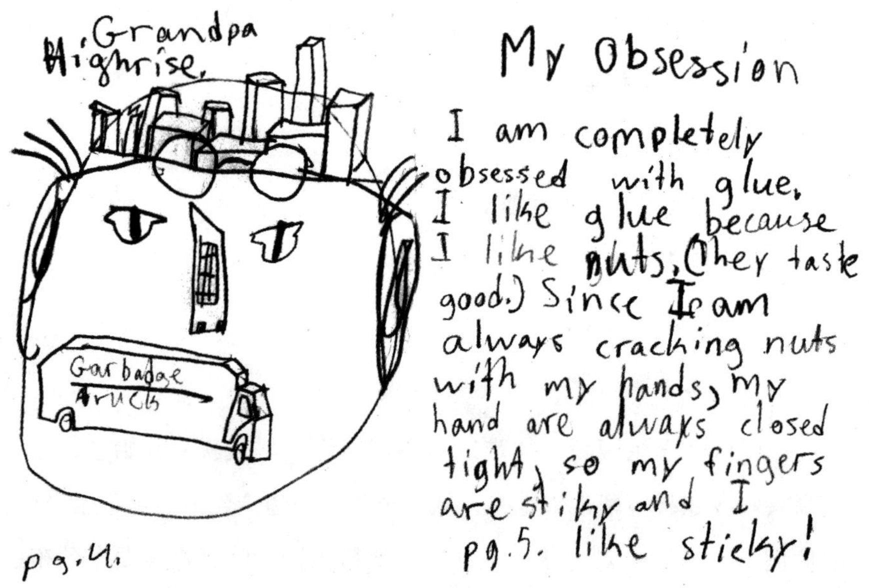

“好的，斯沃普老师！”

“嗨，阿什利，谢谢你的泰国硬币。你真体贴，教你真是有意思。我会永远记得你写的《疯狂的贡佐拉》。你暑假出去吗？”

“不出去。”

“好吧，多读些书，能写的时候才写，真喜欢写的时候再写，好不好？”

“好！”

“保证？”

“好的。”

“不过，我很想收到你的信，假如你有时间的话。假期愉快，请代我问候你的父母。”

他们当中很少有人计划度假。我慢慢才明白过来，他们这整个假期会在自己的公寓里度过，不能上外边玩，这真令人心痛。孩子应当在夏天光着脚在外面跑，他们应当在草地上奔跑，去探索树林，在小河里戏水。

凯撒是个幸运儿，他将要第一次去厄瓜多尔旅行。

“这真令人兴奋，凯撒！你要去乡下还是城里？”

“我想应该是农场之类的吧。”

“有鸡有牛的农场？”

“是的。”

“你会给牛挤奶吗？”

“才不呢！”

“要是有机会，一定要去挤一下！”

“斯沃普老师，那很恶心哦。”

“不，一点也不会，会很自然的。你会给我寄张明信片吗？”

“好吧！”

“保证？”

“保证。”

我不知道该对法蒂玛说些什么，我们从来也没有什么接触，虽然我尝试过。她只跟我说过一些单个的词。她的情绪非常抑郁。经过她的座位时，有时我会觉得冷气逼人。大多数时间，我不理她。但有时候，我强迫自己走近她，教她一些写作技巧。我知道她会喜欢，比如怎样用分号。

我对法蒂玛的期望较多，因为她对文字的驾驭游刃有余。但是，我总责备自己没有好好启发她，我没想出用什么办法去接近她。不过，那个学期她也写了很真实的作品。

我的外表

我的外表非常害羞，非常安静。我不善于跟人打交道。我不想打听别人的事情，如果我想知道什么，我不会直接（或者主动）去找消息灵通的人打听。要想让我去打听，得有人说服我，或者给我洗脑。

隐秘的我（里面）

隐秘的我其实非常爱运动（我每天都打棒球），而且一点也不害羞。不相信吧，呃？我非常开明，心里怎么想就会怎么说。（难怪我总是惹麻烦。）因为我的行事风格，我爸爸总觉得我是个假小子。（学校里不认识我的人，也会把我当成男孩。）我可以把嗓子变粗，做男孩做的事情。（难怪我跟同龄的女生不太往来。）

法蒂玛有严重的哮喘，身体不够灵活，我一直难以相信她擅长运动。但是，对一个孩子来说，只要把愿望说出，它就会变成真事。她写完时，我对她说："你的作业真棒！"她冷笑一声，说："你总是这么说。"

这是真的。我总是急于称赞，但我这样做是有原因的。我从我的老师那儿得到的最有用的评价是：真棒，山姆！而且，在给法蒂玛的作业边上写评语时，我一直很谨慎，她似乎很脆弱。

实际上，我有点怕她。她给我的礼物是三个词，跟我在圣诞节送出的礼物一样。她为我选的词是：美（与美和艺术有关）、厚爱（充满爱）和喜歌。

我在她的桌子旁蹲下来，她在看书，低头看着路易丝·菲兹修的一本。书里的主人公哈瑞特是个极想当作家的孩子，她会刺探家人、朋友和邻居，记下笔记（往往是尖刻的），记录他们的行为（通常不够仁慈）。法蒂玛与哈瑞特有很多相同之处，两人都是假小子，都擅长文字；也都很情绪化，容易被人误会；都很聪明，并且有隐私。

“嗨，法蒂玛，你喜欢《小间谍哈瑞特》吗？”

她没有抬头，只点了点头。

“感谢你给我的三个词，它们真美。我特别喜欢的是喜歌，说起来很好玩。”

她仍没有抬头。

“我会永远记得你写的《我的外表和隐秘的我》，你写得诚实而全面。”

她没有抬头。

“能教你我很荣幸。”

最后，她终于说了句什么，可是她把头埋在书里，我听不太清楚。

“对不起，我没听清。”

“我恨你。”

我感觉自己晕了一秒钟。加里和洁西卡坐在旁边，看得出来，法蒂玛这样不尊重老师，把他们也吓了一跳。他们盯着我，想知道我会怎样做，而我只是说：“抱歉，法蒂玛，如果我让你这样觉得的话。我肯定不恨你，祝你假期愉快，再见。”

我记不得后来我都做了什么了，可能去找凯撒、美凯或是娜利亚了，我相信他们会表示对我的喜爱。我知道不能把法蒂玛那句充满恶意的话放在心上，可我还是很在乎。我希望大家都喜欢我，身为老师，这是一个致命的弱点。

法蒂玛对我也许有、也许没有特别的感情，但是我心里清楚，她有充分的理由憎恨我：我不喜欢她的写作。尽管我努力掩饰这一点，但孩子的直觉比你想象的要厉害。她当然要报复，谁都会这样。

在那之后，我强装笑脸，而内心深感挫败。学生们都走了，再见，加里！再见，洁西卡！下学期见！我这才告诉邓肯老师这件事。邓肯老师很生气，看得出，她想训斥法蒂玛一通，可她又记起来，法蒂玛不归她教了，她管不了了。带着歉意的微笑和一丝担心，邓肯老师对我说："他们该上四年级了。"

四年级

海岛计划

THE ISLAND PROJECT

My House
Woods of Bears
Mountain of Hot Sun
Big Hot Spring
Meadow of Grass
Goat's House
Heart Lake
Capsized Mountains
Lake Ross
Hammer Bridge
3 musketeer mountain
Green Field
Little Waterfall
High City
Fast Forest
Lake Slimy
Disgusting Island
Peach Village
Bloody Pond
Burger Bay
80°E
50°
Key
Frequent Flow
marshy marsh
Earsline resort
Flower Volcano
Clear Spring Lakes
Nayasha Ocean
Bow
Pizza Stone
Pink marsh mellow clouds
Green hamburger lakes
King Victor
Fat boys Barbies
Ice cream cone mountains
Fat Stachue
Rockville Village
Lost Land
Death Cove

我的一切

All about Me

我们班的新老师是梅尔文老师。我给了她几周时间去适应新班，之后跟她约好在午餐时见面，讨论我们该如何一起合作。我不会刚到学校就去上课，但还是很想看大家一眼。整个暑假，我都在想念学生们，时常会想他们正在做什么。一整个假期我都在备课，阅读有关教学的书籍，我有很多计划。

那天我提前到了学校，在他们的新教室外一边等候，一边听梅尔文老师上课。她正在念艾玛·拉撒路[1]的著名诗篇《新的巨人》。这首诗写的是自由女神。她告诉学生们："当诗里说'送来穷苦蚁众'，那意思是说'把你不要的都给我送来'。这句就是这个意思，懂了吗？你们明白我的意思吗？"

知道孩子们近在咫尺，这对我真是个巨大的诱惑。我忍不住想偷看。我躲进后面的阴影，再一点点探头去看，看到了教室的一部分。他们都在那儿！那是尼可！阿玛吉特！拉菲尔！米格尔在那儿！娜利亚！马蒂奥！他们都在那儿！他们的变化让我惊讶，他们不只长高了，模

[1] 艾玛·拉撒路（Emma Lazarus,1849—1887），美国女诗人，《新的巨人》是其最著名的作品。

样也变了，像是哈哈镜里的镜像被照得变了形。有些人长胖了，有些人长了酒窝，有些人的胸部开始发育。西蒙理了个青少年的发式，抹了很多发胶。艾琳娜涂了口红。他们在那儿！马雅的头伏在桌上，她后面坐着的是淑永。

淑永！

假期里我收到了淑永的来信，她告诉我说，她想我都想哭了。在三年级期末，淑永和我很亲密，亲密到可以告诉我她的父母离婚了，去年圣诞节她妈妈搬走了。

原来如此，她妈妈走了，她被抛弃了。就是因为这个，淑永总是不开心。

我当时对她说："我原先不知道这事，我很难过。你一定很伤心。你妈妈现在在哪儿，在韩国吗？"

"是的。"

"你有她的消息吗？"

"没有。"

"她从来也不打电话，写信？"

淑永似乎很焦虑，但是什么也没有说。

一时间我们两人都没有说话。不过，我想，我应当说点什么，于是我想起了在很多电影里都听到过的一句话。我说："淑永，我要你好好听我说——我要告诉你一件对你来说最重要的事情，你在听吗？你妈妈离开不是你的错，你明白吗？不是你的错！她肯定有些不对，没有一个正常的妈妈会离开你这样可爱的女儿。你很了不起，淑永。你相信吗？这是真的。"

她静静地看着我，一脸茫然。

"我要一遍一遍地说，直到你相信为止：淑永了不起，淑永了不起，淑永了不起……"

这终于让她露出了笑容，她说："我奶奶说，我妈会下地狱。"

这次谈话已经过去了三个月，淑永现在念四年级了。我贴近门，细看她的脸。她看上去高兴吗？我觉得不是太高兴，不过也许只是因为无聊吧。

梅尔文老师正在说着："只作为移民来美国，还不能自动留下。如果文件不对，政府就可以把他们遣返。万一他们有病，我们又没有治病的药可怎么办？疾病会传染，大家都会死！"

凯撒的手举了起来，纳吉亚的也举起来。我很想听听他们会怎么说，所有这些孩子都有过移民的经历。可为什么梅尔文老师不停下来，点名叫学生发言？这时，又有人举手了。我看不清举手的是谁，于是再靠近了一些，想看清楚。结果，洁西卡一眼看见了我，叫道："斯沃普老师！"

我往后缩，但已经来不及了，全班失了控。

"是斯沃普老师！"

"在哪儿？"

"他刚才还在，就在外边！"

"斯沃普老师！"

梅尔文老师打开门向外张望。她很漂亮，年纪很轻，足以给邓肯老师当女儿。我尴尬地笑着，为引起的混乱而道歉。她说："不要担心，快请进！见你来他们高兴坏了。"

我走进教室，孩子们欢呼起来。我原地跳了一小圈，表示我也很开心。我说："嘿，大家好！我太想你们了！你们暑假过得怎么样？"

手都举起来了，挥得像游行庆典中的彩旗。

"斯沃普老师！"

"斯沃普老师！"

"斯沃普老师！"

"哇哈哈，不能一下子都来啊！"

有些人去旅行了，去了波士顿、尼亚加拉瀑布、费城、长岛，尼可和凯撒都去了厄瓜多尔。不过，大多数人哪儿都没去。当米格尔兴奋地说起夏天里唯一的一次出游时，我不禁为之心碎——他跟教会去了一个国家公园。

到午餐时间时，梅尔文老师请我等一下，她要先带学生去餐厅。孩子们排队经过我，出门去，我感觉自己就像个检阅军队的将军。有些是新面孔，代替了已经离开的那些学生。我跟大家说："回头见！削尖铅笔，我们今年要做很多事！"淑永经过时，悄悄把一张折好的纸塞进我手里。

他们离开后，我坐在一张书桌上。我惊讶地发现，这张书桌比三年级时的要高一些，椅子也大了一些。我打开淑永给我的纸，那上面是她为我写的一篇故事。

可怜的灰锁

从前，有个女孩叫灰锁，她跟年老的父亲一起生活。有个农夫拥有整个镇子。一天，父亲上山去找那个农夫，农夫的牛没有草了。父亲说："我女儿能把树叶变成干草。"……农夫说："那快把她叫来。"父亲于是把女儿叫来。

灰锁到了农夫的谷仓，农夫说："我只能给你一次机会，让你把树叶变成干草。最好在太阳升起之前就做好。如果没变完，我就要杀了你。"说罢，他把灰锁关了起来。灰锁哭啊哭，太阳升起来了，可怜的灰锁就被杀死了。

上学期，有好几次淑永和我试图合作改写《侏儒怪的故事》，但一直没能完成，因为她到最后总是说不出话来。现在她全凭自己写完了这个故事，我认为这是个进展。可是，这个故事是多么悲惨啊：可怜的灰锁！可怜的淑永！如果一个孩子想不出幸福的故事结局，那她在现实生活中又怎么能有幸福的结局呢？

我叹了口气，把她的故事放进背包，然后打量四周。我不喜欢光秃秃的教室，这样的教室让我悲伤，回音太响，有太多偷走童年的幽灵。邓肯老师的教室充满阳光，俯视着操场和树木，而这里不同，梅尔文老师的教室对着学校的后院，没有什么景观。它也不像邓肯老师的教室有那么多装饰，并且整齐。

我注意到墙上用图钉钉着学生们第一天的作文，每一篇都题为《我的一切》。很少有人写到有关自己或个人的事情，我却很高兴看到淑永有勇气说出父母离婚的事。大多数的作文只是在陈述一些随机的事情：年龄、生日、一串爱好的清单。娜利亚的就很有代表性。

我叫娜利亚，我喜欢收藏石头、读书、画画。我喜欢的运动是橄榄球和棒球，最喜欢的是排球。我喜欢的食物是汉堡、鸡肉和薯条。我喜欢的课是社会研究。暑假里，我去了奥兰多，看到了米老鼠、白雪公主和贝儿公主。我也去了环球影城。

尽管这些“我的一切”并不是真的“我”的一切，我仍然试图寻找他们受我影响的证据。可惜，我只看到两处，即使在这两处，美凯也只是顺带提到。只有一个孩子显示出我希望他们拥有的热情：

我最喜欢做的事情是写作。我热爱写作，写作是我生活的一部分。所以，等我长大后，我要成为一名妇科医生，还要当业余作家。我喜欢创作恐怖小说。我的生日是4月2日。我喜欢读恐怖、神秘和现实主义的小说。我喜欢茱蒂·布伦、贝佛莉·克利林、罗尔德·达尔、克里斯托弗·帕克、尼可拉斯·潘恩、露易丝·菲兹修、诺顿·杰斯特和柯尼斯伯格。我最喜欢读的小说永远是《小间谍哈瑞特》。

这篇作文是法蒂玛写的。

斯沃普老师转型

Mr. Swope Redefined

午饭时，梅尔文老师对我说：“我不是那种事事计划的老师。计划又有什么用呢？你反正不可能按计划行事。”

梅尔文老师的父母是德国移民。她本人出生在皇后区，上的是教会学校。她教书的时间不长，似乎也不太喜欢教师工作。她说，这个班把她逼得够呛，她抱怨学生学东西太快，功课很快就做完，她都有些跟不上。她还抱怨说，这些学生从来也不会显出恍然大悟的样子，说：“啊，我懂了！”她也公开承认，很多孩子，包括米格尔、奥坎、纳吉亚、拉菲尔和娜利亚，让她受不了，老来惹她。她就是不喜欢他们。更糟的是，梅尔文老师怀上了第一胎，所以对她来说，怀孕当然是她今年最在意的事情。结果是，学生们得不到挑战，纪律也松散起来，半数的学生不再做作业。

这真令人心痛。我用来自我安慰的唯一的想法是，每个人的一生中都会碰到坏老师，而所有的老师也都有过不顺利的学期。虽然如此，我还是不喜欢梅尔文老师的课堂。我痛恨混乱的气氛，不喜欢她鼓励学生们互相告密。看到学生们没有把多少时间用在学习上，我很难过。

在这样的情况下，我自己的教学效果也打了折扣。我以前没有意识到邓肯老师帮了我多大的忙。每当我教新课时，她总会在那儿，温和地保证所有的学生都知道该做什么。我就像一个孩子，以为自己骑自行车骑得很棒，却不知道大人正在后面扶着车呢，一旦邓肯老师不在身边，我就摔下来了。我的课变得散乱异常，我必须学会独立教学。

秋天的大部分时间在混乱、困惑和挫败中过去。绝望中，我请校长允许我把藏书室作为我的办公室。她同意了，我不用总是待在教室里了。我仍然一周上几次课，但是其余时间我会分组或者一个一个地与学生们见面。

藏书室并不大，但我后来发现这地方能放下两张桌子和八把椅子。这间屋有个窗户，不过一摞摞满是灰尘的书和一个个盛着旧书的纸箱挡住了窗户的大部分。学生们觉得我的办公室像鬼屋里的阁楼。我一点也不惊讶，当万圣节临近，我跟一个小组在这里开会时，加里会要求看我的牙。

"什么？"

"让我看看你的牙，行吗？"

"为什么？"

"不为什么。"他说着，跟其他人交换了一个充满阴谋的眼神。

我乖乖地听话，露出我的牙。有三个人倒吸了一口气，咯咯地笑起来。

"有什么好笑的？"

马雅说："班里有人注意到你的侧牙是尖的。"

这是真的，我的犬齿确实相当尖。

“这个人也注意到了你的办公室总是很黑。”

“你是想说……”

他们只是咯咯地笑，不肯说。

我问：“怎么了？怎么了？”

罗茜忍不住了，说：“法蒂玛说你是吸血鬼，是真的吗？”

我说：“是真的。还有别的问题吗？”

他们高兴地尖叫起来，假装害怕，跑出了我的办公室。

诗歌入门

Poetry 101

我曾经让学生们背诗，现在我想更进一步。用心记住的诗篇最能让语言的美渗入你的血液。我选的诗都富有韵律感，学生们很喜欢，容易背下来。为特别的孩子选特别的诗是件很有意思的事。我为阿伦选了爱伦·坡[1]的《黄金国》，为米格尔选了德斯顿[2]的《狼》，为美凯选了弗罗斯特[3]的《雪夜林畔小驻》，为凯撒选了霍夫曼[4]的《吸拇指男孩的故事》，

---

[1] 爱伦·坡（Edgar Allan Poe，1809—1849），美国小说家、诗人，以恐怖、推理小说最为著名，作品多为短篇小说。《黄金国》描述的是一名骑士寻找黄金国的经过，并透过一暗影之口，点出人生在世要尽力追求理想。

[2] 德斯顿（Georgia Roberts Durston），生卒年不详，为美国童书出版社（Saalfield Publishing，1900—1917）的童子军系列（Boy Scott）的作者之一。诗作《狼》（The Wolf）描述一匹狼在夜晚嚎叫，虽然孤独，但叫声也安慰了它。

[3] 弗罗斯特（Robert Frost，1874—1963），美国诗人，诗作可概略分为抒情与叙事两类，用语简练却寄寓深刻的哲理。《雪夜林畔小驻》（Stopping by Woods on a Snowy Evening）为其代表作之一，描述诗人于林间停留欣赏积雪的心境转换。

[4] 霍夫曼（Heinrich Hoffman，1809-1894），德国心理医生，为儿子创作了绘本《披头散发的彼得》（Struwwel Peter）作为圣诞礼物，书中的九个故事主要都在提醒孩子要注意整洁。《吸拇指男孩的故事》（The Story of Little Suck-a-Thumb），讲述的是一个男孩不听母亲的警告，在母亲出门后还是忍不住吮吸拇指，结果双手的拇指都被高大的裁缝师用巨型剪刀剪掉了。

为淑永选了叶芝[1]的《茵湖岛》，为娜利亚选了李尔[2]的《猫头鹰和小猫咪》，为罗茜选了休斯[3]的《梦幻变奏曲》。

全班一起上诗歌写作课，文章则分组学。在课上，我会留作业，让全体学生写至少一首诗，经常是几首。这些诗只能勉强算是诗，多数结构松散，没有韵脚。跟故事不同，这些诗让学生能够迅速表达出一个完整的思想，他们不用再担心语法和标点，可以自由地想象和尝试文字，这是写文章所做不到的。

在第一节诗歌课上，我在黑板上写下“比喻”一词。

“有谁知道这个词？”

没人举手，这一点也不奇怪。但是我想，即使他们不知道这个词，也应当知道这个概念。每个人都会用这个方法，比喻无处不在。

我说：“我来举个例子，比如我说：‘哇，尼可，你的故事把我吹倒了。’确实是这个意思吗？”我假装被大风刮倒的样子，胳膊挥舞着，靠到黑板上，又顺着黑板倒在地上装死，然后我睁开眼，望着尼可。她瘦瘦的，很安静，大眼睛露出羞怯的眼神。“尼可，是这个意思吗？”她有点害怕。我站起来，掸掸土，换了个人问：“淑永，这句话是这个意思吗？”

没有回答。

“好啦，淑永，你知道答案。”

还是没有回应。

---

[1] 叶芝（William Butler Yeats，1865—1939），爱尔兰诗人、剧作家，被誉为20世纪最伟大的诗人。《茵湖岛》（The Lake Isle of Innisfree）一诗为其早年作品，描述诗人将动身前往该岛居住，过上单纯、安详而美好的生活。

[2] 李尔（Edward Lear，1812—1888），英国诗人、插画家，为儿童创作了许多充满谐趣的诗作。《猫头鹰和小猫咪》（The Owl and the Pussy-Cat）一诗的内容大致是：一只猫头鹰与小猫咪一同航行，互诉衷肠，最后喜结连理，在小山丘上过着幸福快乐的生活。

[3] 休斯（Langston Hughes，1902—1967），非裔美国诗人，常借由作品提倡平等，或歌颂非裔美国人的文化和生活。《梦幻变奏曲》（Dream Variations）描述诗人大张双臂在阳光下旋转、舞蹈，直到夜幕降临，而夜晚和梦都如同他的肤色一般。

"罗茜？"

"意思是你喜欢？"

我说："喜欢？让我倒的意思只是喜欢？"

"好吧，特别喜欢。"

"对了，意思是特别喜欢，十分欣赏，被打动了，就像身体被大风刮倒了那样。看出来了吗？这就是比喻，利用不同的事物之间相同的特点来表达。我再举个例子：'斯沃普老师是只大肥猪。'"有几个学生笑了起来，是娜利亚和那几个男生。我总能指望他们被轻易逗笑。"尼可，我真是猪吗？"

尼可现在明白了，说："不——"声音很小，勉强能听到。

"说得对，那这话是在说我什么呢？"

"贪吃！"

"对了！所以'斯沃普老师是只大肥猪'的意思，是在拿猪的吃法和斯沃普老师的吃法比较，懂了吗？"

我让他们弄懂了吗，明白了吗？

"现在我们来多想一些自己的比喻，想一些像自己的东西，什么都可以——一块嚼过的口香糖，之后被粘在桌子底下；一只手套，忘了被放在哪里，而冬天又来了；一块用得太多的橡皮擦……想起来什么了吗？"

美凯说："我像一张贴画。"

"怎么讲？"

"因为我喜欢！"

"不要选你喜欢的东西，要选那些跟你相像的东西。还有谁想出来了？"

米格尔说："我是一道闪电。"

"为什么？"

"因为什么都挡不住我。"

"好极了！还有谁？"

马雅说："我像是一本书，有很多故事。"

约什说：“我像台电视，有时我是喜剧频道，有时是运动频道，有时是学习频道……”

我说：“现在你们都明白了，好，那咱们来尝试一下。写下一两句话，说你是什么，为什么像。如果你有心多写一些比喻，尽管写。”

孩子们写的时候，我在教室里巡视。不是所有的人都能掌握，淑永却做到了。当全班停下笔，我把淑永的句子抄在黑板上：“我是个谜，因为我说得不多，而且很难弄懂。”

我说：“现在，我要给你们看，怎样把一个句子分割成一行一行的，把它变成一首诗。用淑永这句话，不改变顺序，可以做成三首诗，一首三行，一首四行，一首五行。”

结果变成什么样的都有，我告诉学生们，这一首是我认为最好的：

我是个谜，
因为我说得不多，
而且很难弄懂。

我请大家把自己的句子改写成诗。这是娜利亚的初次尝试：

我是
一根
跳跳杆，
有的是劲儿，
跳上，
跳下。
人们总是
望着我，想

要

让我

停下。

可我总是那么有劲儿，

没法停下。

学会分割句子没有那么容易，我总是要做些干预，就像个编辑，给他们一切建议，他们可以采用，也可以拒绝。令我感动的是，很多人的比喻确实表达了自己的重要特征。

我是一块黑板，

被粉笔划来划去，只是

被用，由人摆布，从来也没人感谢我。

别人在我身上写字，画画，

甚至有时在我身上写错字。

当人们擦洗我，

我才会高兴一点，

只是他们又要

把我写满。

——马修

我不是一个，而是

一本书里的许多个故事。

你打开我，

总能读到一些事情。

你读下去，

因为我不会停下来不讲。
我看起来很薄，
可是我这本书
里边有无穷的故事，
在我的故事里，我什么都能做到。
我确实是指任何事情，
谁也不能阻挡我。

——马雅

我是一只鞋，
咚！咚！咚！
我说：“哎哟！
疼！”
每天，我和我妹妹
都要在
水里、
泥里和其他
脏地方走。
之后，我的主人把我
放上鞋架。
当我们
穿烂了，
我们就
被扔掉。

——纳吉亚

我是一根折断的树枝，
掉到地上，
被人踩。
人们笑我，叫我瘦子，
还说我太长。
但有一件事，树是我朋友，
它鼓励我，谁也不能把我怎么样。
树叶让我暖和。

——那佐

我是个大红的75，
我也是数学成绩，
就要被看见，
就要被人吼。
可是我不在乎，
因为我感觉很好。
数学考试里，
做个大红75 。

——美凯

然后，是洁西卡的。

我是一张课桌，
别提
有多干净。

我说："洁西卡，看看你的桌子！简直就是灾难。要找一样真正能代表你的东西，而不是写你想变成什么。"

洁西卡住在一个破旧、昏暗的公寓楼里，但她的家充满阳光和植物。她家有父母和三个孩子，家人之间很亲密。作为中间的孩子，洁西卡喜爱自己的哥哥，放学回家哥哥总会亲她一下。全家每天都会一起吃晚饭，"像意大利人那样"。

洁西卡的爸爸矮小精悍，戴着耳环，笑得很俏皮。虽然他在厄瓜多尔上过大学，学过语言和工程，现在却是个木工和油漆工（工作时有时无）。他并不抱怨，他对我说："不管做什么工作，哪怕你是擦皮鞋的，都要全心全意地去做。"他说，他来美国寻找机会。他苦笑了一下，说："我对纽约的印象都是从照片上得来的，漂亮、干净，没有人流浪，没有穷困，是个好地方。"

他花了十二年才得到一张绿卡。"那么多年，我什么权利也没有。我不懂英语，不懂法律，我担心一切。在美国当穷人太不容易了。在厄瓜多尔，你就算穷，也还是有尊严。"他说，厄瓜多尔也比纽约安全，那儿的人群更亲近，学校也更好。"晚上十一点，我会读艾尔·席德、陀思妥耶夫斯基、《哈姆雷特》，在这儿？不行。"

"那你为什么不回去呢？"

"我来这里后，进退两难了。我也不知道为什么没有回去，我总问自己。"

洁西卡的妈妈生在瓜亚基尔一个富裕的大家庭里，跟随家人到纽约旅行时，她遇见了她后来的丈夫，两人一见钟情，很快结婚成家。我问她想不想厄瓜多尔，她立即热泪盈眶，她的大多数家人还在那里。

洁西卡的故事里的人物往往会去外面寻找幸福，却总是没能找到。在一个叫做《魔镜》的故事里，主人公进入了自己卧室里的镜子，镜中的影像十分诱人："镜子里的房间很干净、整齐，一点都不像我的屋子那么乱。我的书又新又好，我的床铺得整整齐齐，我的收音机里什么都收得到！”在另一篇叫做《愿望树》的故事里，主人公离开了乡下，去城里碰运气。在故事里，他的魂丢了。最后，一个好女人的爱情救了他。他又回到乡下，找回了真正的幸福。

洁西卡信巴哈伊教。这个宗教的历史不长，开始于19世纪的波斯。而现在，它在全世界已拥有五百万信徒。巴哈伊教信仰乌托邦和进步，主张公德心、忍耐和男女平等，消除贫富不均，提倡教育平等。对巴哈伊教来说，所有的神都是一体的，人类是一家——这一点一旦被全世界认识到，就会产生一个和平的、大同的世界。

我问洁西卡："除了桌子，你还能把自己比成什么？"

“一朵花？”

“你为什么像花？”

“因为我正在开，正在长。”

“小心使用花或者心之类的东西，你知道，我讨厌你无病呻吟。想点别的？”

“想什么呢？”

“你是个聪明姑娘，想想教室里的东西，你会想出来的。”

没多久，她就想出来了。

我是一支铅笔，
已准备好
写下我的人生。

米格尔身体里的怪兽

The Animal in Miguel

设在地下室的餐厅是个很可怕的地方，好几百个孩子同时在那里用餐。这些孩子已经老老实实坐了一上午。天花板很低，墙面和地面又很硬，声音在这里四处反射，产生出巨大的回声，震耳欲聋，你要喊话才能被人听到。这里成了疯人院、学校的地狱，复仇女神在这里横行。

还有一两天就到感恩节了。我午饭后回教室时，看见梅尔文老师正在楼道里训米格尔。她对我说："斯沃普老师，我想跟你说说这件事。"她说米格尔在餐厅里扮野兽，在桌子上爬，还把衣服撩起来，给女生看他的肚皮。

米格尔被训哭了，肩膀抽动着，说自己很冤枉，是那些女生先惹他的，马蒂奥拿了他的吃的……梅尔文老师望着我，那眼神似乎在说："你信他的鬼话？"

她对米格尔说："你也别哭了，眼泪对我没用。我不会为你难过的。"米格尔还是止不住，于是梅尔文老师又说："我可是受够你了。"说罢她转身进了教室，把他甩给了我。

我鼓起腮帮，慢慢地呼出一口气。我说："米格尔，我们该拿你怎么办？"

他看着我，猛吸了一下鼻子，止住哭声。

我说："去拿你的习作夹，咱们去我的办公室吧。"

一到楼下，米格尔坐在我对面，手放在膝盖上，显得垂头丧气。

我问他："米格尔，你是怎么了？"

他低头不语。

"你的哮喘怎么样了？"

"好一点了。"

"家里怎么样？"

"一般般。"

"怎么讲？"

"我也不知道，好像是我们的银行卡里没钱了，要付的账单却有六千多块。我爸爸找不到工作。他很擅长修理，如果他当修理工能挣到不少钱，可是医生说他对灰尘过敏，没法再做这个工作。现在我爸爸只能当油漆工了，挣的钱不够，于是我就把自己攒的零花钱拿出来，总共二十七块。我把钱全给了他们，自己只留了两块钱。"

我的心一下子融化了，我说："噢，米格尔，你真是太好了！"

他说他父母狠狠地吵了一架："我爸说我妈不帮他，这不是真的。可是他生气了，离开了家。"

我告诉他，父母吵架，当孩子的都很难受，可婚姻生活不容易，有时候家长难免会吵。他点头，表示他明白，可是明白了也不能让他觉得好过些。我说，我为他担心。而当我提到，有同学说他欺侮人时，他张嘴要辩解。我盯着他，扬起眉毛止住了他。

"米格尔，我只是告诉你有人这样说，我也不知道实际上是不是这样。但你需要想一想，是不是？你可能把餐厅里的女生吓着了。你并不想欺侮人，对不对？"

他摇头。

我说："那好吧。"我便不再提这件事。其实我也不知道该怎么帮他。

我问他想不想合作写个故事。

他点头，我于是拿出纸笔。

“主角是谁？”

“一个女孩。”

“名字叫？”

“塔西亚，她一个人生活。”

“为什么？”

像往常一样，他一下子就进入了故事，张口就来。

“她一个人生活，因为她是个孤儿。”

“她父母哪儿去了？”

“她父母在吵架，妈妈有工作，而爸爸老是用钱去买烟买酒。妈妈就总是抱怨，爸爸揍了她一顿，把她打得鼻青脸肿，还踢她，之后，爸爸把她拽起来，扔到一边，她好像死了。然后，他就把她的钱都拿走，去了商店。他喝醉了，最后让人给杀了。”

这个开场可真令人担忧。这里面有多少说的是米格尔自己家的事？在我的印象中，米格尔的爸爸不抽烟也不喝酒。不过，米格尔的妈妈曾经说，他们过去常常吵架，而自从信了上帝，她的婚姻也得救了。我也相信了她的话。

面对孩子凭想象描绘出来的暴力，一个老师应当怎样做？你可以禁止他，定一条规矩，说故事里不能有打斗，我有时就这样做。不过，我有时也让想象自由发展，希望借此帮助孩子放松一下。对于米格尔，我常常试图走折中的路线，但我始终不知道那样做是否正确。

我问米格尔：“塔西亚的父母死的时候，她在哪里？”

“她在学校里。”

“她回到家，发现——”

“家里没人。”

“她的父母都死了。”

“对。”

“那么，她该怎么办呢？”

“她要找个住的地方。她找到了一个小马厩，那儿有马，她就用草做枕头，睡着了。”

米格尔的故事里总少不了动物，有时是马，多半是猎食者。我问他为什么会这样，他说：“我在故事里加进动物，是因为有一天我会当上驯兽师。”米格尔对动物的兴趣浓厚，他特别喜欢看动物纪录片，读有关动物的知识书籍。可是，他并没有跟动物直接接触过，也从来没养过宠物，也没去过动物园，他家附近的野生动物也只不过是鸽子、八哥、麻雀、老鼠以及不时遇到的流浪猫。不过，有一次，他告诉我，他在房前的空地上玩时，抓住了一只蟑螂。他把它放进了路上捡到的一只小瓶子里。他把这个新宠物带回了家。这让妈妈很生气，部分是因为她不想房子里来只蟑螂，部分是因为，那个别人扔掉的瓶子是用来装毒品的。

我们大约用了一个小时才完成这个故事。像往常一样，米格尔想到什么就说什么，我得竭尽全力才能把他的想象归拢成一个故事。完成之后，我给他留了作业，要他把故事写下来。他有些畏难，我马上就妥协了。他是对的，这个故事太庞大，他绝对写不完。“可是，米格尔，你得为我写些东西，你这个学期还没有完成过一篇二稿。”

我翻过他的习作夹，薄得令人失望。不过，我找到了一个初稿，很喜欢，已经把它编辑过了。这个故事叫做《红狐狸马索洛》。马索洛原是一个男孩，因为吃了不干净的肉，到了夜里就会变成一只狐狸。马索洛觉得这样很好，他总在夜里独自溜出去，到外面冒险，等天快亮的时候再回家。他的父亲也吃了有问题的肉，于是他们就两人一起出去玩。我发现结尾很可爱，表现了米格尔和他父亲好的一面。

我说：“马索洛的故事怎么样？我很喜欢，而且也不太长。”

“是呀，我也喜欢！”米格尔说要在感恩节放假期间把这个故事再写一稿。

“你保证？”

“我保证。”

我说：“握手。”

他把手伸给我，我刚一碰上他的手就缩回来，做了个鬼脸。我说：“呃！你的手握上去就像条死鱼。真正的握手应当坚决有力，而且你应该看着我的眼睛，再来一次。”

他再次伸出手，这一次用了些力，也看着我的眼睛。

我说：“好些了。现在回班里去，让阿玛吉特来我这儿，好吗？”

“她回印度了。”

“什么？！”我吃了一惊，阿玛吉特明明昨天还在班里，什么也没跟我交代过就走了？

米格尔说：“梅尔文老师也很吃惊。”

“她是回去探亲还是留在那儿了？她还回来吗？”

米格尔耸耸肩，不置可否。

“那好吧，叫拉菲尔、阿伦和约什来吧。”这个小组正在做一本连环漫画。

米格尔问：“斯沃普先生，我能留下来画漫画吗？我长大以后想做这个。”

“今天不成，好好写你的故事，然后我们再讨论。”

他的脸拉长了，尔后勉强笑着对我说：“谢谢你，斯沃普老师。”便回班里去了。

意外

Surprise

学期末的一天，我回到教室里上课，刚要开始时，我觉得有些不对劲。我发现打开的窗户上拴着一截绳子，绳子的另一头垂在外边。

我问：“这是什么？”

学生们都摇头。

我拽了拽绳子，觉出另一头拴着重物。我说：“到底是怎么回事？”我倒着手往上提，不久就拽上来一个牛皮纸信封。信封上写着：斯沃普老师的学生收。

我问：“你们觉得这会是什么？”

“打开！打开！”学生们嚷道。

我说：“好吧。”信封里是一摞纸。我看着上边的字，装作不解，然后我望着学生们，面露惊讶，说：“好吧，你们猜不到的，这是个测验！”

“噢——”教室里一片失望的叹息。

写作测验

你正和你的父母走在拥挤的街道上，突然，你的父母开始

慢慢地改变形状。你既惊讶又害怕地看着他们。请描述一下，你的父母变成了什么，接下来又发生了什么事。

你们要写一个三段式的故事，要有开头、中间和结尾。

每段至少要有六句话。注意句号和逗号的使用，以及分段。要写得具体，有丰富的细节，要出乎意料。

你们有五十分钟的时间。记住：一定要好玩。

起初，我并不想采用这种开放的形式。如果给学生们一个作文题目，他们会觉得容易一些，能够集中精力展示写作技巧。当然，“测验”给练习增加了一分紧张。不过，让学生自己写出轻松可笑的故事，他们会很喜欢的。大多数故事中的母亲都变成了外星人和怪兽。不少孩子的故事比这还要有趣。淑永把父亲变成了土星，阿丽扎的母亲变成了一片树叶，尼可则把妈妈变成了一个长着兔子耳朵的笔记本。所有的故事都有快乐的结局，父母们都恢复了原形，除了加里和西蒙，其他人的故事都讲述得比较清楚。

要不是因为邓肯老师，我绝不会想到要考他们。三年级末时，她想看看学生们在正规的写作测验中表现会怎样。在这种测验中，不确定性要大一些，我不太情愿。我告诉她，我恨考试，我想让学生对于写作有一个正确的态度。可是，邓肯老师坚持，而我又愿意为她赴汤蹈火，也就同意了。既然那次考试的结果很棒，我就决定四年级的期末也来这么一次。

这些考试说明了什么？在原创叙述方面，并没有什么特别之处——在我给的情节框架上自由发挥。令我印象深刻的是，比起给我写的故事初稿，学生们在考试中运用的语法有很大的长进。在考试的压力下，他们把学过的所有技术都用上了，而且，考试并没有像我担心的那样，给他们造成任何心理上的伤害。

所以，在某种意义上，意外的是我，因为我从来也没想过我会说考试的好话。

西王母

The Queen Mother of the West

寒假过去好几周了，我从地铁站出来，往山坡上的学校走去。这是个阴冷的灰色冬日，学校窗口的灯光让人觉得温暖而明亮。我那天并不是要去学校，快乐的中国学生美凯和她的哥哥阿伦正坐在学校操场上的攀登架上等我。他们没有跟其他同学一起玩曲棍球，因为那天是中国的春节，美凯的妈妈请我去他们家过年。

我们一起走过几条街，来到美凯家。孩子们告诉我，他们昨晚熬夜到很晚，打开窗户，放走旧年，又弄出声响来吓走年兽，免得被它吃掉。

我说："那一定很好玩。今年是牛年，对不对？"

他们同意。

"这代表什么意思呢？"

他们不知道。

我说："那今天要做些什么？你们怎么过春节？"

阿伦说："坐在那儿，吃呗。"

美凯说："还有拿钱！"

阿伦笑了："对，还有钱！"

的确，压岁钱是过节的一件大事。孩子们的钱都包在红色的信封里，红色象征着吉祥。

李家在一条综合街道的尽头，高架铁道从这里经过，铁道下是商业大街，当列车呼啸而过时，走道会轻微地震颤。美凯家在一栋两层小楼中的一楼。李太太在门口迎接我，向我不停地鞠躬。见到我她很高兴，笑容满面。（她的丈夫仍在工作——春节对于中国餐馆来说是个重要的日子，这一天厨师不能休假。）

美凯家的前门对着小小的厨房，厨房里有台缝纫机。美凯的妈妈在这里为制衣场加工零活。屋里一共有三个房间，每一间都很整齐，但也都很小。卧室里有两张成人睡的单人床，一张孩子们的双层床，还有一张小小的书桌，桌上是阿伦的电脑。客厅里对着摆放了两张便宜的沙发。空间很小，让我想起地铁的车厢。房中唯一的装饰是一个鱼缸，架在一个用木板自制的木桌上。鱼缸里有不少鱼，有一条黑鱼很好斗，他们给它起名叫泰森。

李太太急着给我看第三个房间。她刚刚才把它腾出来，专门供奉西王母——道教里排第一的女神仙。在这个房间的中央，有一张蒙着红布的桌子，上面是西王母像。她神态凝重、祥和，像菩萨那样慈悲，穿着精美的绣花长袍，戴着精致的绒球头饰。美凯对我说："很贵的！"

我有很多问题想问，可李太太和我语言不通，于是美凯这个能说双语的小孩就充当了翻译，但她的翻译常常让我感到困惑。

认识了西王母之后，我问美凯："我要不要对神仙说点什么？我应当怎样做？"

美凯把我的问题转告给她妈妈，然后告诉我说："对她说出你的姓名和地址。"

"什么意思，地址？"

"你知道的，就是街名、市名、邮编什么的。"

"真的？她为什么要知道这些？"

"这样她就知道你是哪儿的人了！"

我说："好吧。"然后朝向西王母像："王母娘娘过年好。"我说出了我的姓名和通讯地址，还来了个中式的鞠躬，我觉得似乎应当这样做。

李太太微笑着赞同我，给了我三支香，让我点上。之后，她觉得还要加一些，我最后总共点了九支香，把它们在西王母像前插成一个半圆。

我问美凯的妈妈："西王母是从哪儿来的？"

她通过美凯回答我："好像是，自有人类就有了吧。当宇宙还是一团气的时候？起初西王母就是一小点光亮，然后那光落在一座山顶上，变成了西王母。"

在过去几个月里，李太太决定当美凯所说的"道长"，帮助他人。这需要学习很多东西，美凯说，她妈妈读了很多遍老子的《道德经》——道家的宝典，她还苦练书法，这种技艺也需要多年的学习。正如美凯说的那样，李太太的学习全在西王母的指导下，西王母会在她的梦里出现。

美凯的妈妈问我，想不想让西王母说一说我的前世。

我说："好啊，那一定很有趣，谢谢您。"

美凯和我坐在客厅里，让她妈妈独自一人与神仙待在一起。我用余光瞥见李太太跪在神像前，在热诚地祷告。她双目紧闭，嘴唇翕动，声音很小。她一次次安静下来，侧着头，似乎在听，然后再开口，像是在问问题。

我问美凯："你妈妈在跟神仙说话？"

"嗯，我想是的。"美凯说。

"怎么才能做到呢？"

"我也不知道该怎么说，我想，就像第三只眼睛？"

美凯妈妈正忙的时候，我给孩子们发了我带来的礼物。给阿伦的是一张崭新的纸币，我把它放进了花旗银行给的红纸包里。不过，我从来也没有想过该给美凯什么钱，那样做有点不对头。我送了她一本诗集。打开包装时，她吸了一口气，把书贴在胸口，好像搂着可爱的泰迪熊。美凯喜欢读书，班上不少学生也是这样，可他们的父母花不起钱买书（或者不知道该买什么书），如果没有本地图书馆，我不知道这些孩子会怎样。我以前从没有意识到公共图书馆对我们的移民群体有多么重要。虽然资金极为短缺，小小的皇后区图书馆总是挤满了大人和小孩，分别说着十二种语言里的一种，希望有人能帮他们。对我的学生来说，这是他们在第二祖国吸取文化传统的生命线，他们在这里能够接触到伟大的儿童作品。如果不是在这里，他们则无缘得见。而现在，这些书塑造了他们。

终于，李太太从那间屋里走了出来，看起来有些疲惫。我猜想，通话不太顺利。她说，西王母这一天很忙，只告诉了她我最近的前世曾在一个纺织厂做工，而在我的第一次生命中，我曾是神的护卫。

我问美凯："是什么神？"

美凯说："我不知道用英语怎么说。"

"用英语说它。"

"嗯？"

"你不能说'用英语说'，要说'用英语说它'。"

美凯说："用英语说它！"她笑了，觉得翻译就到此结束了。

我说："美凯，别跟我耍赖，即使你不清楚用英语该怎么说它，你也要尝试一下。"

"嗯？"

"换个词来说你不太清楚的事情，变着法儿说出来。"

她使劲想了想，说："嗯……好像是负责地上的事情的神仙。"

"地上什么事？"

"什么事都管。"

"什么？世俗神仙？是不是类似这个？"

她的脸上放光，很高兴听到我这么说，叫道："对，就是世俗神仙！就是这个！"

我有些怀疑："你不知道什么叫世俗，对不对？"

她笑着，耸耸肩，说："不太清楚。"

在传说里，西王母种下了蟠桃树，这些树三千年一结果，吃了蟠桃的人能成仙。另一个传说是周穆王出游，到了荒野的昆仑山，进了西王母的花园。女神仙愉悦了周穆王，他很高兴，保证还会再来。可是，事与愿违，他到死都没能再见到她。

这个悲伤的故事，一定与李太太的心境相仿。她远渡重洋来到此地，非常想再见到家乡。李太太出生在中国大陆，在她还只有几个星期大时，一家人在战乱中慌忙逃离了村庄，坐着小船来到台湾。船太过拥挤，一个叔叔想把还是婴儿的她从船上扔下去。后来，一位士兵把自己的位子让了出来，美凯的妈妈才得以活下来。

一家人在台湾定居，非常穷困。有一次，李太太的父亲得了重病，李太太就到西王母的庙里去祷告。她许愿说，如果父亲能够康复，她就永远供奉西王母。他父亲真的就好起来了。结婚成家后，她和丈夫欠了很多债，还债的唯一办法就是来美国。美凯就是在这里出生的（美凯的中文名字的意思，就是出生在美国的星星）。

为了庆祝春节，李家敞开家门，准备了一桌节日盛宴。有很多菜，全是素食，还有一碟一碟的橘子、糖果和蜜饯。招待从早上一直到晚上，客人来来往往。客人的身份各式各样，有穷有富，美凯的同学也来了一些，因为韩国人也过春节，淑永也来了；阿什利的母亲是中国人，父亲是泰国人，所以她也来了。生在香港的艾拉来了，她和美凯躲在角落里，比着各自所得的压岁钱。我觉得，她们俩大有收获，每人至少得了二三百美元现金。

大家都很高兴，实际上，过年必须要高兴，因为你在这一天的心情会影响来年的运势。这在美凯不是难事，对一个快乐四溢的孩子来说，这是个绝妙的节日。

后来，屋子里烟香渐浓，我的眼睛直感到刺痛，于是，我道了别。李太太送我出来，还送给我一本英文版的《道德经》、一支毛笔和一袋橘子。《道德经》很薄，我坐在地铁上就看完了，可我实在看不出，它跟皇后区的西王母有什么渊源。这本书里没有一处讲到神仙的出处，也没有任何故事或者预言。《道德经》的大部分是诗意和难解的神秘：

大道无形
其上不皦，
其下不昧，
视之不见，
名曰夷，
听之不闻，
名曰希。

书中有许多警句格言，充满智慧，规劝人们去过简单的生活，与自然和谐共处，克服自傲、狡诈与名利。书中说：

为天下溪，常德不离，复归於婴儿。

奇妙的双词组合

The Fantastic Binomial

情人节这天，凯撒送给梅尔文老师和全班女生一人一枝玫瑰花。凯撒长得胖乎乎的，心地善良。

我对大家说："我需要一些名词。凯撒，给我一个名词。"

凯撒面露迟疑，说："嗯，我想想看。名词、名词、名词……我觉得我知道的，跑？"

天，我以为我给了他一个简单的任务。

我说："那是个动词，我需要一个名词。"

"绿？"

"不对，那是形容词。你能不能给我一个名词？"

没人举手。

"好了，同学们，一定有人知道什么叫名词……"

我其实也不应该感到意外，我们一年前就学过基本的语法，但是不常复习。我不知道为什么会这样。孩子们写得很好，却并不懂得区别句子的成分，就像他们能唱得很好，但是不懂乐理一样。他们当然会犯很多错误。教给他们一些编辑符号更为容易，这样他们会看懂我做的批改，然后再重写。这些工作对他们来说很繁琐，而我却只能狠下心来做。有时，学习就是这么繁琐，不可能总是好玩。

慢慢地，大多数学生都掌握了语法，只有少数人还不能掌握句子的概念，比如凯撒。可即使不懂句号和大小写，凯撒也照样能写出很有趣的故事。有一篇习作让他闻名全班，故事的主角是克林顿总统。总统和纽约州州长帕塔基以及纽约市市长朱利安尼，经常成为学生们写作的故事里的滑稽人物。下面是凯撒写的第二稿，根据初稿修订：

爱上比尔·克林顿的幽灵

从前，在晴朗又奇怪的一天，一位名叫洁基的女士被一辆可口可乐卡车撞倒了。这辆卡车是棕色的，它的车头尖得像鸟嘴。洁基当场就死了。她的灵魂忽地一下飞出身体，飞到了白宫。比尔·克林顿总统正在那儿跟他的女佣跳波尔卡。老女佣九十五岁了，老得连只老鼠都拿不起来。洁基对比尔·克林顿一见钟情。之后克林顿坐着大大的金色轿车离开，去了发现区。他在那儿跳呀、跑呀，玩了好半天，累得都快睡着了。这时洁基出现了，想要亲他。比尔·克林顿就让她亲了个痛快，差点把嘴唇都亲裂了。

然后，他说："你想怎么样？""我想跟你结婚。""没门儿！我才不会跟一个矮幽灵结婚，像个鬼魂！""不，你会的！"接着，洁基就掏出枪来，想给他一枪，那样他就会也变成幽灵，就会跟她结婚，永远在一起了。但是，比尔·克林顿叫来了军队，于是来了一场比尔·克林顿大战洁基。

洁基和比尔·克林顿互投炸弹。一颗定时炸弹击中了比尔·克林顿。他最后的话是："给我穿上衣服！"因为他打仗的时候摔了一跤，一直光着身子在打。

洁基等着比尔·克林顿的灵魂出窍，到她这儿来，可是她没有等到——比尔·克林顿的灵魂直接飞上了天堂。她非常非常难过。她围着华盛顿特区一圈一圈地飞，直到看见了乔治·帕塔基。你猜怎么着？她又爱上了乔治·帕塔基！

我们把这个故事演了一遍，引起了轰动。凯撒自己演总统，让梅尔文老师演幽灵。梅尔文老师嬉笑着同意了，她假装爱上了总统，双手捂着心口，就像音乐剧里马上要晕倒的女主角。

我祝贺凯撒的故事写得成功，他红着脸说，写出的东西让他有点不好意思。他说："笑话别人不太好，尤其是笑话总统。"

我惦记讲完语法好接着写作，就说："好啦，各位，一定有人知道什么是名词。"

米格尔尝试了一下："我不太确定，不过，名词是不是就是实在的东西？"

"这么表达很有意思。我们常常这么说：名词就是人、地方或者东西，所以，'米格尔'是个人，就是一个名词；而'纽约市'呢，是个地方，也是一个名词；'书'呢，是个东西，也是名词。"

我望着学生们，他们听懂了吗？

"凯撒，你明白了吗？"

"明白了，我现在懂了！"

"那好，给我一个名词。"

"读？"

"不对，这还是动词。"

我看了一眼手表，想要赶紧结束。

"还有谁？给个名词？奥坎？"

不知奥坎想起的是什么，反正他笑得说不出话来。

"奥坎，打住！"

最后，他终于说了出来："大便！"这下把加里和拉菲尔也逗乐了。

他们三个笑得直不起腰来。

“好，好，很可笑，大便是个名词。还有什么？”

“学校。”

“好，再来一个。”

“椅子。”

“好，再来一个？不太平常的。”

我让学生不停地说着名词，等着有人说出一些不太平常的词。这是在为一个写作练习做准备。这个练习是我在一本讲语法的论文集中找到的。书名叫做《奇妙的语法》，作者吉安尼·罗达里是意大利的一位教师，他把这个练习称为“奇妙的双词组合”。要做这个练习，你需要找一些不常在一起出现的名词，所以，我没有把“学校”和“椅子”写到黑板上，而是写了“西蓝花”、“彩虹”、“竖笛”、“手表”、“婴儿”和“鸭子”。

我对大家说：“从这串词里选两个，作为你的故事的名字，组合尽量奇怪一些。”

“可不可以用两个以上的词？”

“不可以。”

“可不可以用黑板上没有的词？”

“可以，但题目里的两个词必须从黑板上选。”

很快，学生们写出了好几个题目，我请他们把自己喜欢的题目念出来。

“偷手表的鸭子！”

“西蓝花彩虹！”

“在卡内基大厅吹竖笛的婴儿！”

“吃掉婴儿的鸭子！”

我叫道：“好棒的标题！天，我真想读一读这些故事，你们呢？”

“想读！”

“那就开始吧！”

“啊？”

“用你们的标题写故事啊！”

“噢——”

罗达里设置的练习的目的，是要把作者带入意外的思想轨道，而我的很多学生，尤其是凯撒需要这个。如果想写什么就写什么，凯撒总会写出同一内容的无数版本，比如总是一位宇航员被纽约市长送入太空，与许多外星人搏斗。我要是告诉凯撒重新来，写点不一样的东西，他就会立刻灵机一动，说：“我会写，斯沃普老师！这一次，我让总统派宇航员出去！”

至少曾有一部经典儿童作品是在这样的双词组合的激发下完成的——苏斯博士的编辑曾跟他打赌，说他无法仅用五十个词就写出一本书，结果苏斯博士写出了《绿鸡蛋火腿》。这一次，凯撒也脱颖而出，写了一棵西蓝花，就像他本人一样高贵而忠厚。

西蓝花和竖笛

“好冷！”西蓝花说着，悄悄打开冰箱门，溜了出来，一脚踩到了什么东西。原来是一支竖笛。他说：“笨竖笛。咦，我要不要吹呢？对啊，为什么不呢？”

西蓝花打开盒子，开始吹起竖笛来。他吹得真美。竖笛本是这家的男孩的，男孩跑上楼告诉了父母。他们下来听到了才相信。他们太喜欢了，就把西蓝花送到了“发出你的声音”唱片公司，这家公司也很喜欢。

就这样，西蓝花出了名，他的竖笛也出了名。他吹爵士乐，摇滚乐。这著名的一对到迈阿密、奥兰多和好莱坞演出过。西蓝花挣了很多钱，把钱都给了家里，因为他用不着。他挣钱只是为了好玩。

有一天，当西蓝花正在录音的时候，他开始变黄，身上好多球球都掉了下来。男孩说：“加把劲，好好录音，不然我们就没钱花了。”于是人们用网和绷带把西蓝花绑起来。西蓝花用微弱的声音说：“好的。”他吹呀吹，直到再也吹不动了。他整个儿散开了，可是这家人并不在乎。他们挣到了钱，就把他扔进了垃圾桶。

大灾难

The Great Tribulation

米格尔用甜甜的声音说："假如我在大灾难之前死去，我就要等着上帝用他的号角来召唤我，我就会进天堂。我如果活着的时候不检点，我就会下地狱，我不喜欢这样。我听《圣经》里说，魔鬼要抓你的脸，砍你的头，把你变成妖怪，他们吃你时，你甚至还是活着的。我不太想到那儿去，受那样的苦。"

我跟米格尔一样，生长在基督教家庭。不过，我的长老会主日学里所教的上帝、耶稣和魔鬼跟他知道的很不相同。我小时候觉得上帝是仁慈且善良的，耶稣谦恭又温和，而魔鬼似乎是妖怪，并不是真的。但对米格尔来说，上帝严厉而愤怒，耶稣是挥着利剑的判官，而魔鬼真实吓人。

米格尔对我说："上帝现在正在给我录像，当我们进天堂时，到了大灾难的时候，上帝就会把我们的录像都放给我们看。他先放好的部分，再放坏的部分。到那时，魔鬼就准备和他的妖怪一起出来，因为妖怪现在都锁着呢，用的是锁链。"

梅尔文老师已经放弃米格尔了。我为他找借口，她完全不听。她说："米格尔完不成作业的唯一原因就是他想引起注意。我就只是看着他，对他说：'我不会再来烦你了，你要是不在乎，我也不在乎。'"

我很担心米格尔的未来。像他这样的穷人家的孩子，只有依靠好的学习成绩才能上好一些的中学，继而得到大学的奖学金。我给他妈妈打了电话，问能否去见见她，商量一下怎么改善米格尔的表现。

我坐在沙发上，圣地亚哥太太坐在椅子上，她丈夫不懂我们说的英语，就在旁边的小厨房里走动。米格尔的小弟弟生病在床，米格尔和另外两个弟弟就被轰到了卧室里，跟小弟弟做伴。他们乖乖地去了，即使是那个三岁的男孩也好像知道事关重大。

我问圣地亚哥太太，她觉得米格尔不做作业的原因是什么。

她说："我也不知道米格尔是怎么了。我想查他的作业，可是他对我撒谎。我问他：'有什么问题吗？你在逗我？'他说：'不是的，妈妈，我也不知道是怎么了。'"

她说，即使是最简单的作业，米格尔也会做上好几个小时。在学校，他不能集中精力，可是在家里，弟弟们也让他分心。我建议米格尔太太，在家里给米格尔留一个属于他自己的空间。"他只要往那儿一坐，就得遵守规矩，不许再跟弟弟们说话，他们也不可以跟他说话。告诉他们，米格尔周围有种隐形的力量。"她说这不管用，我不知道她的儿子有多顽皮——不管她说什么，只要她一转身，他们就会打扰米格尔。

我说："那你也许可以考虑一下，让米格尔上看管班。那儿的人会让孩子先做作业，然后再跟同龄的孩子一起玩。"

她摇头，说她担心米格尔会表面上说去看管班，实际上却在街上闲逛。她说："斯沃普老师，问题是，我总是担心。生活就是这样，不是吗？我丈夫的姐姐也有个儿子，跟米格尔一般大。他们让他整天在外边，根本不知道他在干什么。他总是在街上，总是自己一个人，还去买毒品。米格尔也想要那样的自由，我可不能让他变成那样，我不能。"

"他爸爸有什么办法吗？他管不管儿子做作业的事？"

"我请他帮忙，可他没有管过，他总是由着他去。他只是今天才对米格尔说：'如果斯沃普老师来时说你不做作业，有你好看的。这一次我不会再把这事放过去。'”

我唉声叹气地说：“噢，别告诉你丈夫我是为这个来的，我不想让米格尔因为我而挨罚。”

“我觉得您对他太放任了，斯沃普老师。他知道您不会真跟他生气，所以就会想还用做斯沃普老师的作业吗。”

我叹息道：“的确，我不会跟他生气。可是，我并不想把写作变成惩罚，我想让他喜欢上写作。”

她温和地笑了，理解我的苦心。她也十分喜爱米格尔，并且知道自己在溺爱他。“可是，斯沃普老师，我能怎么办？他是我的第一个孩子。”

我问：“他和父亲之间怎么样？”

“他们俩不是太亲密。米格尔跟他父亲没什么话说。有时，我不得不告诉我丈夫：'跟他聊聊，让米格尔觉得你在关心他。他老看不见你，你总是忙这忙那，总是在为教会做事。'”

米格尔生活中积极的事情是什么呢？他喜欢什么？也许，有什么办法能把这一点利用起来。我问，他是否还在教会里布道。她说，没有，“您知道，斯沃普老师，孩子们只在礼拜六布道，而我丈夫礼拜四和礼拜五都在为教会干活，我们全家又在礼拜日去教会。要是礼拜六也去，对他来说就太多了，我丈夫很辛苦。”

然后，圣地亚哥太太告诉我，米格尔开始在主日学淘气，对她也凶了起来。“以前我们会一起玩，做其他事情。可是现在，他会打我。我们还是闹着玩的，可他下手很重。我丈夫回来看见，会因为这个揍他。我想让米格尔变回原来那样。他才九岁，他在变，每天都在变。”

圣地亚哥太太的童年缺少爱，婚姻也不顺利，难怪她想让米格尔永远不要长大。米格尔可能让她第一次经历了无条件的爱。现在他在长大了，开始躲避，她对此一定感受强烈。可是，就作业的问题，我们仍然一筹莫展。我建议把米格尔找来一起谈谈。

米格尔垂头丧气地来到客厅，拉了一把椅子坐在妈妈旁边。他很紧张，我觉得这也未必是坏事，没准还对他有帮助。

我说："米格尔，我们在想怎样才能帮助你完成作业。问题出在哪儿，我们想听听你的看法。"

他没有抬头。

圣地亚哥太太温柔地把手放在米格尔的膝上："小家伙，怎么回事？"

沉默。

"你为什么不写作业？"

沉默。

"为什么，小家伙？我跟你说过多少次了？为什么你总是不专心？你有什么心事放不下？为什么？"

米格尔的手搭在一起，眼睛看着别处。他说不出什么，只是哼叽。

我说："米格尔，写作业不是什么大不了的事。我明白，大部分的作业都很无聊，可是，只要你稍微努力一点点，我们就不会来烦你了。你其实很聪明，可你的成绩却显不出来。"

"是啊，你很有才能，有很多天赋。可惜你认识太多坏学生，你在跟他们学。我不知道为什么，你还想要什么，米格尔？"

沉默。

这时米格尔的一个小弟弟哭着从卧室里跑出来，叫："妈妈，妈妈！"她厉声说道："走开，丹尼尔，走开！"那孩子吓了一跳，转身跑了。

圣地亚哥太太拍着米格尔的手背，重复地说："你有什么烦恼？你知道你的成绩在下降吗，你知道吗？你想这样吗？你想去普通班吗？"

沉默。

"你想要这样吗？"

米格尔摇头，哭了起来："我不聪明，我笨。"圣地亚哥太太听了，一惊。她挨近米格尔，抬起他的下巴，让他抬脸看着她，像是要唤醒他一样，她恳切地说："米格尔！想想昨天的布道，他说什么来着？你要得胜！谁说你是个笨蛋，谁跟你说这个来着？"

米格尔的头向后仰，眼睛闭上。

“米格尔，这是谁跟你说的？”

沉默。

“谁？谁？”

米格尔小声答道：“魔鬼。”

“对，是魔鬼！”

圣地亚哥太太张开双臂把儿子搂住。他瘫软地倒在她怀里，一边抽泣，一边坐到她身上。她抚摸着他的头，对他说：“打退魔鬼，小家伙，把他赶走。”

我又震惊又迷惑，于是收拾起自己的东西，向他们道别，出了房门。

乘地铁回家时，我决定心怀希望。我想，打动孩子的路不止一条。谁知道呢？在米格尔的世界里，我也许刚刚见证了一次突破。也许什么障碍已被打破了，也许他现在已经做起了作业。

成绩单失踪案

The Case of the Missing Report Cards

梅尔文老师对我说："我受够了，有十五个学生昨天没有完成作业。这些优秀生还不如我教过的差生。"

学校正在根据能力把学生分成上中下三等。我的学生属于年级里的顶级。我注意到，这样的分类助长了精英主义，难免会让这些孩子觉得自己比其他学生略胜一筹，因此，我又要赞同邓肯老师的观点了。在邓肯老师的经历里，成绩参差不齐的班有利于学得慢的学生，但是不利于聪明的学生，因为他们会觉得乏味。如果班里的人数多，学生差异大，就很不容易按照不同的学习需求来激发每一个学生。

这其实是一个如何协调社会目标与学习目标的问题。邓肯老师偏向前者，从来也不在课堂上用"顶级"这个字眼，也不会让家长去办公室问学生的成绩。可是梅尔文老师却没有这样的顾虑，成绩是她激励学生的不可或缺的部分。她告诉我："我对他们说：'嘿，娜利亚，我猜你是想明年交点新朋友吧？你要是不完成作业，就别想再待在优秀班！''米格尔，我看你是不想跟你的朋友在一起了，很快这样的事就要发生了。'我跟阿丽扎、拉菲尔、纳吉亚、奥坎和别的人也都这样说了，我这是要吓唬他们。"

可是，梅尔文老师的威胁并没有起到提高成绩的作用，反而增加了学生们的焦虑。发成绩单的日子近了。有些学生家长要求严格，学生若成绩不好回家就会有麻烦。我前一天离开得早些，发成绩单的第二天早上，我走进教室，发现学生们安静得不同寻常，梅尔文老师则坐在她的桌子前，皱着眉头。我料想肯定是出了什么事，但我万万没有想到，这里竟会有犯罪行为。

我穿过教室，小声地问梅尔文老师："怎么了？"

"有人偷了成绩单。"

我惊得目瞪口呆，可是内心却感到十分刺激。我想象某个学生——也许是拉菲尔？米格尔？——一时鲁莽，胆大妄为，做出了这样的荒唐事。

"你能想到是谁干的吗？"

"我没法证明，可是我敢说，这是娜利亚干的。"她说着，眼睛眯成了一条缝。

我倒吸了一口凉气，说："不！"不可能，温和、乖巧的娜利亚绝不会当小偷！

或者，真是她？

"你为什么觉得是娜利亚？"

纯粹凭直觉，原来如此。可是，梅尔文老师又补充说，不只她一人这样想，其他人也怀疑是娜利亚干的。比如，艾拉猜想是娜利亚，因为头一天梅尔文老师刚冲娜利亚吼过，说等成绩一公布，娜利亚就得走人。

梅尔文老师对我说："那倒是真的，我确实那样说来着，所以这就是动机。"

艾拉的行为让我吃惊，我问："她当着娜利亚这么说的？"

"没有，她今天说的，娜利亚没来。我很怀疑娜利亚是不是害怕了。"

为了证明这个勉强的解释，梅尔文老师递给我一张标着"机密"的字条，上写着："我不知道是谁，但觉得是娜利亚。不过，我也不能肯定。"这张字条没有署名，但我认出了笔迹，竟然是洁西卡写的！

这不是因为娜利亚是个让人讨厌的、爱拔尖的学生，别人急着要整她，相反，她很受大家欢迎。我想，这种可恶的举报可能是因为梅尔文老师自己的猜测影响了全班。孩子们很容易受影响，一个眼神，一个微小的暗示，就会让他们用想象把疑点连成线，把推测变成事实。这样的事在萨勒姆的女巫事件[1]和20世纪80年代的麦克·马丁托儿所丑闻[2]中曾经发生过。

我说："但是没有人亲眼看见娜利亚偷成绩单？"

梅尔文老师坚持说："一定有人见过，学生们不会说错的。不过，至今还没人说自己见过。"

这让我觉得还有希望。

梅尔文老师说，她把教室翻了个底朝天，翻过了所有的书包，甚至还翻了厕所的纸篓，可是什么也没找到。

我心里说，哇！假如真是娜利亚干的，那我真是佩服她。这件事表明她不仅有胆略，也有想象力，我要给她个A！

梅尔文老师又说："如果今天还找不到，我就要重新写一遍。你知道写二十八份成绩单得用多长时间吗？"

我同情地摇头，忍住笑说："你这是自食其果。"

下午，一个皱着眉头的校长助理来了，整个教室鸦雀无声，大家都知道他来干什么。我所知的齐格勒先生头发梳过秃顶，一向友善、温和，但他这一次的表现让我大为震惊。一开始他平静、通情达理而严肃。他告诉大家校方非常失望，这种盗窃行为辜负了家长、老师、学校和国家的信任。他又告诉孩子们，他们有责任报告自己听到或看到的一切。见没人回应，他又在声音里加进了愤怒，对大家说，他一定会查到水落石出，他发誓要找到真凶，只是时间早晚的问题！仍然没人出头，他于是加大音量，脸涨红了，脖子上的青筋都突了起来。他晃着手指，叫道："我的

[1] 指的是1692年至1693年发生于马萨诸塞湾萨勒姆镇的一起怀疑女巫陷害他人的事件。
[2] 指麦克马丁（McMartin）托儿所遭诬告，被指控性侵儿童的事件。

调查还没有完，远远不止这些！如果你们知道什么，最好来跟我说。私下里，私下里，因为会有很大的麻烦，很大的麻烦！”

这个令人困惑的威胁吓着了大伙儿。齐格勒先生说完，声音仍在教室里回荡。为了加重效果，他用探照灯一样的目光扫过每个孩子的脸。这时，大家都心跳加剧，手心出汗了，甚至我也有种负罪感。可是，即使孩子们真的知道什么，他们当中也没有人报告。我真为他们骄傲。

第二天，我早早到校，希望能见到娜利亚。我想让她知道，不论发生了什么，至少还有我站在她这边。教室里的空气仍然紧张，学生们都在埋头用功，不想自己被注意到。娜利亚来了，正在用蜡笔涂颜色。她原本蓬松的头发挽成了一个发髻，歪在一边，很可爱。她戴着小小的耳环，下身穿着蓝牛仔裤，上身穿着粉嫩的花边领子套头衫。我俯身在她的课桌边，问她想不想去我的办公室一起写故事。她太想逃离教室了，马上拿起习作夹冲出了门。

在我的办公室，她做了件奇怪的事。她爬上桌子，开始一圈一圈地爬，根本停不下来。

“你要干什么？”

“斯沃普老师，我喜欢在桌子上爬。有些人就是想不到爬桌子这件事。”

“裤子里进蚂蚁了？”

“一定是的，斯沃普老师。”

她是不是在扮小丑，就像她长大后想当的喜剧演员？或者这只是紧张的表现？如果是后者，那是否透露了那件事就是她干的？或者她知道别人怎么议论她？或者她有些不安？去年，她告诉我说父亲搬走了，可是，今年她父母一起来开家长会时，他们看起来是那么恩爱，我怀疑娜利亚夸大了事实。（有个老师曾告诉我，说她跟家长达成了交易，如果家长只相信在学校发生的事情的 50%，她也只相信在家中发生的事情的 50%。）

“娜利亚，家里怎么样？”

“很好。”

“你爸爸现在在哪儿住？”

“他又回来了。”

“感觉如何？”

“非常好。”

“他跟你妈妈又和好了？”

“嗯，但还有些问题。”她还在一圈一圈地爬，然后又补上一句：“要我说，还有很多问题。”

“比如？”

“他们为了我和妹妹明年去哪儿上学的事吵架，我爸爸说：‘为什么不回多米尼加？’我妈妈说：‘嗨，我想看看迈阿密是什么样的。’我不知道他们什么时候能作出决定。”

“这听起来很平常，其他都还好吧？”

“是的，其他都好。”她快乐地回答。

她没完没了地爬着，我尽量装作不在意，说：“听说前两天班里出了事。”

娜利亚说：“对，成绩单丢了。梅尔文老师刚一放那儿，就不见了。不管是谁拿的，那人一定是脑子出了问题。谁没事拿成绩单啊？我问你，是谁？”

“别爬了，娜利亚，我都快疯了。”

她下了桌子，坐在椅子上，看着我，笑得真可爱，露出豁牙。

我问：“你为什么觉得是有人拿了呢？”

娜利亚说：“一定是有人成绩不好。我的分数就不好，有两个叉：‘按时写完’和‘做作业’。我妈妈会罚我，不许我出门。”

嗯，要真是她干的，这是个聪明的回答，元凶不会说出动机。可是，要是没见到成绩单，她又怎么知道自己有两个叉？也许梅尔文老师告诉过她，这也有可能。当我还想弄个明白时，我又突然感到内疚，决定不再追查了。我不喜欢跟娜利亚绕来绕去，万一她供出来了，我该怎么办？

我会举报她吗？如果我知情不报，学校又会不会找我的麻烦？还是不知道的好。

但我还是有些担心她。如果她不改进，梅尔文老师会让她不及格的。

“娜利亚，你为什么不做作业？”

“作业小怪兽把我的作业吃了，就像这样：‘哟，作业！真香！’”

我听了转了转眼珠。

“一切都会好起来的，斯沃普老师，会好起来。”

“娜利亚，这样不好，你总是跟梅尔文老师过不去，成绩不好，会有后果的。”

“我会不及格。”

“是啊。”

她看出来我很担心（比她还要担心），就想让我高兴起来。“斯沃普老师，我不担心这个，我知道怎样停止担心。每次我听到不好的意识，我就不理它。”

我说：“你知道，娜利亚，这是个有趣的故事：一个女孩有一个好意识和一个坏意识——”

“我知道，我要用它写个故事。”

“现在可以吗？”

“好吧。”

“谁来当主角？”

“一个小女孩，名字就叫玛克西。”

“好名字，玛克西住哪儿？”

“她住在外星球一座隐蔽的房子里，房子是白色的，上面都是粉色的点点。她总是穿着蓝底粉点点的裙子。”

“她的学校是什么样的？”

“是一栋大楼，有十层，玛克西的班在一层。她的老师很严厉，他们学呕吐，有一个呕吐大赛。每次轮到玛克西吐时，她总也吐不出来，只有一点点唾沫。”

我说：“很好！但是别忘记，她那些好坏意识还要出场，对不对？”

“对！”

“它们是可以看见的还是看不见的？”

“它们只有玛克西才看得见。坏意识老是告诉玛克西，说她不用学吐，什么事情也不用做，而好意识却说：‘别听它的，它想让你惹上麻烦！’坏意识说——”

“我懂了，我喜欢这个。你有个很棒的构思。情节呢？我知道了！也许应当有一场大赛，如果玛克西通不过，就会有大麻烦，所以她必须努力。”我有意引导故事，愚蠢地希望这样可以帮助娜利亚认识到不做功课会有严重的后果。

娜利亚喜欢这个设想，她说：“然后呢，在比赛前的晚上，她的意识都跑出来了。坏的那个说：‘别管学习了，好好享受生活吧！’而好的那个则说：‘它是个说谎的大胖子！’玛克西快疯了，警告它们都闭上嘴，她把它们塞到耳朵里，关了起来。也就是说，用耳塞塞上。然后，它们又出来了，又接着争论。玛克西十分生气，就把它们两个都抓到手里，一口吞了下去。现在，它们到了她的肚子里。”

“然后呢？”

“她就再也不会为它们而烦恼了。”娜利亚高高兴兴地坐在那儿，以为这样就结束了。

我沿着我的思路，坚持道：“可是，娜利亚，呕吐大赛怎么样了？”

“噢，对了。她去上学，还是只吐了一点点唾沫，可坏意识也跟着被吐了出来。她就一把抓起坏意识，把它从窗户里扔出去，而她的那点唾沫就变成了一大堆呕吐物，把整个学校都填满了。”

她一口气就编完了这个故事。我很喜欢，不由得放弃了我的说教计划。这个娜利亚真是奇妙，她的想象力与生俱来，不能也不会听从指引。

“我喜欢这个，娜利亚！玛克西终于成功了！”

“是啊！”

“这真是妙，真是恶心到家了！”

“我知道。”她满不在乎地耸耸肩。

娜利亚拿着我的笔记离开了。她的作业是把这个故事写出来，但后来她却没有写。她没有那种要把它写出来给大家看的强烈的冲动。可是我有，我一直催她，于是她交上来一份敷衍了事的作业，乱划的一两页纸。我又不停地催促，她才终于多少写出了主要情节，我们可以按照这一稿在班上演一回。天啊，娜利亚别提多高兴了。太精彩了！《玛克西》大获成功，孩子们笑得在地上直打滚，娜利亚成了明星。

至于成绩单，还是没有找到。所有的老师都很震惊，没有人相信一个孩子会去偷它。再说，他偷了会放在哪儿呢？于是有人猜测，是梅尔文老师放错了地方。这个解释很合理，她相当粗心。

从那以后，我一直都在考虑写一个短篇，我要把它叫做《成绩单失踪案》。唯一的问题是，我不知道以什么形式来处理。

有时，我想抄袭一下《东方列车谋杀案》，最终揭晓谜底——全班都参与了偷窃。

有时，我想，我要用倒叙的方式来讲这个故事，以已经长大成人的娜利亚来开场。那时她已是名成功的脱口秀演员，晚上哄女儿玛克西睡觉时，女儿问：“妈妈，再讲一遍你小时候偷成绩单的事吧。”

可是，话说回来，也许最好还是原原本本地讲出来。只是，我要到最后才会让读者知道，这个案件的元凶就是教写作的老师——斯沃普先生！

老太婆

La Vieja

一个愉快的春日，梅尔文老师告诉我，她改变了原来的计划，要提前开始休产假。也就是说，这个学期的最后四周，她不来学校了。

我的第一个反应并不友善：叮咚！巫婆完蛋了！

我的第二个反应是有些意外：梅尔文老师前脚刚离开，我却开始有点喜欢她了。

我的第三个反应是担心：谁来替她？

要是来个糟糕的代课老师，情况会更糟。这所学校就有那么几个奇怪的代课老师，比如那个戴假发的男老师，成天只会让学生从字典上抄名词解释。还有一个女老师，没有一刻不在尖叫，化着浓妆，就像《姐妹情仇》里的贝蒂·戴维斯。我想为这个学期做些补救，就跑去见校长斯卡利斯夫人，求她派一个最好的代课老师来。

斯卡利斯夫人矮胖结实，茂密的金发盘在头顶上。年纪不饶人，她的腿肿胀了，走路要用拐杖。可我听人说起，在她正当年的时候，过圣诞节她还曾在桌子上跳过舞。大家都相信这个故事，因为她现在仍然充满了活力，笑声朗朗，喜欢逗乐。

斯卡利斯夫人两三岁时从“意的利”移居纽约，说的是地道的皇后区英语。那时一战刚刚结束，她的妈妈“不认字儿”，她的父亲也只上到小学三年级。

我问：“你们一家为什么来美国？”

“贫穷，饥饿。”

她家所在的皇后区的移民群体都是穷人。在那个年代，皇后区的移民以欧洲人为主。斯卡利斯夫人的邻居是爱尔兰人、德国人、意大利人和犹太人。她的父亲在一家蜡烛厂工作。那时和现在一样，移民的生活都不容易，可也比他们原来的生活好一些。斯卡利斯夫人完全明白她的学生们会遇到什么样的问题，她会为他们拼命争取。

作为校长，斯卡利斯夫人日理万机。学校有一千六百多名学生，来自数十个不同的国家，说着各式各样的语言，每年的入学人数有增无减。她缺乏师资、助手，没有足够的教室，此外，教师工会的规定让她几乎无法解聘那些不称职的教师，而教师行业的低工资也不能让她雇到好教师。

她对自己的员工没有过高的评价。依她的判断，大多数教师都只是勉强合格，她看不起那些不能一心为学生全力付出的人。据她估计，表现突出的好教师屈指可数，邓肯教师则是优秀中的优秀。

斯卡利斯夫人受人爱戴，可也有不少教师——如果不是大多数——嫌她固执、多变又专横。有人在背后叫她老太太，也有人叫她老刁婆。斯卡利斯夫人一点也不在意。这女人的外壳是钛合金做的。她告诉我说：“管这么大的学校，不可能不树敌。但我又不是在这儿比赛亲民的，我所做的每一件事、所打的每一场仗，都是为了孩子。”

当然，每个面临困境的教育家都会这样说——为了孩子！可问题是，对于孩子需要怎样的教育，每个人的意见都不同。斯卡利斯夫人认为学生们当然需要掌握基本的技能，可她坚决主张要教给他们艺术。她到处寻找赞助，精打细算，挤出钱来请了一位美术老师和一位音乐老师，建立了一个合唱团和一个乐队。此外，至少有几个班参加了舞蹈、歌剧、话剧和创造性写作训练，学生们每人都能收到一份文学年刊和艺术杂志。

遵照斯卡利斯夫人的指示，每个班都得为学校大会出一个节目。这些节目一般是一出剧，布景和服装都是自己做的，最好配有音乐。有些班做得很精致，比如邓肯老师班的《彼得·潘》。

我问斯卡利斯夫人怎么看待这些演出。

"完美。"

在学校大会这一天，每个孩子都要穿蓝裤子、蓝衬衣或白衬衣，系红领带。大会的演出以一个军队式的仪式开始。音乐老师在钢琴上奏出进行曲，学生旗手举旗进入体育馆，其他学生跟随其后，排成单行或双行，整齐划一，左右、左右，行进到他们的座位上。然后学生们进行爱国宣誓，唱美国国歌。

斯卡利斯夫人说："这是为了培养自豪感。"

老师们抱怨要花上好几周的时间准备节目，而这些时间不如花在学习上，把成绩提高一些。学校在标准考试中的成绩排名一直很靠后。可是，斯卡利斯夫人不理会这些，认为这都是无稽之谈。她说，延长学习时间并不能帮助差老师提高分数。她说："像邓肯老师这样的好老师，就什么都能兼顾。而且，你要认识到，学校表演包括了语文、美术、做计划和公开演讲，所有这些都极为重要。我坚信才能是天生的，如果不提供机会让它显露，你就会把它浪费掉。所以你要抓住机会，你要让孩子接触每一样东西，因为我们不知道他们会对什么有所反应。"

斯卡利斯夫人举办的一年一度的盛事是多元文化节。这个节在每个学年末举办，不光是学校，周围的社区也要来参加。节日要过一整天，十分喜庆。孩子们穿着传统服装，他们的父母则做出家乡美食，每个班都有一场多种族的盛宴。节日的另一个高潮是游行，一千六百名学生游行经过自己居住的街道，向家人和朋友招手，后者也穿着传统的服装。游行队伍走到露天看台前停下，每个年级都要表演一段特别的民族舞蹈，有好几千人来观看。（因为灵恩教派的禁忌，米格尔在节日当天要待在家里。有一年，法蒂玛也不能出来，因为那年表演瑞典舞穿的裙子太短，触犯了伊斯兰教中关于女子的禁忌。）

跳舞表演时，斯卡利斯夫人总是坐在前排正中间。她专心观看，用拐杖打着拍子，以确保舞蹈跳得准确无误。

斯卡利斯夫人对我说："老师们说，学生们不需要参加这些所谓的课外活动。他们说，孩子们只需要基础知识。可是，什么叫基础？有哪个老师、哪个人的生活中没有艺术？没有一个。艺术无处不在，但老师们不明白这一点。创造性的艺术不是多余的，而是与生活密不可分，是它让生活变得可以忍受。"

如果你热爱艺术，这些话不言自明。可是，很多成年人已经忘记，或者根本就没有机会去发现，童年时候的创造力是多么自然而然。（对于我们很多人来说，这就是我们所知的最有创造力的时期。）我们小时候演的剧，跳的舞，画的画，构成了我们最生动的记忆，为我们打开了艺术之门。

我真的跪下了，求斯卡利斯夫人给我们派一位最好的代课老师，可她没有向我打保票。她说："你可知道，要找一位好代课老师有多难？而且，我也得替学校里别的孩子着想。如果你们班要了好老师，那其他班的学生就得摊上一个坏的，可没准那些学生更需要一位好老师呢。"

我说："可是，我们班整整一个月都要用代课老师。"

她说："不容易啊，情况令人恼火。不应当这样，可实情就是这样。"

一直通到底

They Go All the Way Down

我乘地铁去学校。梅尔文老师从今天起开始休产假，我幸福得有点飘飘然，如同维多利亚时代小说中的主人公，就要与失散多年、受尽折磨的孩子相见。形势发生了变化，梅尔文老师不在了，我们又可以像从前那样在一起了。

斯卡利斯夫人给我们派来了一位可爱的代课老师。弗里奇老师是位年轻的意大利女子，嫁到了皇后区。虽然没有什么教学经验，可是她非常聪明善良，没有不喜欢的学生。这些素质本身就能引起重要的改变。

那一年，通过尝试和犯错，我学到了一个简单的道理：要想教好课，准备要充分，教学重点要突出。从梅尔文老师说她要休假的那一刻起，我就开始准备教案。我想在这最后的一个月做一个重要的项目。与盒子计划相仿，这事情要有趣，还要把写作和美术结合起来。

是什么呢？

我为之紧张、甚至痛苦了好几天，却仍然没有想出来。写作不顺畅时，我也会这样，会变得沮丧、易怒。终于，我找到了一个主题——小岛。这个题目实际上是如此丰富，我的思路一下子打开，迅速发展起来，让我兴奋得都睡不着觉，而且，新的想法还会把我从睡梦中唤醒。这个小岛似乎有无限的可能性，我设计的教案涉及了美术、数学、阅读、科学、社会研究和写作等许多科目。我知道，这些科目绝不会一一讲到，可是，我很高兴能多弄几个方案，一个不成功，还会有下一个。

小岛主题开始的那天，我做好准备，信心十足地走进了教室，急着想收回旧部。

我说：“嗨！”

“早——上——好——斯——沃——普——老——师！”

我说：“我讨厌你们这样，听上去就像一群机器人。你们要是愿意，说个‘嗨’就可以，只是不要这么齐刷刷的，好不好？”

“哟！”

“嘿，伙计，咋样啦？”

“好多了，谢谢！”

我拿起粉笔，画了个漫画式的荒岛，上面还有一棵棕榈树。

我问：“这是什么？”

答案太明显，以致学生们迟疑起来，以为这是个陷阱。

“尼可，这是什么？”

她的嘴唇动了动，我没听见她说的是什么。

“请大声点儿。”

“小岛？”

“对！什么是岛？”

西蒙说：“就是一块被水围起来的陆地。”

我说：“又说对了。”我拿起黑板擦，想把刚画的小岛擦掉。可是，我停下了，突然迟疑起来：“哈，真有意思。”

学生们看着我，等着我说出什么来。

“你们觉得，是什么让这些岛待在原地，而没有像一只小船那样漂走？”

我望着学生们一张张困惑的面孔，他们正在仔细地研究我的画。艾拉举起手：“也许岛真的会漂呢。”

大家附和着——是啊，也许真的会漂呢！

我说：“可是，皇后区就在长岛上，我们漂了吗？是什么阻止了我们漂到海里去？”

马雅说：“绳子？”

加里说：“锚？”

艾拉觉得可能是因为长岛太重了，所以漂不动。

“那它要是重，为什么没沉下去？”

这让他们琢磨起来。

娜利亚跳起来，叫道：“是鱼！鱼和海龟还有海豚还有小人鱼把它举了起来。”

我说：“那只是在童话里，真实的情况又是怎样的呢？”

奥坎这时说：“也许长岛下面的水很浅，它触着了底，所以沉不下去。”

我说：“也许吧，可是在水深一千多米的地方为什么还有岛，是什么让它们沉不下去？”

奥坎皱起眉头思索着。他来自土耳其，白皮肤，一双蓝眼睛会让他妈妈想起家乡的亚得里亚海。奥坎的父母是画家，这也许能解释为什么他会是个梦想家，常常沉浸在自己的世界里。他对科学很感兴趣，迷恋一切机械的东西，尤其是飞机和消防车，能把这些东西画得十分精细。他努力想了一阵，试图回答，可又不是很有把握，似乎觉得这不太可能：“也许它们一直通到了海底？”

“对了！”

这就是我所期待的时刻。我在童年就有过这样的领悟，如此令人兴奋、如此深刻，这是一种启示。我不记得具体的场景了，也记不清是哪个老师教给我关于岛屿的知识，或许她在课上展示的海洋只是表面，岛屿就像奥坎所说的，一直通到海底陆地，与之相连，无声地宣示着广大的、隐藏着的海底世界。直到现在，只要一想到岛屿，我就会感到兴奋难抑。它们代表着我对于世界的认识：我们不能凭表面现象就得出结论，表象之下一定还有别的，有肉眼看不到的世界。在这个意义上，岛屿也是我对这班学生的看法，这个由孩子组成的群岛，每一个可见的面孔之下都有未知的、神秘的世界，我要尝试去探索和发现。

我拿起粉笔，在刚画的岛下，又画出下面的部分，一直连到海底。我又画了一些山，不算很高，但高出海面。我还画了一群鱼、一条鲨鱼和一艘沉船。在天上，我画了一朵云、一只鸟和一架飞机。

我注视着学生们的脸，即使有人领悟到了什么，我也看不出来。没有像电影中那样轰鸣的音乐响起，也没有面露惊喜的脸部特写。我最多只能说，我引起了他们的高度注意，或者不如说，是岛引起的。我趁热打铁，为了不打破咒语，我放低了声音说："拿出一张纸，请你们每人写一首诗，以这句话开头：'如果我是一座小岛……' 接下去写你这个岛会怎么样。会不会荒凉，有没有动物、魔法、奇怪的音乐？它会不会——"

当！当！当！

该死！

防火演习！

当！当！当！

绝望中，我用头轻轻地去撞黑板，就像《史努比》中的查理·布朗那样。

弗里奇老师说："孩子们，赶快！"

学生们训练有素。他们起身，把椅子推进去，走到门口排好队。我只好作罢，抬起头来。艾拉注意到，我的额头上有一块小岛的粉笔印。她小声地对美凯说："快看斯沃普老师！"美凯偷偷地瞥了我一眼，咯咯笑着随着队伍走出教室。

海岛计划

The Island Project

有些学生报告的是他们已知的岛。艾拉讲的是香港，她就是在那儿出生的。娜利亚讲的是多米尼加，卢辛达讲的是波多黎各。加里的是古巴，美凯的是中国台湾。奥坎写了复活节岛，阿伦则带领我们一起去游览了厄瓜多尔的加拉帕戈斯。我在他之后讲了一节达尔文，关于进化论和达尔文发现的火山岛。

事有凑巧，梅尔文老师很会选书，她已经让学生读了《蓝色海豚岛》和《黑骏马》。这两本书中都写到了岛。我又找了别的有关岛屿的段落，读给大家听，其中就有约翰·多恩的“没有人是一座孤岛”。跟盒子计划一样，我一开始搜索岛屿，就发现它们无所不在。我发现文学中的岛往往是奇异和危险的所在，总有沉船。有时岛屿是真实的，在这些岛上有鲁滨孙、梅尔维尔笔下的水手、《海角一乐园》里的一家人、《珊瑚岛》里的菲利浦与汤玛士、威廉·史塔克[1]那只努力求生的小老鼠阿贝。有

[1] 威廉·史塔克（William Steig，1907—2003），美国漫画家，而后从事儿童文学创作，亦取得良好成绩。小老鼠阿贝的角色出自《老鼠阿贝漂流记》（Abel's Island）一书，叙述阿贝因遭逢暴风雨而与妻子分开，被暴涨的河水冲到孤岛上，努力求生的故事。

些岛则是幻想的，例如荷马的奥德修斯、莎士比亚的普洛斯彼罗[1]、斯威夫特[2]的格列佛、巴里的彼得·潘与科洛迪[3]笔下匹诺曹发现的那些岛。

当然，还有电视剧《盖里甘的岛》。

读罗伯特·路易斯·史蒂文森的《金银岛》，让我对这个最后的写作计划产生了灵感。我坐在家中，猫趴在我的膝上，我手中这一版小说的序言里说，史蒂文森写书的灵感来自于一张他自己想象出来的海岛地图。我兴奋地大喊："就是它！"麦克吓了一跳，喵的一声，从我身上逃走了。

在孩子们创作出想象的海岛之前，我们先研究了一下地图。我找来了很多古代的、奇幻的和现代的地图复制品，我们列出了一长串的地理名词：小海湾、大海湾、水湾、半岛、平原、高原、森林、山脉和沙漠，还比较了代表它们的标识符号。学生们学会了测量距离，了解了比例尺，知道北方永远在地图的上方，也学会了通过经纬度找出老家的位置。

我给每个人发了一张五尺长、三尺宽的红色、蓝色或黄色的大纸。我让他们躺在上面，团成一个岛的形状，再让他们的伙伴把他们的体形描下来，这就是他们的岛的形状了。纸张很大，课堂因此延伸到了教室外的走廊上。我还没能为所有的人都找到画画的地方时，娜利亚、米格尔、罗茜和纳吉亚就已经完成工作了。不过，他们每个人画的都一样，都是平躺的形状，胳膊和腿略微分开。我绝望地举起手，说："你们在想什么呢，为什么都画成一样的？"

罗茜说："你又没告诉我们不能一样。"

我叫道："两年了，我一直在告诉你们要与众不同，你们什么也没学会吗？现在，把纸翻过来，重新画一个岛。这一次要好好想想，你想让

---

[1] 普洛斯彼罗（Prospero），莎士比亚名剧《暴风雨》中的主角。

[2] 斯威夫特(Jonathan Swift,1667—1745),爱尔兰政论家、讽刺小说家,代表作《格列佛游记》是一部借由英国医生格列佛在四个国度的奇妙遭遇，暗讽当时政治环境的作品。

[3] 科洛迪（Carol Collodi，1826—1890），意大利作家，作品以儿童文学经典《木偶奇遇记》最为著名。

自己的岛是什么形状的，要有创造性，要独特。”

孩子们有的蜷曲，有的扭着，有的伸展、让头发垂下或散开，有人盘坐，有人先是跪在纸上，然后又改变主意，换了个姿势。

好多了，伙计们！

岛的轮廓很快就画出来了，但这些地图都太大，太随意，我们之后便把它们缩小了比例。学生们用直尺把图打上格子，然后再在小纸上画出同样的方格，把横线和竖线标上字母和数字之后，就很容易把原来的地图一格一格地移到小纸上，精确而不走样。我很高兴，这堂课不仅有意思，而且教会了孩子一个基本的技能，说不定哪天就能用上。

我又发了彩笔，说：“开始画岛吧。”每个学生的工作速度不一，有的热情奔放，有的小心翼翼、中规中矩，有些画在线里，有些画到外边。多数人都用了鲜艳的原色，也有相当多的人用了深重的土色，还有个把学生基本没有着色。有些岛画得相当精致，有些十分大条，还有些显得有点迟疑。教室里叽叽喳喳的，我希望他们都能在内心深处找到自己的故事。

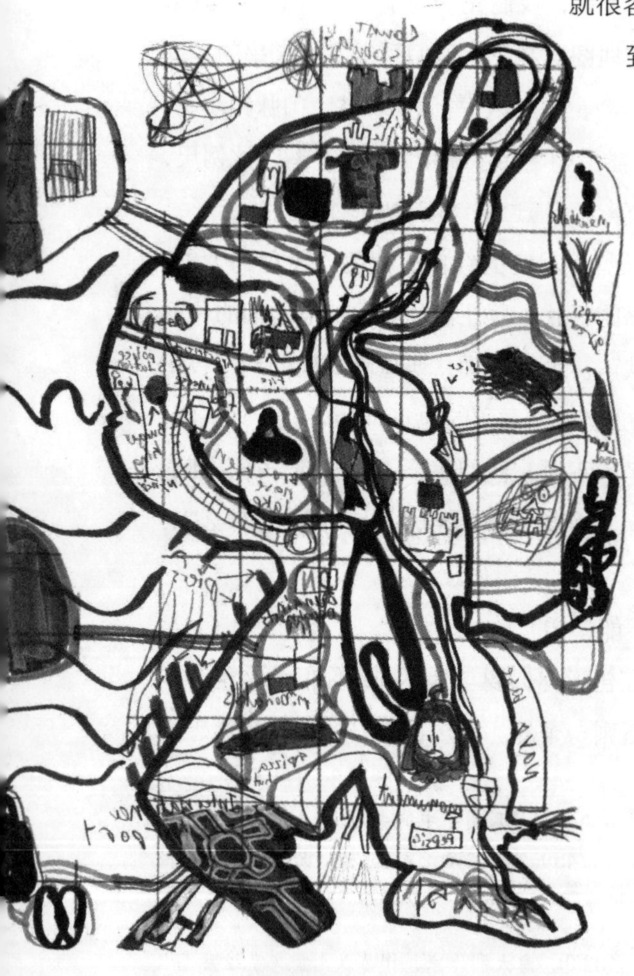

· 奥坎的岛

奥坎专心地画着，不时笑出声来。他这一年过得不太容易。他是梅尔文老师不喜欢的学生之一，而他也不怎么喜欢她。他抱怨说，梅尔文老师所教的东西他们早就已经会了，他觉得很无聊。奥坎是独生子，脖子上挂着钥匙，每天放学回家后，他要独自待上几个小时，还得担心对门那个暴力狂神经病。奥坎说："有一次警察来，把他带走了，他大喊大叫，被人用白布裹了起来。"那年春天，这个男人回来了。不久，他就从自家窗户跳下去，摔死了。

从远处看，奥坎的岛令人不安。一个侧躺着的人形，手臂弯曲着，有点像警察为从高处坠地的人体画出的粉笔轮廓线。在他的岛屿界线内，奥坎画得十分仔细，似乎画出了自己身体内的神经系统，又把它们用蓝绳绑了起来。我猜那些曲曲弯弯的线可能是水系。

我说："噢，瞧瞧这些河流！"

奥坎解释说："这些不是河，是公路。"

我说："公路？你的岛上有公路？"

"嗯哼！"

"真的？你的岛上有汽车？"

"嗯哼！"

我俯身细看，他的岛让我难受。他在自己的身体上画满了连锁店：唐恩都乐、麦当劳、肯德基、汉堡王、必胜客、中国餐、雪碧汽水机、睿侠数码店……

我在心里说：奥坎，你怎么能这样！这不是我要的！我要的是大自然、幻想、冒险、神秘和神话！

我很失望，甚至生气。我拼命工作就是为了这个？我帮助学生就是为了让他们长大后成为地产律师和开发商，写合同、租赁书、经销许可、协议书，让自己成为丑陋世界中的一分子？

我知道自己有欠公允，可这是真的！这个令人失望的岛，过度开发而拥挤，没有一条瀑布或是一座雪山，没有一处宝藏！我仍然努力克制心中的恼怒，问他："你的故事有想法了吗？"

"还没呢。"

"好吧，那我们来看看能不能找个有意思的地方开始。"

我眯起眼，搜索着他的岛，想找件东西，以此为基础展开。故事应当是奥坎想写，而我也能读的。

至少，向北延伸出去的地方还有个城堡，这里就有可能性——奥坎跟我说起过，土耳其给他印象最深的就是城堡。

我说："这个橘红的城堡里有什么？看上去很酷。"

奥坎说："其实不该是橘红色的，应该是白色的。"

"有意思，好吧，那这座白色的城堡里有什么呢？"

"这个地方卖汉堡。"

肥肉岛

Blubber Island

· 卢辛达《恶心岛》

我让学生们带着自己的构思跟我商讨故事，但是，没有一个人这样做。我也不能怪他们。故事并不像我所希望的那样，说有就有，他们所画的岛也并不是都能讲出故事来。有些孩子的岛只关乎设计和色彩，另外一些人画的则是乱七八糟的一堆，这儿一个沼泽，那儿一片沙漠、一座山、一个城堡，然后有条赛车道、一个泡泡浴，还有条蟑螂河、肚子沙滩、脚丫树林、鼻屎山。马雅的岛上有巨大的恶魔树。如果这些岛有名字，找故事就很容易。比如，娜利亚的乱七八糟岛，卢辛达的恶心岛和罗茜的尖叫岛。

凯撒的岛的主题是吃。他的岛上有巧克力河、汉堡湖、圆筒冰淇淋山和棉花糖云彩。只是，他的岛的形状很奇特。他在缩小比例时没有把握好，把格子弄乱了。最后，岛的形状不再是身体的剪影，而变成了一摊。

他对我说："艾琳娜说我的岛看起来像个肚子，而且还是个胖肚子，就像我的一样。"

艾琳娜是个漂亮的女孩，很多男生和女生都很喜欢她。我不知道凯撒是不是也喜欢她。我说："艾琳娜不该说你胖，那样不厚道。"

凯撒耸耸肩，大方地说："没事儿，我就是胖，我要面对。"

“那别人叫你胖子你不在意？”

“我没事。”

“真的？”

他对我说：“我喜欢我的肚肚！”为了证明给我看，他低下头，看着自己的肚皮，用手捏住，说：“你好，肥肉！”

“凯撒，给我讲讲你的岛吧。”

“它叫肥肉岛，是一个胖孩子的天堂。看见那个胖子雕像了吗？那就是我，凯撒王。”

“你有没有一个故事构思？”

“有。”

“谁是主角？”

“艾琳娜。”

“她怎么了？”

他声音甜甜地说：“她死了。”

“怎么回事？”

“因为吃得太多。”

“她是怎么到岛上的？”

“这个我还没想好。”

“编就是了。”

他有些迟疑。

我出了个主意：“嗯，你喜欢太空旅行的故事，那她可以坐火箭来——”

“对呀！”

“具体是怎样的呢？”

“她在太空里，想要找个

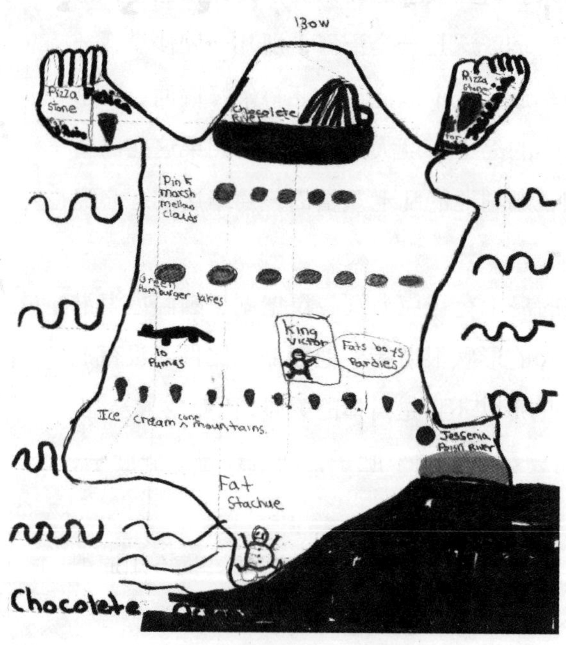

·凯撒《肥肉岛》

有水有食物的地方，于是就降落在我的岛上，就在巧克力河着陆。”

“然后呢？”

“她觉得这个岛很美妙，可实际上并不是这样的。”

“为什么？”

凯撒问：“因为她吃得太多，长得太胖，胖得炸开了？”

“不要太不靠谱。这些主意很棒，你已经有一个很好的开始了。”我一边记下梗概，一边问他：“你准备好写初稿了吗？”

“是的。”

我说：“好，干得好，谢谢你。你回班上叫法蒂玛来，好吗？”

“她今天没来。”

法蒂玛这学期缺勤大约四十天了，一度还因为哮喘住进了医院。在医院里她把一些书反复看了好几遍。许多作家小时候都体弱多病，有些人开启写作生涯就是由于小时候总是躺在床上看书、幻想。我想，看似冷淡的法蒂玛是否会因此而成为作家呢？

到底是谁的故事

Whose Story Is It, Anyway

尼可的岛就像她本人一样，羞怯、迟疑，大部分是空白的，间或这里那里画上一点点。跟别的学生不一样，尼可还没有找到自己的风格。我急于帮助她找到自己的声音，但这个目标今天可能不大能实现——她的岛没有什么可写的东西。

我请罗茜一起陪同，这样尼可会感到自在一些。我们三个坐在我的办公室里，开始研究尼可的地图。

我言不由衷地说："多有意思的岛啊，给我讲一讲，好吗？"

尼克说："这里有很多疯狂的事。"

"比如？"

沉默。

"这片草地里是什么？"

"一小股泉水。"

"啊哈，那这股泉水有什么特别之处吗？"

沉默。

"这个丑湖呢？为什么说它丑？"

"有人往里面扔垃圾？"

我说：“我讨厌有人往里面扔垃圾，你是不是也讨厌？你的故事就要写这个吗？垃圾和污染？”

沉默。

“这是什么？”

“一个有迷宫的山洞。”

“有意思！那里边有什么？”

“好多台阶。”

“噢，真有意思，是上的还是下的，还是有上有下？”

“都有。”

“要是往上走会怎么样？”

沉默。

“往下走又会怎么样呢？”

“会走出去？”

这个山洞又把我们带回岛上，我继续问：“唱歌湖是怎么回事，为什么它叫这个名字？”

“因为你到那里就能听到它唱歌。”

我兴奋起来：“那可真妙，尼可，这很有诗意，像是神话。我有个故事的构思：‘唱歌湖名字的由来’。”

沉默。

“唱歌湖唱的是什么歌？是悲伤的歌，还是快乐的歌？好听的，还是说唱的？”

沉默。

“嗨！”

尼可说：“那个，要是天气好，它就唱高兴的歌；要是天气不好，它就唱悲伤的歌。”

“原来如此，可是为什么呢，唱歌湖为什么会是这样的？”

沉默。

我担心我所推进的方向不是她想要的，于是就说：“你有没有别的想法？”

沉默。

“任何想法都没有？”

沉默。

我提议道：“也许，唱歌湖以前是一个人，你觉得怎样？”

沉默。

“尼可？”

她又瘦又小，大眼睛水汪汪的，即使高兴的时候，别人也会以为她就要哭出来。因为她很害羞，我对她的了解并不多。在三年级的时候，邓肯老师就告诉我，尼可让她想起自己小时候，她那时也很害羞。因为这件事，我对尼可有一种特别的感情，而且她也想长大后成为老师，这让我总觉得我是在帮助她成为邓肯老师。

我对她们说：“你们两个为什么不一起想想唱歌湖是怎么回事呢？怎么想都可以。我就在这儿看我的《纽约时报》了。”

为了给她们足够的隐私空间，我把报纸展开，在我和她们之间形成一道墙。但我并没有真的在看报纸，我一直在偷听，想听听她们会怎么想象唱歌湖。

罗茜说：“你觉得这个湖以前是什么，是女的还是男的？”

尼可说：“一位女士。”

罗茜说：“当然。”听上去正儿八经。

这之后又是一阵沉默。我偷眼看去，看到罗茜正在研究尼可的岛。她说：“这个迷宫洞真酷，这里面有什么？”

尼可说：“这个洞就是，你先是想死，之后又想见到人世。”

罗茜说：“这么说，这是个自杀的地方？”

“是啊。”

当时我只关注着唱歌湖，根本没注意到这一小段。很久以后，我再重听与学生的讨论录音时，我把这一段反复播放。尼可说的是什么？我倒回去，再放，只听她细小的声音在说："这个洞就是，你先是想死，之后又想见到人世。"

是否就是因为这样，她才告诉我她的洞里有往上和往下的两组台阶？一组通向死亡，一组通向洞口，通往重生？我怎么会错过这一段！如果我的理解是对的，那尼可这个想法又是从哪儿来的？孩子曾听到过什么启示么？在很多文化里都有这样的叙述，一个主人公经历了地下的世界，又重返人间。尼可可能是借用了这样一个故事，可是也有可能这是她自己想出来的。也许我是把童年浪漫化了，不过，儿童的心智往往能通向故事的本源，而这些故事对于人类的处境如此重要，无法回避，不言自明，甚至是与生俱来的。

罗茜能让尼可想出山洞，我却不能，这也有一定的道理。尼可知道罗茜的故事，我们都知道。那些故事的情节都很紧张，发生在森林和地牢里，经常有愤怒的幽灵出现。尼可的想象也许是由罗茜的想象激发出来的，或者，尼可想这样让她的朋友高兴，很难说清。

我教过的学写作的学生里有幼儿园的小朋友，也有研究生。帮助他们当中的任何一个人找到一个故事都不是件容易的事。你要去引导、组织，要求他们展开情节，添加更多的细节，但你又总是有很强的冲动想要自己去讲述。我的想象被唱歌湖刺激得活跃起来，我已经想出了故事，但当尼可和罗茜讨论山洞时，我只听见她们离开了我预设的轨道，给它画上了句号。

我仍然用报纸挡着脸，模仿奥兹国的巫师，用低沉的嗓音说道："接着想唱歌湖！"

女孩们都不说话了。我想象得出，她们会先看看我这边，然后相互对视，偷偷地笑我在扮小丑。两人等了一阵，似乎是在看我还会不会说话。然后，罗茜又回到正题，放弃了我不想让她们进入的山洞。她对尼可说："这个怎么样——女士受了惩罚变成了湖，她很会唱歌，所以就唱了。"

沉默。

罗茜说:“你有什么想法?”

沉默。

可是我觉得，罗茜的想法值得继续下去。尼可既然不说话，我就从报纸上方露出脸，问:“罗茜，女士因为什么而受罚?”

罗茜说:“我在想，也许是因为她闯入了别人的地盘……不过，这可不是我的故事啊。”

我很懊悔,说:“你说得没错,我不能打扰。你们两个想,我如果再说话，你们也不要理我。”

我装成小丑，躲回到报纸后面，这惹得尼可笑出了声，罗茜也被逗笑了。罗茜一笑，尼可就笑得更厉害了，两个人笑成一团。我在报纸后面也忍不住微笑。

罗茜先止住了笑，说:“尼可，你先告诉我，为什么那个女士要唱歌。”

“因为她喜欢唱，因为她就是唱歌的啊。”

罗茜问:“那她是怎么变成湖的?她是不是被它淹死了?”

“不是,她喝了太多水,把水吐出来之后,声音也就随着水流出来了。”

罗茜叫道:“太棒了!”

的确如此,这是尼可和她的故事。其余的就是细节了,为了加快进度，我放下报纸，为尼可做了笔记，让她写初稿时用上。

“告诉我，尼可，为什么那个女士会喝那么多水?”

“她特别特别渴，因为她一直在海上漂，很久之后才发现了这个岛。她来到草地公园，发现那儿有一股泉水，她太——渴了，一气儿在那儿喝了两三天。后来，她喝的水太多了，她就往外吐，结果把声音也吐出来了。”

我很喜欢这个构思,都想自己动手写了,可是,这多少有点剽窃之嫌。但话又说回来，这个故事又有多少是属于尼可自己的呢?假如我没有在场，她就不会这样编;假如罗茜不在，故事也不会是这样。而且，也许还应当感谢娜利亚。我当时没看出这一点，后来回想起来，我怀疑，如果早些时候娜利亚的玛克西没有吐出坏意识，那尼可的歌手也不会吐出自己的声音。可我绝不会说尼可窃取了娜利亚的《玛克西》，尼克已做了如此大的变形，编出了完全属于自己的故事。

在某种意义上，所有的写作都是合作，不只我们普通人，作家也这样认为。我们的故事就像海岛，连接着人物、事件和其他人的讲述，虽然我们并不总能觉察出来。我说："你们两个干得好！这会是个美妙的故事，尼可，也是你至今最好的故事。我真为你感到骄傲。你能让法蒂玛来一下吗？"

"今天她没来。"

米格尔的岛
Miguel's Island

米格尔给我看他的地图，我有点看不明白。

“你的头在哪儿？”

他指着一个半岛，形状有点像压扁的香蕉。

我惊呼：“那是头吗？”

他呵呵地笑了，说：“我就知道！”

“谁帮你描的？”

“娜利亚。”

这就不奇怪了，娜利亚平时就是这样马马虎虎的。

米格尔说：“你看看这儿，她画的鞋一只大一只小。”

“不管它了，你的岛上都有什么人？”

“只有我，还有四十只狼。”

“所以你在岛上挺孤单的？”

“不孤单。”

“一点也不？”

“我什么语言都不会说。”

“你是说你不说话就不会孤单吗？”

“是的。”

“好吧，真有意思。那你在这个岛上待了多久了？”

“我五岁的时候，跟家里人一起去厄瓜多尔。路上我们遇到了一场暴风雨，没有办法——”

“没有任何办法——”

“没有任何办法，我们就游到了这个岛上，之后我的家人就离开了。”

“主角的家里都有谁？”

“跟我家一样！有爸爸、妈妈和三个弟弟。他们说，他们要回去等一条船带他们上纽约，回去。”

“这不合理，为什么要把一个孩子单独留在岛上？这个太复杂了，问题是，你要独自待在岛上。一开始你们是在一条船上？”

“是的。”

“接着来了暴风雨。”

“是的。”

“船沉了。”

“是的。”

“你不知道你父母去了哪儿，你们被暴风雨分开了，之后你就漂到了这个岛上。”

“对。”

“然后呢？”

“然后，我就遇上了狼，它们照顾我。就像大人教小孩那样，它们教我怎么做事，怎么生存，吃什么，怎么打猎。我忘了人类的一切，只吃生肉，什么都吃。我也忘了怎么说英语，我的动作也像狼那样。我已经忘了自己原本是什么样的。”

“妙啊！那你的故事发生在什么时候，什么年代？”

“可以是我生日的那一天。”

“你的生日跟故事有什么关系吗，你总在故事里提这个？”

“对呀，我也不知道为什么。”

看着米格尔发展原先故事的主题，真是有趣。在我看来，他的岛屿故事确实是个进步，是一种演变，相当成熟，也更加可信。他写的塔西亚——这个和马群逃走的孤儿——犹如母亲。米格尔的岛上的主角也叫米格尔，他和一群狼在一起，狼待他有如父母。米格尔早期的故事人物马索洛在夜晚离奇地变成红狐，而他现今的主角虽然保留了人形，举止却像一匹狼。

学生们写着各自的岛屿故事时，我让米格尔坐在靠墙的一张桌子前，我把它称做他的“办公室”。我对他说：“你和我一样，米格尔，写东西的时候，周围不能有太多事情分神。”他非常认真地写着岛屿故事。故事很长，有些《蓝色海豚岛》的影子（这本书他刚读完）。当他告诉我对故事结局的设想时，我说：“太棒了！”我鼓励他写出来。不过，我知道，这样的结局会让他妈妈难过。果真如此，他妈妈后来对我说：“（结尾）有点悲伤。”

一天，我看到远处来了一只小船，有五个人下了船。凭着对过去的一些记忆，我知道他们是友善的，不会伤害我。狼要袭击他们，被我制止了。那五个人看见了我，就问：“你见过一个二十来岁的男人吗？”但我只会嚎叫。年纪大的那个人仔细看了看我，发现我跟他说的那个人很像。

他们看出我就是个二十来岁的男人，就把我当成了他们的儿子。我妈和我爸说：“儿子，我们想死你了！这是你的弟弟萨姆尔，你知道的。这是尼尔和戴维，他们是在你丢了以后出生的。”我对着他们嚎叫，说不出话来。

他们想把我带走，可是我转过身，拒绝离开。他们也只好留下我，因为他们知道，我想留在岛上，和我的狼群在一起。我们继续冒险。

可笑的女孩

The Ludicrous Girl

一股热浪席卷了纽约市，天气闷得不得了，一切都好像能拧出水来，我的心情也是如此。世界的节奏似乎放缓了，我感觉晕晕乎乎的，像是吸了毒。学校没有空调，我自己花钱买了个电扇放在我的办公室里，多少能管一点用。整个早上我都在跟学生们谈他们各自的故事，每人谈二十分钟，这可真是个辛苦活儿。早上的时间在慢慢过去，我努力保持着清醒。孩子们都去吃午餐后，我就伏在桌子上，闭一会儿眼，听着隔壁教室里模糊的声音。那边正在放录音，节奏极为缓慢，几乎要停下来，导致《小星星》变成了一曲哀歌。我迷迷糊糊睡着了。

一阵敲门声把我惊醒，我连忙坐起来，振作精神，擦掉流出来的口水，说：“请进！”

原来是法蒂玛。

“法蒂玛，你可来了！看到你回来上学真是太好了。你病了这么久，我都没机会祝贺你赢了学校的拼写大赛。不过，我一点也没觉得意外。”

“谢谢。”

虽然她语文学得很好，但是法蒂玛的习作夹比米格尔的还要薄。不过，我知道她自己在写东西。像《小间谍哈瑞特》中的哈瑞特一样，法蒂玛也常常在一个笔记本上写东西，可是，当我要求看看她写了什么时，她就会马上合上本子，不理我。于是，我尽力保持距离。她非常自我。

在写作如何比喻自己时，法蒂玛写了两个：

我像一个活页夹，
紧紧地合上，
只在考试时打开，
严守着主人的笔记，不给外人看。
我觉得自己就像红衣军，
在独立战争时，
保护主人和他这一方。

我是一本书，
我的前面撕掉了，
后面也脏了，
可是我的书页仍然美丽，
故事都还在。
没有人读过，
可我的故事还在。
只是因为我的封面撕掉了，
我的后背脏了。
人们常说
“不能以貌取人”，
可问题是，
没人这么做。

这两首诗暗示着，法蒂玛一边与外界保持着距离，一边又埋怨别人不理她。也许正是这种心理机制导致讥讽成了她惯常的谈话方式——她用讥讽来自我保护。又或者，法蒂玛有四个正值青少年的哥哥，她是从他们那儿学会了讥讽。当我要大家写一个傻瓜的故事时，她写出了这一年中她最好的故事，别的学生都写得一塌糊涂。写傻瓜比我想象的要难得多，但法蒂玛却游刃有余。

可笑的女孩

琳西说："爸爸、妈妈，我有个可怕的消息。"琳西·凯上四年级，九岁，是个相当可笑的女孩……"我、我的、糖、糖纸，死——了！"琳西抽泣着说。

"什么，你的糖纸死了？怎么死的？"……

亚当和克里斯，琳西的兄弟，倒在地上，笑个不停……

琳西说："大家跟我来。"

她带领众人穿过厨房和客厅，来到后院。她在这儿做了件非常可笑的事情："我们要在这儿为我的泡泡糖糖纸举行葬礼。"

大家都不情愿地答应："哦，好吧，好吧。"

然后，琳西回到屋里，过了五分钟又回来，拿了一块泡沫乙烯做的墓碑。

亚当说："她疯了。"

墓碑上写着：

泡泡糖糖纸长眠于此，
我挚爱的可爱的糖纸。
她是最好的糖纸，

现在她去了，

我再也没有糖纸了，

我非常爱她。

琳西为泡泡糖包装纸挖了一个小洞。她说："我爱这糖纸，她是店里最好的东西。"

然后她又在坟边放了几枝花，并且说："克里斯，我要你对泡泡糖糖纸说一些好话。"

"哦，呃，"克里斯一直笑个不停，"泡泡糖糖纸非常，呃，就是……很特别。我就说到这里。"

"妈，轮到你了。"琳西说。

"呃，哦，我并不认识泡泡糖糖纸，但我想她应该非常好。"

"亚当，该你了。"

"我只想说，嗯，嗯……哦，她是很好的糖纸。"

"爸，最后是你。"琳西说。

"呃，泡泡糖纸很，呃，很有用，你可以用她包任何东西。"

"非常好。泡泡糖糖包装纸的葬礼到此结束。"琳西刚一说完，她的父母和哥哥就全都倒在草地上狂笑起来……"我绝不会！"琳西哭着跑开了。

法蒂玛的岛几乎没画什么细节。她用记号笔把轮廓重重地涂成了蓝黑色，但它看起来一点也不像一张有人形的地图。我问她有没有想好写岛的故事。

她说："嗯，我一直在想着，还没有完全想好。"

"谁是故事的主角？"

"我不知道，一位科学家吧。"

“那好，他或者她是什么样的人？”

“嗯……有点古怪。他可以是个印第安人，而且，呃，有点疯狂。对，他就像个疯子科学家，想要毁灭世界上的一切。”

我觉得，她这个构思并不是出于想讲故事本身，而是因为她想让这个故事吓人。法蒂玛似乎很担心，非常不安，就像是火山下涌动的岩浆，要伺机爆发。我常常感到她在耍弄我，像是正提着木偶的线，而老师就是她的木偶。我小心地往下问：“嗯，好吧，当然可以，为什么不呢？一个科学家要毁灭世界……他为什么要这么干？”

“因为他恨所有的白人殖民者，是他们毁坏了地球，污染了地球，你知道，垃圾等等，所以他要炸掉整个世界。”

“好吧，不过我觉得，你还需要别的角色，你说呢？”

她耸耸肩。

我建议说：“不妨让这个科学家有个孩子。孩子对父亲要炸掉地球会怎么看？”

现在轮到我来操纵她了。我让她加上孩子的角色并不是为了故事本身，而是为了法蒂玛。我想让她想象一个孩子，并由这个孩子来决定理性和价值。这孩子想要长大，快乐，有个家，活得足够久，这孩子求父亲不要炸掉地球。我想让法蒂玛想象一个人物去让科学家回心转意，同时希望她自己也能回心转意。

法蒂玛说：“我要是那个孩子，我就很高兴，我想让他去炸。”

“为什么，你不喜欢周围的世界吗？”

“那样会很酷。”

这女孩是怎么了？我对她的想法里有多少是我一厢情愿的？我对她的印象又有多少是我自己想象的，是出于她对于我的伤害的？当我向朋友转述她说的那句“我恨你”，朋友们都笑着说：“噢，山姆，她爱上你了！”我猜也许是吧，可谁喜欢这种爱法？

我不喜欢看到讨论变成这个样子。这个故事不是关于科学的，不全是，而是关于别的东西，可这东西我不知道是什么，也不理解。我想让法蒂玛发挥长项，以此主导构思。我说："我知道你要写什么了！你可以写一个特别可笑的故事，就像那个可笑的女孩那样的。这个疯狂的科学家要炸掉地球，方式奇特。你看如何？"我看着她，希望她能为之所动。

她说："我喜欢。"但看起来无动于衷。

我说："好。"又连忙加上："但你也完全可以写不一样的故事，由你来决定。"

最后，法蒂玛写了，但只有一段。我找到她说："我敢肯定，你很清楚自己并没有尽力。不过，不要担心，作家们也经常会这样。当你的心思不在时，就很难写好。"我建议她重新开始，写个新的海岛故事，或者干脆写个与岛无关的故事，但是她坚持要在原稿上改。后来，我又追问她的第二稿如何了，她说没写成，因为初稿和地图都找不到了。我不相信，我觉得她是故意把它们扔了。

那时我想，法蒂玛太懒了，但是，现在我怀疑这件事有别的原因——我会不会就是占据她的岛的白人定居者？难道不是我在越俎代庖，在尝试那些她不喜欢的想法，给出她不喜欢的建议，破坏了她原来所设想的毁灭？

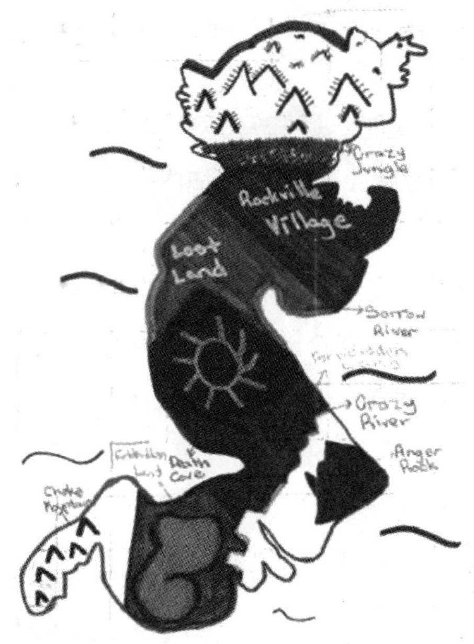

· 淑永的岛

黑色平原
The Black Plain

“岛的形状真是太美妙了，淑永。看上去很像是你在祈祷。画得也很好，你的线条明朗，颜色也漂亮。我喜欢从粉色和绿色过渡到紫色和蓝色。真的，真漂亮。”

我和淑永、美凯在一起。淑永很喜欢美凯，我请美凯一同讨论，希望能让淑永更容易开口说话。

我和淑永在这一年里有时顺利，有时坎坷。有时，我们会讨论故事，比较我们各自的长老会主日学，或者她告诉我她弟弟放屁的事，我们一起呵呵地笑；有时她一言不发。我有一次告诉她，我只给她三分钟，再不说话就回班里去。她就坐在那儿，看着钟，三分钟一到，她就一言不发，拿起习作夹回班里了。

淑永的大部分故事都很悲伤，有的不止是悲惨，甚至是残忍。我怀疑她的故事部分反映了韩国的文化。我曾经让学生们收集一些各自家乡的传统故事。淑永的故事是她奶奶讲的，说的是一只老虎要一个女人拿出她所有的东西，不然就要吃了她。女人照做了，结果还是被吃掉。我猜这就是所谓的韩式幽默。有时淑永的故事好像也汲取了这种文化。她的另一个故事，本该是个笑话，她却写了“两个可怕的、讨厌的、恶心又烦人的女人”，她们“要杀人，吃人肉，把肉卖给店铺”。但这时，警察来了，杀了这两个女人，哈哈！

过了一段时间，读淑永的故事让人感到压抑。我告诉自己，至少她的想象是真诚的，没有粉饰世界。我仍然希望她的故事能帮助她克服困难，过得好起来，可是她继续写着同样不快乐的结局，一个又一个。我开始害怕读淑永的故事了，我想淑永自己也害怕再写下去了。

“淑永，为什么不介绍一下你的小岛呢？”

淑永说：“在岛的这一头是这个、这个和这个。”

我坚决地说：“淑永，今天你必须要说出来。”

·美凯的岛

淑永看着我，嘴一噘，不再说话。

美凯想帮忙，说：“我从前也跟淑永一样，我们俩一年级时在一个班。记得吗，淑永？那时我也这样，从来也不说话。”

我问：“那你是怎么改过来的呢？”

“老师说，她要告诉我妈。我妈对于上学的事很严格的，我就只好开口。”

“你强迫自己？”

“是啊，现在我能说了。”

我说：“淑永，你也行。”

美凯说：“淑永，求求你了。”

长久的沉默。

美凯说：“我们就在这儿等着你，一直等！”

我不生气，可是我告诉淑永，我还

有别的学生，进度已经落后了。这样的话我说过很多遍了。我请她理解，帮帮忙。我说："你都不明白我有多想帮你，可我们不能只坐在这儿不出声，这对别的同学不公平。这段时间是你的，好好利用。"

我们坐了好半天，不时相视而笑。当大家明白，淑永不会再说什么了时，我又试了另外一招。我装作什么事也没有发生，说："这是个有趣的地形，为什么这些山叫窒息山？"

"因为你病了，窒息了，就会死。"

她说话了，可是我仍然很小心，尽量不表现出大惊小怪。

我问："那这个呢？什么叫生气石？"

"只要有人发怒，他们就上这块石头这儿来，然后会出一些事情，他们就不再生气了。"

"妙啊！你知道，这块石头我有时用得上。"

"我不说话时，你就可以用这个。"

"那你不说话时，我是沮丧还是生气？"

"沮丧，不过，我觉得你有时会生气。"

我同意道："也许有一些吧。"

我们三个脑袋凑在一起看地图，研究着淑永的岛。我说："你这儿还有条悲伤河，是什么意思？"

"悲伤河很粗很粗，要用好多年才能渡过，但你一到对岸就会死去。"

我更正她："河不是粗，是宽。你的意思是说，河很宽。"

"是，宽。"

我说："最北面的刺山是怎么回事？"

淑永说："你爬不上去，因为山上面有刺，像仙人掌一样。"

"嗯，真好。"

我又问了地图上最显眼的那一块，那是一团黑色，中央是个太阳。这个东西把岛一分为二，横过了人形岛的腰，占据整个腹部。我看它就像是一个祈祷的人怀上了一个夜晚的太阳。

淑永也不知道这个神秘的黑色块是什么东西，她说："也许是堵墙。"

"为什么又有太阳呢？"

"墙上面刻着太阳。"

"原来如此。"

她拿起地图，仔细看了看，判断说："这也许不是墙，也许是块非常高的平坦的岩石，人们必须翻过这块岩石，才能知道岩石的另一面雕刻着太阳。"

我建议道："对，也许石头上面有台阶，可以爬上去。"

淑永说："它上面可以有梯子，可是那个村子里也没有人敢爬。"

"为什么不敢？"

"怕出事。"

"他们怕什么？"

她说："因为这岩石比山还要高，也许他们是觉得有神在上面，如果他们爬上去，神就会生气。"

"所以，在你的故事里有人会警告他们，某个智者会告诉人们不许上去。你这个故事可以有很多种讲法。"

美凯说："或者，要是上去了，就会被火烧；或者上面特别热，会把你烧化。"

我同意，说："这样可以，你可以让里边的人说'你会被烧死'，有人说不会，不是这样的，上面有神……"

淑永说："但是不知道谁说的是对的。"

我说："对，所以这个故事可以讲一个勇敢的女孩决心要……"

淑永说："要爬上去……"

我的心跳到了嗓子眼，感到她就要有所突破。一个故事就能改变她的生活吗？我说："她在这块大岩石上会找到什么呢？"

美凯叫道："金子！"

我不喜欢这个主张，太物质、太贪婪了。看到淑永没有采纳，我感到放心。她正在努力思索。

她说："我的故事里要加进生气石。"

我说："好的，我觉得这很重要。最好用它开始你的故事，让故事里的女孩生气。是什么事让她生气呢？"

美凯说："她养的鸟飞到山上去了。"

淑永说："我觉得她不会一开始就去生气石那里，如果我的鸟飞了，我会先上山。"

美凯热情地说："可是你太生气了，你爬不上去，你，嗯，气死了！"

淑永觉得也有道理，便点点头。

我说："现在还不用决定这个。关键是她为了什么事而生气，才去的生气石那儿。生气石摸起来是什么样的？"

淑永说："是凉的，人一碰到它，就会冷静下来，它就是这样让人不生气的。"

我开始为她记笔记。我说："好吧，现在她的小鸟飞了……等等，小鸟飞到了山上。"

淑永又不说话了，也许她是在冷静地研究她的地图，似乎有什么引起了她的注意。看到那块把岛分成两半的黑色，她似乎很有感触，说："这里，在山的这边，有个大村子，女孩就住这儿。"

我说："她自己。"

淑永说："对，她一个人。山很大，像天那么高。"

"她爬到山顶后，会看到岛的另一边，景色一定很美。她从来都没有见过那一边的样子。"

淑永说："太阳的雕刻会发光，她到达另一边的时候，发现那里是一片光明。"

我说："真美！"

突然，淑永抬眼看了一下钟："我们要去乐队了，已经晚了！"

她们匆忙离开了，淑永忘了带上她的岛。我坐在那里，看着她画的可爱的小岛，感到奇妙，兴奋，充满希望。

过了几天，孩子们写起故事来。淑永聚精会神，有时，她会停下来，若有所思，然后又接着写下去。她用了好几天才写完第一稿。完成的时候，她似乎已累得筋疲力尽。最后，这就是她那篇扑朔迷离的故事：

黑色平原

从前，在一个无名的荒岛上，有个女孩，她叫丽莎，十五岁。她有个哥哥，但是后来找不到了。丽莎养了只小鸟，叫迪可。丽莎的爸爸因为爬窒息山窒息而死，他死时，丽莎只有十二岁。

这个岛上的一切都很奇怪……岛上有一面石墙，上面刻着太阳和星星。丽莎的爸爸曾告诉她，不要去爬那墙上的阶梯，如果她爬了，地就会裂开。爸爸不让她去，这让丽莎很生气。不过，她现在更生气了——她的小迪可飞到石墙上去了。现在，她彻底是独自一人了。

她去了生气石那里。她去摸生气石，生气石很冷，冷得像北极的冰山。她马上就觉得好多了。丽莎就开始爬石阶，去找她的小鸟迪可。她一直向上爬。

最后，她爬到了顶上，看见了一片大平原。那里全都是黑的，上面光秃秃的。这时，她看见一个男孩在画天空，像是她哥哥。丽莎喊："麦克！麦克！"可是，突然之间，又没有人了，似乎那只是她的想象。丽莎来到平原的中央，她把它称做黑色平原。

丽莎翻过了墙，看见了岛的另一边。她以前总以为墙的这边是一片漆黑，可是，它实际上很美。她给这边的每样东西都取了名字。

她下了石墙，回去拿了她所有的东西，带到石墙的顶上，就在这儿安了家。

狂欢岛

Party Island

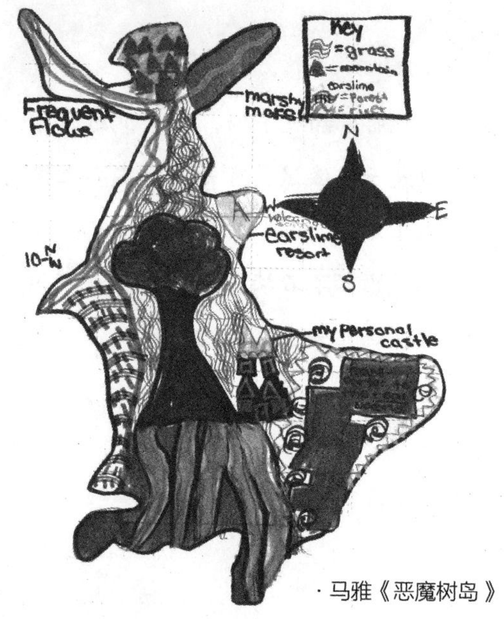

· 马雅《恶魔树岛》

讲故事很容易，写下来却是一个活计。我发现，大多数孩子在学校时比在家里写得好，因为在学校里我给足了时间，孩子们有时间写初稿、二稿和三稿。以下是我的“编辑来信”的节选：

亲爱的阿伦：

我很喜欢你的《雷克斯岛》。但是，请不要让你的主角立刻就遇到恐龙，要让他们慢慢地去发现。他们可以看到脚印，或者听到奇怪的声响。也许，他们会发现一些骨头。多安排一些对话。

亲爱的马雅：

这个故事真是新奇大胆，但是，我把第一段和第二段全部删掉了，直接切入正题，让路易斯早些发现魔鬼树。你可要再多加些描写啊！（你家附近有什么树可以观察吗？）我想不出怎么写树说的话，它有嘴吗？

亲爱的艾拉：

你的故事中的确有非常棒的画面，特别是绿头和岛上长出来的吓人的大手指。最大的问题就是，你还没有故事，你只是在描写，没有情节。

亲爱的美凯：

这个故事有很多地方可圈可点……你应当早点介绍巨蛋，还需要进一步描写它……不要让父母找到女孩，这样就太简单了。让她去找他们。毕竟，在生活中得到你想要的东西并不容易，你要去争取。

在完成了的故事中，六个孩子的主人公一直住在岛上，其他的都是因为海难才来的，凯撒的宇航员和阿丽扎的女主人公除外，后者是因为在飞机上太讨厌，被空姐扔了出去。十一个人物都是独自一人被冲上岛，其他的则是跟兄弟姐妹或者朋友一起。所有的主角都跟作者的性别一致，只有凯撒和马修写的故事例外。

有些岛上还有别的居民，他们并不都是十分友善。有些岛上有会说话的动物，它们也不都诚实可靠。十七个岛是神奇的或魔幻的，其中六个岛上有怪兽，如卡罗琳的蟑螂河，阿什利的狮后，罗茜的邪恶公主。不管是人是兽，邪恶的角色不是被消灭就是被赶跑，不过，马雅写的巨大的、邪恶的说话树最终还是得胜了。

十一个故事是幽默的，六个有教训的口吻，四个是恐怖的，十三个是冒险的。死亡在多数故事中都出现了，其中四个故事里有爱人悲惨地死去。我数了数，有十二个主人公挺身而出，其中多数都是单枪匹马，不过也有几个找来了外援。美凯的豪华机器人有女士的外形，让人想起西王母，它在主人公的梦里显现，告诉她，她应当回家，因为她的妈妈很想她。

只有四五个角色在故事的结尾回归了家庭，与家人团聚。大多数作者都让年轻的主人公继续保持独立，比如马修的故事这样结尾："从此以后，我再也不希望有人为我做什么了。我在岛上住了很久、很久。"

在学期的最后几天，我们演出了海岛故事，一气儿演了两天。（只有法蒂玛没有故事可演。）我记得其中最精彩的演出是阿什利的《狂欢岛》，直到现在这个故事仍然使我感到快乐。阿什利是泰国和中国的混血儿，美得光彩照人。我对她的爸爸印象深刻。他天天早上来送阿什利上学。一天，我见他站在校门口，看着阿什利在上课前玩耍。他的眼中没有其他，只有自己的宝贝女儿，表情中满是完全的、无法抑制的爱。

阿什利刚过了生日（没有办聚会）。她画的地图鲜艳、明亮、快乐。她的岛叫狂欢岛，上面有迪斯科山，踢踏舞河，爆米花沙滩和气球树林。在她的故事的结尾，所有的角色都跳起舞来。在班里演完这个故事之后，西蒙灵机一动，在音响里放了盒磁带。乐声响起，孩子们不由自主地表现出一致的快乐，翩翩起舞。人人都加入了！阿什利跳了起来，凯撒跳了起来，法蒂玛跳了起来，甚至有禁忌的米格尔也跳了起来！学期就要结束，夏天来了，他们跳了起来，孩子们跳了起来。

只有一人除外，那就是淑永。她留在座位上，笨拙地微笑着，似乎有些不好意思。我懂得她的感受，我也没有跳。

五年级

树计划

THE TREE PROJECT

"Here comes my friend Circle."
"Circle, can you play tag with me?" "Not now," said Circle. I started toward Triangle's house.
Vine is rough
Ends
Different shape
Broken stamp
SQUARE'S SURPRISE
bud scales
Terminal Bud
one year's growth
Lateral Bud
lenticel
I saw Triangle. "Triangle!" I sh
"Can you play with me?" I'm sor
said Triangle.

树

A Tree Is

我穿过中央公园去地铁站。这是九月开学后我回学校的第一天，树叶在这时已经开始改变颜色。我对这一年怀着喜悦和担忧，对于计划好的项目很是兴奋。但我也知道，这是我跟孩子们在一起的最后一年，这意味着以后的时日会有一场长长的道别，我会因此而伤心。

新教室里很热，这里是顶层，开的是天窗。所有的风都从我们头顶上过去了，与我们无关，而学生们觉得烦闷时，也没有别处可看。除了这种不便，教室也比以前的小了。学生们都长大了一些，人数也比以前多了将近三分之一。移民群体并不稳定，但是，那一年迁入的移民意外的多，而迁出的又意外的少，这让学校有些措手不及。一个孩子也不能拒绝，一定要有足够的教室，所以，我的学生不再是以往的二十八个，而是三十六个了。这让我的工作更加艰难，也更觉悲哀。面对这么多的学生，有很多事都来不及做。用了好几周的时间，学校才做到了人人都有课桌。而一旦课桌椅塞进了教室，也就没有地方可做展示、放讨论桌了。不过，我们至少还不像楼道尽头的那间教室那么挤，那个班有四十五个学生，他们的班主任都急哭了。

我的学生的新老师是辛顿老师。她是个黑人，从小在纽约长大，上的是公立学校。她教五年级有好几年了，性格温和、平稳、冷静，有些难以捉摸。她虽然总是彬彬有礼、与我合作，却对我怀有戒心。但是，她给了孩子们安全感，让他们感到了爱，他们很喜欢她。

我开始介绍这一学年的写作主题——树。我问大家：“树是什么？”

艾拉说：“应当是一种很高的植物。”

“没错，很大，有木质的枝干，很好。”

我在黑板上写下“木质枝干的大植物”，这是第一项，“树还有其他什么部分？”

手都举起来了：树干、树叶、树根。

我说：“是的，很好。”然后把这些词加上。又问：“还有什么？”

有更多人举手：木头、树皮、树枝、树棍儿。

我说：“好。”加上这些后，又问：“还有什么？”

一片沉默。

“你们去年对树做过一点研究，对不对？树叶上的绿绿 的东西叫什么来着？”

米格尔的记忆力总能令我惊奇：“叶绿什么来着？”

“叶绿素。”

“哦，没错……”

我写下“叶绿素”。

“谁能说出家乡的一些树名？”

卢辛达说：“棕榈树。”她来自波多黎各。

美凯说：“银杏树。”她来自中国。

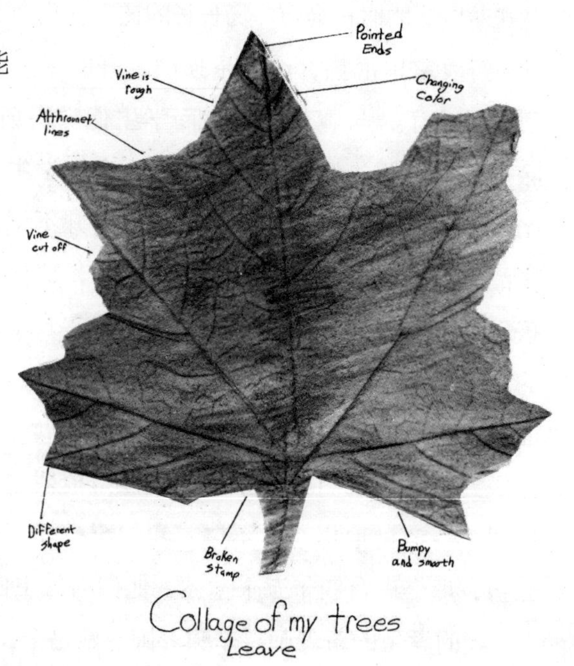

罗茜说："榕树。"她来自印度。

"很好。"我说着，把它们写下来，"还有更多。"

枫树、橡树、红松。

阿玛吉特说："圣诞树！"

我说："好。"把它加上，又问："树给了我们什么？"

米格尔说："氧气之类的。"

罗茜说："清除了空气污染。"

"太对了！"

"凯撒，树还为我们做了什么？"

"给我们造东西的木头。"

"要具体一些，造什么？"

"房子。"

"还有什么？看看教室里。"

他们四处张望，叫出各种东西的名字，我连忙写下：桌子！椅子！地板！门！铅笔！书架！尺子！旗杆！

"继续！还有什么是木头做的？"

竖笛！梯子！小提琴！栅栏！桥！船！筷子！

"吃的呢？树给了我们哪些食物？"

苹果！橘子！椰子！樱桃！桃子！李子！

洁西卡说："蓝莓！"

"应该不是，我记得蓝莓长在矮矮的地方，不是在树上。那么坚果类呢？"

对呀！胡桃！栗子！杏仁！开心果！山胡桃！

"还有什么其他的食物？"

一片沉默。

"想想煎饼……"

我把"枫糖浆"加上，还有"木柴"——煮饭、取暖用的燃料。

“树需要什么才能活下去，它们吃什么？”

“水。”

我说：“对，还有土壤里的矿物质。树叶吸收阳光的能量去做了什么？”

米格尔说：“淀粉。”

“非常好！还记得这个过程叫什么吗？”

又一片沉默。

我看得出来，他们正在苦思答案：呃，呃，呃……于是我把“光合作用”写在黑板上。

“对，没错！”

“还有什么？在很热的夏天，树可以给我们什么？”

“树荫！”

“树可以怎么玩？”

“当抓人玩的大本营！”

“捉迷藏！”

“可以拴跳绳。”

“可以爬！”

“对！对！我小时候最爱做的就是这个。有多少人爬过树？”

举手的人不多，这让我伤心。他们都十岁了却还没上过树！穷人子弟遇到的所有不幸中，我最伤心的一点是：他们待在户外的时间太少了！学校甚至没有大课间，这既可气，又可悲，相当于对儿童的迫害，这种做法在美国学校之普遍超过了多数人的想象。我在担心，没有户外活动，他们长大后会变成什么样。

我又问：“还有鸟呢？它们会怎么利用树？尼可？”

“鸟窝？”

“说对了。”我把“鸟窝”写在黑板上。

“树上还有别的动物吗？”

拉菲尔说：“猫上树，再跳到你身上。”

“好！还没有人说过狗呢，狗会怎么样？”

这个问题引起一片哄笑，不过，的确是那样。我又写下“撒尿的地方”。

“秋天树会怎么样，淑永？”

“它们的颜色变了。”

“红、黄、橘红。”

“紫！”

“粉！”

“好了，好了，让我们用些别的形容词，形容一下树。”

罗茜说：“庄严。”

淑永说：“美丽。”

艾拉说：“树叶一掉光，树就变难看。”

美凯说：“它们让我害怕！”

我问：“总是这样吗？”

“是啊，在晚上总是。”

我写下“美丽”、“难看”和“晚上吓人”。然后，我问：“树会发出什么样的声音？”

洁西卡说：“树不会出声。”

西蒙说：“树会，它们会！一来风，树就‘刷刷刷’。”

“太棒了！还有什么别的声响？”

奥坎弄出裂开的声响，加里叫道：“伐木！”

我说：“对！对！”把这个也写上。清单在黑板上不断加长，已经没有地方写了，我得把字挤在边边角角。

“慢着，得重新来！我们忘了树上的虫子！”

米格尔说：“恶心！我讨厌虫子！”

“虫子会怎么利用树？”

奥坎说：“它们有时吃树叶。”

西蒙叫道："白蚁！白蚁吃木头！"

我又把"虫子"、"恶心"、"吃树叶"和"白蚁"加了上去。

"树还有什么敌人？"

答案太明显了，孩子们兴奋地大叫："人！"这时，阿伦举手，不怀好意地说："树最大的敌人就是作家，因为他们写的书会把树杀死。"

他们大喊："对呀，斯沃普老师是凶手，赶快叫警察！"

我写下"人"，也写下"作家"，又加上了"干旱"、"洪水"还有"火"。到这时，我们的清单长而又长，而且还会加长。不过，足够了，该开始写作了。

我喜欢新学期的第一堂课，大家都十分踊跃，本子是全新的，还是一片空白，人人都想好好干一场。

我对大家说："我们列这个单子，是为了写一种特别的诗。"

诗人们历来爱列清单。荷马的水手、维吉尔的国王、《圣经》里的宗谱、弥尔顿的各种天使、拉伯雷热爱的美食、惠特曼为纽约编目、勃朗宁列举了对一个人的各种爱法。更不用说那些童谣了：老麦可唐纳和他的农场，吃苍蝇的老太婆把各种动物吞下肚。最后，还有我们人人都会唱的字母歌。我告诉孩子们，清单有点像歌谣，通常会有重复。我告诉他们，诗人有时候也会打破这种重复，以做些改变，产生意外的效果。我举了一些例子，比如柯克教的小学生写的诗，还朗诵了罗马诗人奥维德的《变形记》（查尔斯·波尔的翻译真是绝妙）。不管他们是否听得懂诗里所有的字，他们一定听得出诗的节奏，并感受到它的魔力：

山上有一片平坦的空地，
绿色的草地没有树影；
诗人坐在这儿拨弄琴弦，他是神的子嗣。
树出现了：卡欧尼亚树与赫利达的白杨、

高耸入天的橡树、枝条柔软的菩提树、
榉木、月桂、柔弱的榛木、
白蜡树、无结的枞木、
结实累累的橡子、亲切的悬铃木、
多彩的枫树、河滨的柳树、
莲花、长绿的黄杨木、
细细的柽柳、双色的桃金娘、
结了蓝莓果的荚迷。
你也来了，常春藤，
卷须四处伸展的藤蔓与身上披满了藤蔓的榆树、
山白蜡与山松、野草莓与棕榈
是征服者的嘉奖；
深受众神之母基伯勒女神喜爱的
阿提斯
褪去了人形，变成了枝干坚硬
针叶纤细如发的松树；
圆锥形（像是跑道画线器）的
柏树也在：
现在是树，从前是位少年，
受着弓弦与琴弦之神阿波罗的宠爱。

我把一张大纸打开，用鲜绿的彩笔写下标题——《一棵树》。我说："咱们全班来共同写一首诗，诗的每一行都要用到这三个字。谁写第一行？罗茜？"

"一棵树很勇敢。"

我说："好。"记下这行，又问："下一个？"

洁西卡说："一棵树很安静。"

米格尔说："一棵树像大海那样充满生命。"

我说："真好。"实际上，我并非真觉得好。我说："还记得比喻吗？闭上眼睛想一想，想象一棵树的样子。你看见了什么？它让你想起了什么？"

娜利亚兴奋起来，喊道："一棵树是上帝的棒棒糖！"

美凯说："一棵树是巨大的不动的雕像。"

约什说："一棵树是鸽子的旅店。"

我说："你们说到点子上了！"我把这些都记下之后，觉得他们差不多准备好了，于是说："好了，现在开始写自己的吧。"

每个人都写了关于树的诗。可是，当他们把习作交上来的时候，只有少数人写得像诗，或者是处理得稍有韵律的清单。多数只是独白，或购物清单似的。不过其中也不乏一两行灵光一闪或者有趣的，我也只能期望这么多了。我选了这几首：

一棵树像空气，特别安静。
一棵树是上帝的影子。
一棵树很忍耐，大家的忍耐。
一棵树很勇敢，不会回头。
一棵树贪婪地吸水。
一棵树是倒挂的瀑布。
一棵树像个孩子，在和风玩。

有一首诗的确让我惊讶、赞叹，它如同一株怒放的玉兰。那是圭亚那小姑娘马雅写的，她是印加人的后裔。马雅有着浓密的黑发和蜜色的皮肤，戴着大大的红框眼镜（像小丑那样的）。她总是十分顺从，想让人人满意，所以我很难对她有真正的了解。

马雅是三个孩子里的老大。她的父母十分难得，这是她的福气。她父母来自圭亚那，对孩子的教育全力以赴，付出多大的心血他们也在所不惜。马雅的爸爸在医院里当技工，一人干两份工作，以便让太太留在家中照顾孩子，监督他们学习。他乐此不疲，告诉我说："我们总是抱怨这个国家，它的确不是十全十美，可是在全世界也没有这么多的机会，让你做出选择，成为你想成为的人。我一听《星条旗永不落》就想掉眼泪，有时候甚至哭出声。我爱这个国家，我爱纽约。我回圭亚那时，晚上八点就熄灯，大家都上床睡觉了。我说：'八点就睡觉？！我们在家不这样！'我妈说：'这儿就是你家。'我说：'不对，妈，这里不是，不再是了。'"

马雅是个优等生，热衷于写作。她总是能完成作业，一点也不嫌多。但是，我敢肯定，她一定早已觉察出自己的作品从来也没有真正引起过我的注意——从来没有像那天那样突然绽放，找到了自己的声音，用文字创造出了奇迹。

树是春天里的婚纱，
树是巨大的中国折扇，
树是上帝的大信使，
树是大自然母亲的孩子。
草莓树！！
枫树！！
树是幼鸟的托儿所，
树给我们空气，
树能读懂云朵。
苹果树！！
樱桃树！！
树是上帝的假发。
树中藏着美丽的故事。

椰子树！！

棕榈树！！

树是小狗的厕所。

触摸天空！

远在天边，

在野兽之中，

树是天使的唱诗班。

红色的树！！！

绿色的树！！！

树把地上的风景讲给上帝。

树在沙漠中受煎熬。

树是诉说着理性的古老圣贤。

树就是树。

马雅一气呵成，屏住呼吸，脸蛋通红，似乎马上就要晕倒。她总是写得很急，这意味着她的故事总是草草而就，不够完整。我总是告诉她："慢下来！不要这么着急。"可是说了也没用，她没办法。对她来说，写作是热情所在。如果她不赶快写，就不能把它释放出来。恐怖故事是她的偏爱。她的故事里总有幽灵和邪魔，主角（通常是小孩）的结局总是受到恐怖血腥的"诅咒"。我尽力煽起她的热情。问到她为什么如此热衷于恐怖故事时，她回答说："脊背发麻的感觉很好玩。"我觉得这个解释合乎情理。恐怖是感官上的刺激，让心跳加快，让人起鸡皮疙瘩。马雅也明白这是个游戏。我最佩服的是，她的恐怖故事中带着幽默。马雅跟喜欢战栗一样喜欢发笑，她的笑声令人愉悦，那种呵呵的声音是从腹腔里发出来的。

你不能断言什么样的题目一定就会激发某个孩子，但是，对于五年级的马雅来说，树就是那个题目，而且这一年都将是指引她的缪斯女神。

我对她说："这是首好诗。"

她说："真的？你喜欢？"她想听我再夸一遍。

"我非常喜欢。"

她说："噢，谢谢你，斯沃普老师！"她充满感激，非常可爱。

我大张旗鼓地推崇马雅的诗，把它打印出来，发给学生们人手一份。我还把它给别的老师看，他们都很惊奇，说："哇，马雅！"她的父母当然很为她骄傲，她爸爸说这首诗让他联想到了华兹华斯。马雅也是如此，知道自己写出了特别的作品，她把诗送去参赛，得了一两个奖。她还把诗发表了，看见自己的名字印成了铅字。

如果马雅将来真成了作家，她很可能会说，这首诗是她写作的开端，它使她怀念自己将文字匆忙写就的愉快情景。如果她最终没有变成作家，多年以后，当她偶然在尘封的盒子里发现这首诗时，她会说："噢，我还记得这个！"她可能会觉得"还不错"，然后开始怀疑自己是否原本该当个作家。

亲爱的树

Dear Tree

我在宾夕法尼亚州的葛底斯堡长大，那座老镇里有很多树。我小时候的家建于1911年。在老照片上，门廊前有一棵茁壮的小松树。到我出生的时候，这棵松树已经高过房顶。它很美妙，生出的横枝像梯子一样，可以让人轻易地爬上爬下。浓密的松枝遮挡着树干，供我躲起来。没有别人跟我共享这棵树，它成了我的藏身之所。我就坐在树上瞭望，谁也不知道我躲在上面。

我还记得别的树。沿着人行道而种的针栎，针叶扎手的矮松树丛，美洲落叶松。后院有一棵不知名的小树，母亲把晾衣绳拴在上面，绳子的另一头拴在一棵胡桃树上。母亲一直不喜欢那棵胡桃树，因为它“很麻烦”，整个夏天都在掉叶子。车库后面有棵枫树，我哥哥在上面搭了个树屋。而我对树的喜爱是从父亲那里继承来的，我帮他种过一株冬青、一株银杏、一株槐树和一株粉红的山茱萸，那棵山茱萸是他的最爱。然而，父亲从没有把这些树当成“他的”或是“我们的”。他从不说谁的，只用“那”来称呼它们：“那”山茱萸、“那”松树、“那”胡桃树。他知道他只是在临时照顾这些树，他去了之后，这些树还会活很久。

另一株童年的树从记忆里冒了出来。那是一株白松，就在街的尽头。

一天，邻居的猫上树后下不来了，这家的儿子就爬上去救它。结果，这个男孩碰到了树枝挨着的高压电线，当场被电死。消防车过了一阵才来救援，消防员先是断了电，之后大概用了一个钟头才把人弄下来。我还记得人已经死了，趴在树上。他光着一只脚，那只球鞋掉落在地上。

我的整个童年都与树相守，但我从来没对它们多加思索，没有人要求我这样做。树就在那儿，是我的世界的组成部分。

亲爱的树：

我知道这听起来有点怪，但是我想认领你。这是斯沃普老师的项目，他让我们每人认领一棵树，然后照顾它一整年。我很喜欢我们的这个作业，因为在这之前我从来也没有注意过你。

我的名字叫莎拉，你可以从我家的窗户里看到我。就是很明亮的那个窗口。我要好好照顾你，我很负责的，会跟你待很长时间。

有时我觉得你好像在看着我，看我做事。没有人注意时，你是不是觉得有些孤单？大人们都去上班了，孩子们也都上学了。

你的叶子的颜色在变，因为天冷了，你要脱去叶子。你是棵很大的树，我希望你能活很久。

好了，我得走了，再见！

你诚恳的莎拉

亲爱的树：

高兴或者伤心时，我就会看着你。叔叔去世时，我还跟你说话来着。我觉得很孤单。有时我会叫自己傻瓜，因为我竟然在跟一棵树说话。

我三岁的时候，常常会冲着从这窗下经过的漂亮姑娘吹口哨，可是，嘿，那时我才三岁！我还不懂事。所以说，假如你能让我认领，成为我最好的可以聊天的树，那我真是太感激了。

你的好朋友　凯撒

亲爱的枫树：

我看着你，你真高啊。我看得见你的树皮，却看不见你的树冠，因为你太高了，而我太小，而且我住在一楼。我讨厌有人把塑料袋挂在你的树枝上。我看见树叶从你的枝上掉下来，我还看见你站得又直又高。我就是喜欢在有风的时候倾听你的声音。

诚恳的尼可

亲爱的树：

我想我们是一般大！多好呀！也许我们的爱好也一样呢。我喜欢水和强烈的阳光！你一定也喜欢，因为你要靠这些才能活！你猜怎么着？我两岁的时候还吃过土呢，我喜欢吃！

你的伙计　阿伦

我很喜欢收到信。当孩子们还在三年级时，有一次我给他们留的作业是给我写信："告诉我一些你们认为我会想知道的事。"那时他们从来也没有写过信，我得从头教起。我发给每个人一个信封，教他们怎样写信封。我说："多数人不知道这个，但你们其实可以在信封上画画，这会很好玩的。"我给他们看一联又一联有趣的特别纪念的邮票。我说："邮局卖两种邮票，有趣的和无聊的。等你们长大了，不要去选那些无聊的邮票。"

我告诉大家说："把信写好之后，就封上信封，然后把信投进邮筒里。我不希望你们把信扔在邮局的投递口里，你们要投到街上的邮筒里去。"我强调说，他们必须自己去投，不能让家长替他们做。我想让学生们亲身经历投信的过程：踮起脚尖，掀起挡板，向邮筒里窥探，然后把信封塞进去，再收回手，把挡板盖上。

假期开始几天后，我收到了小作家们的好多封信：

亲爱的斯沃普老师：

我希望你喜欢我写的故事。阿什利告诉我，她喜欢我写的《小心迈克尔·约翰逊》。我觉得你挺逗的。你能送我一份生日礼物吗？请务必回信。

你的小作家　娜利亚

亲爱的斯沃普老师：

我没什么可说的，唯一能说的就是我打了垒球。我很喜欢，还想玩，可是别人不想了。这封信有点短，不过。你能上我家来吗？

真诚的阿伦

亲爱的山姆·斯沃普：

你知道，我过得不是太好，我妈老是让我做这做那，我头都痛了。我要写作业，还要听奥坎讲的糟糕的笑话。当妈妈、姐姐和妹妹只顾着玩的时候，我却在一边挨饿。我受不了啦。

你的伙计　拉菲尔

回忆起来真是愉快。我坐在书桌前写回信，在信封上写好收信人的地址，然后舔湿邮票。留了这个作业之后，我时常能收到来信。淑永在五年级之前的暑假寄来的信，令我感到无限欣慰。

亲爱的斯沃普老师：

现在是夜里两点，我躺在床上。这床以前是我爸爸的，现在我一个人睡在上面。它很大，是大号的。我爸爸搬出去了。我先不告诉你他为什么搬走，我要先向你坦白另一件事。我告诉过你，我妈妈回韩国了，还记得吗？但其实呢，我爸妈离婚后，我也不知道我妈去了哪儿。我没告诉过别人，因为我觉得很丢人。不过现在我不这么觉得了。我爸爸又要结婚了。但有时，我还会希望能跟亲妈住在一起。我爸爸会带继母回来，我五年级后就会搬家。我继母很好，我很喜欢她。我跟她并不是完全不认识，我们去的是同一家教会。咱们说点别的吧……

信是如此安静又亲密。我希望通过给树写信，孩子们会与树产生某种联系。班上大多数人都有了这样的经历，但在实际生活中、在一个班里，你不可能让人人都满意。法蒂玛让我觉得，有些信是沾着毒汁写成的。

亲爱的树：

嘿，伙计。嘿，宝贝。咋样呀？随便啦！（哈哈。）你大概不认识我，可是我想认领你。我知道这听起来很愚蠢，可我又非得如此不可，因为这是作业。我们必须去了解你们树，再认领你们。呃，你知道的，呃，研究你和别的树。你是一棵很棒的树。斯沃普老师还说我们必须写自己的事，但我并不想。

因为，我是说，我不要写。我要做什么是我自己的事，不是吗？我可以在我自己的笔记本里写你的事情，可是让我告诉你其他的事根本没门儿，那就像是我的秘密，尤其是那两个最大的秘密。我知道你正在看这封信，斯沃普老师，你迟早要修改这封信。我肯定我的信和他们每个人都不一样，因为他们很笨，会把每件事都写出来，而我是不会写的。你的练习真不少，可不是吗，斯沃普老师。我真的不想对这件事说得太多，因为没什么大不了的。所以，让我们继续吧。

你的（法定）监护人 法蒂玛

中央公园
The Park

今天的天气最适合出游了，不凉也不热，阳光普照。

加里、西蒙和马蒂奥负责查看地铁路线图，替大家确定路线。他们完成了任务，把大家直接带到了中央公园。这里的树叶五彩缤纷，鲜艳夺目。从秋天城市的灰色一下子进入了多彩的世界，这个变化真是巨大，就如同多萝西进入了奥兹国。

我们这最后的一年渐入佳境。我们终于找到了一家赞助商，这家纸张生产公司要为我们出一本书，记录我们与树相伴的这一年，书里的文章和插图全部由学生们负责完成，书名就叫做《树之书》。纸张公司计划把这本书当作最好的样品纸送给客户。作为回报，公司会为班上提供若干箱最好的纸张、画材、相机和胶卷（包括冲印费用）。这本书要发给每个孩子。书会把树和孩子们写的关于它们的故事封存在人们的记忆中，这是我所做不到的。

一想到自己的作品就要出版成书，孩子们十分兴奋——一本真正的书！我已经警告过他们，会有很多工作要做。我说："假如我们接受了这个计划，那可就责任重大。我们就要辛苦工作，坚持到底。你们愿意辛苦工作吗？"

“是的，我们要努力工作！”

这一切真是美妙。而在我看来，《树之书》最了不起的一点是，它让我有理由一年四季都带孩子们外出。

我计划频繁地带孩子们去中央公园，每月至少两次。首先我得取得辛顿老师的同意。她要对全班负责，也要跟我们一起去。尽管辛顿老师似乎对语文不太感兴趣（这一年全班同学共用一本语文书），她却很赞成让孩子们尽可能多地拥有一些户外时间。不过，她怀疑我是否能得到校长的批准。

当我说明情况时，斯卡利斯夫人却马上就同意了。她说：“如果不这样，你要怎么搜罗写《树之书》的材料呢？”

于是我开始计划在中央公园的活动。我们一整天都要研究树，还要画画、拍照、用散文和诗的形式写作。我对学生们说：“查一下外出那天早上的天气预报，如果天冷就多穿几层。千万不要穿怕脏的衣服！”在外出的时候，每个学生除了自带午餐，还要带上自然笔记本、两支写字用的铅笔、一套彩色铅笔、一把削铅笔刀和一只放大镜。

假如你想研究树，那去哪里都比不上中央公园。公园很大，大到你会迷路，大到据说可以从太空船里看到它。由于这里有那么多的树（大概有两万六千棵），迁徙经过大都会的鸟也会在这里停留，这使得这里成了观鸟胜地，尤其是在春天的时候。这里有九十三千米长的蜿蜒小径，总面积八百四十三公顷，国王也会为之自豪。这里有小山，有草地，有林子和矮树丛，有湖泊、小溪、水塘，还有瀑布，里面甚至还有座城堡。

我们第一次来中央公园时，我带了一加仑水。这水并不是用来喝的。我让孩子们一路轮流来提水桶，他们得侧着身子才能提动。我们在中央公园的第一站是一棵美丽的紫叶山毛榉，它很高，得把头向后仰才能看到树顶。我高举水桶，说：“这是一加仑水，在夏季，像这么大的一棵树每天都要把三百加仑的水从树根运送到树上的树叶里。如果要你们完成这个任务，你们会怎么办？”

阿伦说：“坐电梯。”

“真逗。”

奥坎说：“我会用水泵。”

“不许用。”

他又说：“用滑轮。”

“嗯，滑轮也不许用。”

娜利亚说：“那我就提水。我上下、上下、上下、上下、上下、上——”

“可树没有胳膊和腿，你也没法这样。”

艾拉说：“树有个心脏能泵水。”

“不，它们没有。”

罗茜有些不解，问：“它们没有心脏？”

艾拉说：“它们有感觉。”

“你可以这么想象，但我们今天是科学家，我要说清楚：树没有感觉。”

罗茜说：“我妈妈说所有活的东西都有感觉。”

“我觉得她的意思是，它们都有灵魂。也许有吧，但是，它们当然不需要心脏用来压水，就像我们人类用心脏来输血那样。要是能这样，树就更了不起了。听好了——这一段话来自一本漂亮的书，这本书是安妮·狄勒德写的，叫做《溪畔天问》。”

真是令人惊奇，树木可以将沙砾与苦涩的盐，转变成这些柔软如舌片的叶子，有如我吃下花岗石板，然后长大、发芽、开花。这些惊人之举，树做起来却毫不费力。每棵树每年可以凭空制造出百分之九十九的新生部分。树干中的水分由下而上输送，其速度在盛夏约为每小时四十五米，一棵树每天可以提升一吨的水。一棵大榆树在一季里，可以长出六百万片树叶，而且每个叶片都精巧而完美；树木一寸也没有移动，它站在那

里，累积死去的木质，像方尖碑一样无言挺直，但实际上，它在偷偷地、不断地沸腾、分裂、吸收与伸展。

当我为准备教学而着手研究树时，我才羞愧地发现，我对树的了解是如此之少。我甚至都不具备最基本的知识，比如这些关于水的事。不知为什么，我以为科学家熟知有关树的一切，人类对树从里到外都了如指掌，而事实却并非如此。写树的那些书里充满了这类字句："可能"、"也许"、"有人觉得"、"最有可能是因为"以及"仍然是一个谜"。还有一件事让我觉得惭愧——一棵树那样规模的光合作用，实验室里还不能模拟。

我努力向孩子们解释那些我也不是十分清楚的事情。我告诉他们水进入树根，经过树干上细细的管道后，又从树叶中蒸发。我说："似乎太阳通过树做的吸管把水吸走了。"阿伦和娜利亚帮忙说明这个过程，弄出恶心的吸溜东西的声音。我说："说真的，大家想想吧！树有办法克服重力，这不是很神奇吗？"

他们说："是的！"他们这么回答，更多的是出于礼貌而非感动，没有一个人目瞪口呆或感到惊奇。可这不等于他们没有理解，他们懂了。他们只是不明白我为什么会大惊小怪：好啦，斯沃普老师，不就是一棵树么！我觉得这种惊讶可能是成年人才会有的，成年人才更能感受到人生的局限，才能够对一棵树感到震惊。

我改变了话题，把手放在嘴唇上，说："嘘！"我就像要带他们到什么秘密的地方去似的，领着大家来到一棵山毛榉下。大树的枝杈低垂，营造出一个与外界隔绝的隐秘空间。

"噢！酷！"

这才比较接近！这种奇妙是孩子能够感受到、会传遍全身的。他们一下就感到这是个神奇的地方。如果我事先告诉他们这里有仙女，他们也会相信的。但是，在这一刻，我们要有科学精神，于是我让孩子们去摸一摸树皮。山毛榉的树皮相当光滑，没有别的树身上的那些裂痕，我指出山毛榉的树皮与大象的皮有多么相像。

西蒙这时注意到有对恋人在上面刻出了一个心形。美凯说这样很不好。我说："树木长久以来吃了不少苦，承受了很多伤害。不过，我来出道数学题：这颗心现在距离地面大概五尺，对吗？假设这棵树每年长高一尺，十二年后，这颗心会距离地面多远呢？"

艾拉说："比现在还要高一尺。"她是个数学高手。

"你们以为是这样，可其实不是的。十二年后，这棵树会长高十二尺，可是这颗心却仍然会停留在原地，还是五尺高。"

"不会！"艾拉说。

"你在跟我们开玩笑！"罗茜说。

我说："是真的！实际上——"

加里叫起来："嘿！看，有只虫子！"

他们大叫！他们尖叫！他们兴奋起来！他们感到恶心！孩子们乱成一团，争先恐后，我站在那儿就没人理会了，没有人再听我说："实际上，虫子对树很重要。它们吃腐叶，制造更多的肥料。它们钻到地下，帮助松土……"

突然我感觉有人在拽我的衣角，原来是萨曼莎，一个新来的安静、专注而用功的女孩。她看起来像个玩具娃娃，总是跟着我，就好像离得我越近才能学到越多，这真是可爱。

"萨曼莎，有什么事？"

"我想上厕所。"

"能再忍半小时吗？"

萨曼莎面露难色。那就没有别的办法了，只有马上去厕所。我上周末来公园时，仔细画出了我们的路线，找出了漂亮的树和景点，计算了从 A 点走到 B 点再到 C 点的时间。但是，我大大低估了带着一群孩子实际会用到的时间。有些人爱离群，有些人爱超前，还有些人因为过于肥胖而跟不上大家。更糟的是，我让他们去收集各种树叶，带回去压平，作为美术作业。我原打算让他们捡起树叶就走，却没有想到，当你停下来看时，那些叶子有多么美丽，每一片都是一份杰作，有些和他们的鼻子一样小——哇！你看这个！——我也没有料想到，像洁西卡这样犹豫不决的孩子完全无法选出一片最美的树叶。

“已经有一片了，我们不能整天都干这个。”

到了厕所时，男生们早就乱了。大家要轮着去，每个人都去过之后，就到了吃午饭的时间。我们大大落后于既定的时间表，我知道，我的计划一半都完不成了。

我们在太阳地里的岩石上吃东西（孩子们真是太喜欢石头了）。之后，有的休息，有的玩，还有的看书，大家都很开心。我有些难过，因为米格尔没有来，这一次是他忘了带家长许可的回执。我想给他家里打电话，问他妈妈能不能把回执送来，但辛顿老师说不要这样，米格尔已经五年级了，应当学会自己的事情自己做。他就只好留下，都快哭了。

我们去下一个景点时，法蒂玛跟上我，想要说话。我神经紧张，猜想她今天究竟是天使法蒂玛还是魔鬼法蒂玛，其实我多虑了，她今天很友善。她说：“斯沃普老师，最近还好吗？”

“还不错，谢谢，法蒂玛。你呢？”

“很好。斯沃普老师，我能问你个问题吗？我觉得我最近写的故事你好像都没看。”

“是的，我觉得，你需要远离我，似乎你也已经受够了我的评价，所以我把你的作文交给辛顿老师去改了。你写得不错，我不想阻碍你的发展。”

“辛顿老师只在最上边写了句‘有趣的故事’。”

“我一点也不惊讶。她给你改过吗？有什么建议没有？”

“就只有这句，没什么建议，可我觉得故事相当不错。”

“要是你想让我看看，我很乐意。”

“嗯，我真的觉得很不错。”

“那好，我很期待。你周末过得怎么样？”

“很无聊，每一件事都很无聊，只除了一件——我见到了 UFO。”

“不会吧？你看见了 UFO，真的？”

“我觉得我看见了，但不敢保证……像是架飞机，竖起来的。”

“竖起来的？你能说得再具体点吗？”

“看着就像是一个立着的橄榄球，还有个外环。我不知道，像颗钻石。”

“你害怕吗？”

“不太害怕，我很兴奋。”

“那你指给别人看了吗？”

“指了，可我姐姐翻翻眼珠说：‘你真傻，世上根本就没有这些东西。’”

“听起来像是一个故事的开头：一个孩子看见了外星人，而谁都不信她——”

娜利亚插嘴道：“斯沃普老师，我有一个新方法可以看出树的年纪有多大！”她一只手按着树干，另一只手按着自己的脑门，就像个巫师：“这棵树已经五百零半年大了。”

加里说：“嘿，斯沃普老师，看那棵树都倾斜成什么样了！”

他说的那棵树呈四十五度角生长着。我说：“真有趣！你认为它为什么会长成这样？”

“也许是种子撒在土里时放斜了，它就歪着长了。”

我说：“我觉得不是那样的。”不过，没时间解释了。我把大家叫到一起，说：“今天我们要开始一种新型的写作，这种写作被称为自然写作。你们要做的就是找个舒服的地方，看看周围，把自己看见和听见的事情写下来，把你的想象放在一边。让我再重复一遍，把想象放在一边。”

我还从来没有尝试过这种方式，我也不敢确定结果。但至少，这个练习会迫使大家观察周围的世界，希望这样做也会给他们带来描述性写作的乐趣。这种写作他们还不太熟悉，在这个年纪他们关心的只是故事的情节、情节、情节。

萨曼莎问：“写多长？”

“不用担心，写够半小时就可以了。”

这时辛顿老师插话说，我们没有半小时了。她说我们十五分钟后就要去赶地铁。我崩溃了，这可是这一天里最重要的活动。但是，我从辛顿老师的表情上看得出来，这事没有商量的余地。我只好说：“好吧，孩子们，写上十五分钟。”

有些人马上开始行动。马雅趴在积满落叶的地上，小腿竖起，脚举在半空。美凯和艾拉坐在一张长椅上。凯撒找到了一块大石头。卢辛达和保拉真让我惊讶，两人爬上了一棵树。不少人受到了启发，不一会儿，就有八个孩子趴在树上写作。此情此景让我笑得合不拢嘴。这时，我瞧见西蒙和加里在转圈，掀起了一阵树叶的小旋风。

“西蒙！加里！别瞎耽误了，快开始写！”

终于，大家都安静下来，握起了笔。多数人都先看看四周，然后开始写，也有些人只顾埋头写。这里是几段未加修改的文字：

今天起风了。我觉得可能会下雨，可是没下。天气很冷。吃午餐前，斯沃普老师给我们看树怎么吸水。我们后来就去上厕所了。然后我们就开始吃午餐。吃了午餐之后，我们要写作了。这叫做自然写作。我看见鸟在飞，树在动，风在吹，叶子在落，孩子在树上，斯沃普老师在树叶上走。有男生在玩树叶，斯沃普老师冲他们吼。真安静。

——萨曼莎

狂风吹得太阳下的云彩快速移动，风也对树叶施了咒语。千千万万的树叶、树皮碎块和土在我的四周。风吹来甜美的鸟鸣，像是歌咏。大自然的新鲜空气俘虏了我，超出了我最安静的梦境。蚂蚁在泥土里行走着，步态令人惊奇。

——马修

开始变黄，它们有斑点。它们有叶脉，它们正在死去。它们有味道，它们还有洞，一些上面有白色。有复叶。有枝，区别是有的粗糙，有的光滑，有的黏黏的。树叶有锯齿状的，有平滑的，有的叶脉突出，有的叶脉在树叶里。光滑的和粗糙的树叶有的裂了，卷起来。有的有木质的、大大小小的叶脉。不一样的颜色，不一样的形状。多数是黄色，有刺，木质的柄。

——马蒂奥

空气新鲜、凉爽又温和，
草散发着香气又这么绿，
树在风中摇摆，
样子古老又美丽。
突然起风了，强劲又清新。正当

我脱去外衣，风就围住了我，感觉真舒服。
树都往一个方向摆，指向北，
枯叶从树上飞落，飞向我的脸。
这是个神奇的地方，我感觉得到。
太阳真明亮，照在脸上暖洋洋的。
云彩白得像牛奶，
天比我梦中的还要蓝。
空气这么新鲜，我用力吸，
树是这么绿，这么棕，这么黄，
它们显得神秘又美丽，我说不出。
我在草坡上，躺在
报纸和外衣上。
又起风了，吹动每片草叶。

——马雅

在学生们写作时，我求辛顿老师延长一点时间，可是没有商量的余地。她不能冒险，如果过了放学时间才返校，家长会担心，校长会发怒，甚至会有人报警。她说，老师如果晚归，一整年都不许再带学生外出了。我只有失望地叹息。这时一位巡逻员走过来，礼貌地告诉我们，中央公园的树不可以爬，她很抱歉，可是孩子们得下来。

上哪个初中

The Middle School Problem

与学生的一次谈话让我吃了一惊，他们说，来学校做戒毒教育的警察说，138 中里有帮派，还有毒品——138 中就是这些学生要升入的中学。

罗茜说，她听说 138 中里天天都有人报警。

淑永说："我表姐就在 138 中，天哪，她说大同学会揍六年级的学生，如果你报告给老师，他们就会揍得更狠。"

凯撒说，她姐姐上的也是这个学校，"她也说那儿不怎么样，人太多了。"

可是艾拉说："我哥哥也在那儿上学呀，他挺喜欢那里的。"

阿伦说："我姐姐也上的那儿，他们中午会到外边的麦当劳吃午饭，所以我也想去那儿上。每人还有自己的柜子。"

美凯说："我害怕！我不想离开这个学校。"

这些传言真假难辨。因为担心谣言容易夸大，尤其是事关孩子的前途，我忧心忡忡，便去问校长 138 中学到底怎么样。校长得知警察是那样说的，很生气，告诉我说："138 中是所好中学，我们的学生在那儿都好好的。"她还说，这所中学的女校长也七十多岁了，管得很严。一位升学指导给出的评价也大致相同，他告诉我："总的来说，138 中是一个工厂，或是一台润滑得很好的机器，只是它太拥挤了，大概有两千二百个学生。”

除了毒品和帮派，每天清早，孩子们排队上楼梯进入一台巨大的机器，狄更斯小说里的这幅景象仍然令人恐怖。我问那位指导，这些孩子还有没有其他学校可以去。他说此外就只有一所了，是一所特别的中学，名叫路易斯·阿姆斯特朗中学。这所中学只接收家住皇后区的学生，而且需要申请才能进。我就去阿姆斯特朗中学查问。我一下就喜欢上了那里。老师们热情而敬业，图书馆很好，有很多台电脑。学校里有一个乐队，一个乐团，一个合唱团，还有体育保送计划。让我特别感动的是它的校训，它反映了皇后区的多元文化，这意味着学校里种族、性别和学习能力的多样化。我想，公立学校就应当如此！我的学生必须要来这里！不过，其他成千上万的孩子也会申请它所提供的五百个名额。

可是，仍然值得一试。

我能肯定，一定还有别的选择。我告诉自己，这里是纽约，有人来有人走，总有变通的办法。可是，获得消息并不容易，尤其是对那些不会说英语的家长来说。很明显，如果我不担当起责任，就没有人管这件事，于是我就开始疯狂地打电话，找我认识或不认识的教育圈里的人。我纠缠那些官僚、校长以及了解内情和门道的家长，问了成百上千个问题：都有哪些好学校？好在哪里？有什么不足？哪些是皇后区的孩子可以申请的？哪些有音乐和美术课程？有运动项目吗？哪些学校有乐队？这些学校的学生们怎么说？这些学校的毕业生有多少能上最好的高中？有没有家长开放日，是什么时候？可不可以一次申请两所以上的学校？申请什么时候截止？申请人怎样才能增加被录取的机会？

我在皇后区没有发现其他选择。所有的好学校都过度拥挤，不能再招收本地区之外的学生。可是，曼哈顿区的一些学校还没有满员，可以接受申请，有两所学校有很好的声誉。

其中一所是克林顿作家与画家中学。它在一所小学的教学楼的最上面两层。学校不大，总共有二百四十名学生，在课外活动的设置上乏善可陈。所谓的图书馆也令人伤心，根本就不是个真正的图书馆，只有一个牛奶箱那么大，里边装着一些零星的平装书。不过，学校的环境很是舒服、温暖、安全。校长每天早上叫着每个学生的名字来迎接他们。而且，这所学校的学生在数学和科学方面的表现优良，有不少毕业生考上了好的高中。每天这里会停止一切其他活动，以保证半小时的读书时间，甚至秘书和清洁工也在读书！哇！因为场地小，克林顿中学没法接收区外的太多学生，但是，当校长看了我的学生所取得的成绩后，他鼓励我让他们申请。他当然有地方给几个学生，他说："尤其是男生，我们这儿男生少。"

另一家曼哈顿区的学校叫做华格纳中学，位于富人聚居的上西区。它比其他学校更有钱，有一千二百名学生，有很好的图书馆，两支乐队，两个美术教室，有一个戏剧教育计划，以及有趣的选修课、课外活动和很多运动项目。当华格纳中学的校长听到我们学校的名字时，他的眼睛湿润了，那是他父母上过的学校。他一时冲动，想要提供帮助。他告诉我说，他期望能有足够的名额给皇后区的所有孩子。

我差点给他跪下。

我还了解到一个叫做领英的非盈利组织，这个组织正在物色优秀的少数族裔青少年，帮助他们申请纽约的私立学校，并且提供奖学金。领英能帮助那些精英学校不冒风险地变得多元化，而那些获选的少数幸运儿就可以顺理成章地选择上大学。若在五年级时申请领英，申请成功的候选学生需要通过三门相关的考试，但是要等到七年级才能入校。同时，领英要做很多的准备工作，以帮助这些孩子适应那些私立学校。我这才惊讶地了解到，公立学校的孩子要想追上私立学校的同龄人，需要付出如此大的努力。五年级之后，领英选中的孩子就要去上暑期班。他们六年级在公立学校上，但是，在这一年里，每周三放学后及周六一整天他们都要去上补习班。六年级之后，领英选中的孩子还要放弃另一个假期去上暑期班。但尽管要付出这么多的牺牲，申请这个项目的人还是很多，这也意味着接收的比率很低：三千人同时申请一百五十个名额。

掌握了这些信息后，我对班里的学生们讲述了我所有的发现，并问他们有什么想法。

对于领英暑假不能休息的事，娜利亚说："这是我这辈子听到过的最可怕的事！当然不行！"

我说："我不会怪你的。"

美凯却喜欢："反正暑假这么无聊，天天就是在家待着。"

加里说："对呀！我也想去。"

拉菲尔说："我不知道我想上哪个学校，我只想当个漫画家，这是我最擅长的。"

"也许克林顿中学对你来说是个好的选择，拉菲尔，他们很重视美术，而且他们缺少男生。你们要让父母带你们去参观一下，你们要查一查，在这些学校里，你们喜欢哪一所。"

马蒂奥说："我想去138中学，大家都上那儿，我的朋友们都上那儿。"

加里说："我不想去，我要好的教育。"

加里跟马蒂奥是好朋友。马蒂奥听到这话耸耸肩，目光移向别处，他的感情受了伤害。

"加里，我不是说138中的教育不好，我不确定。我只是告诉你有这样几种选择，你和你的朋友需要决定什么对自己最好。"

淑永说："我夏天也挺闷的，但是我也不想去领英，我太懒了，不能那么用功。"

我知道我不应当逼她，那样她只会更加抵触。她是对的，她因为懒怠而不幸，这些孩子已经感到了冷漠和被遗弃。

我让他们把申请表带回家，还有一封信，信里介绍了各个学校，包括它们的开放日的日期以及申请截止日期。很多天以后，我问他们父母有什么反应没有，大卫、娜利亚、拉菲尔说把我给的文件袋丢了。还有人说，他们的家长不感兴趣。

“为什么呢？”

马蒂奥回答：“我妈说，阿姆斯特朗中学有种族歧视。我听说，他们不接收西班牙裔学生。”

我说：“可那不是真的，那里有很多说西班牙语的学生。把这些告诉你妈妈。”

罗茜说：“我爸爸不想让我去克林顿中学，因为那儿是培养作家和画家的。”

“但那只是学校的名字而已，他们其实有很强的科学课和数学课。告诉你爸爸这些。”

卢辛达说：“我妈妈说，到高中时，她会让我上阿姆斯特朗。”

我说：“可阿姆斯特朗不是一所高中，而是初中。告诉你妈妈这个。”

艾拉说她父母认为阿姆斯特朗所在的地段很差。

“也许真是这样，可是在学校里是绝对安全的，而且有校车接送。告诉你妈妈这些。”

美凯说，西王母不想让她做申请准备，她妈妈希望她明年回台湾补习中文。

我说：“那太好了！可是，你还是应当申请，万一你到时不回台湾呢？再说即使申请成功了，你也可以选择不去。让你妈妈告诉西王母这些。”

阿伦说：“我妈说不喜欢阿姆斯特朗。”

“为什么不喜欢？”

“我也不知道，她就是不喜欢。”

很明显，孩子们不能向父母解释这一切，于是在家长会上，我对心怀疑虑的家长们一个一个做了说明。大多数人不明白申请学校并不需要亲自到场，一旦他们明白过来申请学校不会有什么损失，就都持一种开放的态度，尤其是对阿姆斯特朗中学，因为它最近。不过抵制曼哈顿区的中学的人相当多，因为孩子们得乘地铁上学，路上来回要两个小时。

娜利亚的爸爸说：“娜利亚还太小，不能一个人乘地铁，她还是个小姑娘。”

拉菲尔的妈妈说：“拉菲尔太粗心大意，成天想入非非，会迷路或者坐过站的。”

我对大家说：“我理解，但是仍然要申请。如果运气好，上阿姆斯特朗就可以；如果没有那么巧，有一批孩子一起乘地铁去远处的学校，或者家长轮流接送他们也行的。华格纳学校的校长告诉我说，他们很有可能被接收。等开放日的时候去看看，你们会看到那所学校很安全，那儿是纽约最富的富人区。”

“真的？”他们开始感兴趣。

“不要拒绝任何可选择的机会，我们可以过后再想办法解决交通问题。”

淑永的家人没有来。给她家打电话也没有什么必要，除了她的小弟弟，她家里的其他人都不会说英语。而且，无论我怎样央求，她还是拒绝考虑申请领英计划。

做了所有的说明和劝说工作之后，多数人申请了阿姆斯特朗，二十人申请了华格纳和克林顿，八个人决定试试领英。申请过程由此展开，学期剩下的时间将因此而变得忧心忡忡。

麦克斯当家

Max in Control

一株橡树每年会结五千至一万个橡子。据估计，其中只有一颗最后会长成橡树，而且只有那些在母树庇荫下的种子才有长成的机会。为了成功延续后代，树进化出了各种聪明狡猾的方式，这些办法只有孩子才能想得到。有些种子被动物吃下，又拉出来；有些被松鼠藏起来，尔后忘记；有些挂在动物的毛皮上；有些搭上一截便车，再下去；有些随风飘扬，然后掉落；有些飘入大海，又被冲上远方的陆地。

为了教这节进化论，我们花了一天的时间在中央公园里找树种。公园里有各个种类的树，我计划了一条路线，保证大家会找到不同的种子：干瘪的枫树荚、带刺的悬铃木种子、臭臭的银杏果、可爱的小橡子、毛茸茸的大橡子、像蛤蜊似的核桃、耳环一样的槐树荚、山楂大小的苹果以及胖嘟嘟的山茱萸果。

我们的寻宝之旅就在中央公园的漫步森林之中进行，这是这里的两个林区之一。

罗茜说："斯沃普老师，这里就像你给我看过的《狮子、女巫和魔衣橱》。"

"为什么这么说？"

“因为这林子里还有路灯！”

我对大家说：“找种子时，不要走过那边的小路，这边的长椅，还有那边的大石头。不要聊天，也不要偷懒。我想让你们独自待在大自然里。”

我想达到的效果是，让大家像个乡下孩子，或者像我那样，在这漫长的一天里慢慢与自然相处、相熟，就只是身在其中。但除了我们这三十六个学生，周围还有遛狗的人，推着童车的保姆，偶尔还会有巡逻的警车经过林中小道。在自然中独处可能是我一厢情愿的想法，不过那天仍然很有收获。孩子们安静地漫步，在本子上记着，捡拾种子和果实。

米格尔却突然生起气来。他跺着脚，用树叶抽打着身边的树：啪！啪！

“米格尔，安静下来。深呼吸，聆听四周的寂静。”

“我想找到狐狸和狼之类的动物。”

“是啊，那真是有意思，熊也不错。”

“中央公园没有熊。”

“没有，不过有老鹰。”

他看着我，好像不相信。

“真有，它们原先在第五大道上筑巢，有时候你能看见它们飞。”

我们望着天空，可是天上什么也没有，米格尔走开了。过后，我看见他不时停下，目光扫过天空。

米格尔认领的树就在学校里。那儿有好几棵大树，他选的却是最小的一棵月桂，只有八尺来高，形状像个弹弓。它的一条大枝曾经被砍去，虽然如此，它仍然顽强地生长着。米格尔使劲向上爬，也只爬到几尺高。小树被他压弯了，却没有折。他告诉我说：“我认领这棵树是因为我记得以前有一次，我爸爸把我抱上去，我就从上边掉了下来，还大叫了一声：‘啊！’”

我不能断定这段回忆是否愉快。

米格尔说那年夏天家中一切都好。但有一次他打架后，他妈妈被请到了学校，她却说和丈夫之间的问题严重。她说：“有天晚上，我丈夫对我说：‘我要搬出去。’米格尔也开始收拾自己的衣服，说要跟着爸爸。他不需要女人，他要跟着男人。我就对他说：‘好吧，去吧，但他要是把你关在屋里，不让你玩，你可别哭着回来找我。’”

米格尔为他认领的树取名为麦克斯大总管。“我管它叫麦克斯，是因为我所有的毛绒玩具都叫麦克斯，我也不知道为什么；我叫它主管则是因为一年四季的每一天，它身体里都会发生很多事，就像有咒语要把树劈成两半，而你要掌管一切，吸取所有的水分，以保护自己不受伤害。”

我问他想不想写写他的树，他摇头说：“我宁可写诗。每次我想出一个故事，总是写得太长，我得细想。我还不能真正控制我自己。”

我同意道：“你的故事确实是那样。我也觉得写诗是个好主意。”

我在爬珠穆朗玛峰，
滚石落下，轰隆！
再上一步……
我到了，
到了顶峰！
现在回到现实，
它只是我的树。

捡树种的那天，米格尔跑到我跟前，对着我耳语，声音却不低：“我看见了，斯沃普老师！我看见老鹰了！”我抬头看看天，可是他说，老鹰已经飞走了。我说：“我真高兴你看见了。”但我很怀疑他是否真的看见了。

突然，马雅既兴奋又恐惧地尖叫起来：她看见了一只肢体不全的死松鼠。大家都围拢来，一起叫得歇斯底里，跳上跳下。我迫使自己去看。那可怜的松鼠血肉模糊，半只眼睛没了，下颌也残缺了。马雅却是高兴至极，她俯身细看，如此着迷，以致我在想她以后真的会成为外科医生。

她曾经对我说长大后要当个外科医生，因为那样就可以“看到恶心的人体内部”。

松鼠也让米格尔兴奋。他肯定这事是他刚看见的那只老鹰干的。他对我说：“我看见它向这里俯冲了，还听见松鼠在叫！”

我对大家说：“当你们去想大自然的整个过程时，就会发现松鼠的死对于树来说可能是件好事——它埋下的树种不会被吃掉了，也许那些种子就能长成大树。”

根本没有人在听，但这一点也没关系，因为那并不是真的。那些树种不会有机会长大，在中央公园这儿不可能。这里表面看上去是自然的，其实全是人造的。先是炸平，然后挖掘，然后又规划出风景。这里的野景有人行道，有路灯，还有长椅。长出来的多数小苗都被连根铲去了。

到了自然写作的时间，米格尔又想写诗。他告诉我说：“我从前总以为诗是女生写的，比如摇篮曲什么的，可是我开始努力写的时候，就像你往机器里扔了二十五美分，不知道会出来什么。我就是这样。我把一个硬币投进大脑，就会得到一首诗。”

快门一闪，
拍下照片，
我拍下老鹰和它的猎物！
跑呀，跑着去冲印，
“一小时以后来取。”
跑呀，跑着去取，
忙忙付了钱，
想着我要看我的照片。
我打开纸袋，
看到鹰和野兔。

嗨！不对！

老鹰停住了！

照片不是电影，

照片是过去，没有生气。

跑呀，跑，

跑到中央公园

去找那只鹰，

老鹰不见了！

这一次我要等好，

不用相机，

只用我的眼，

大自然是真正的电影。

在回程的地铁上，大多数孩子都兴高采烈，可是有些人，包括米格尔和拉菲尔，独自坐着。到了第四十二街，一个穿着破衣服、留着大胡子的人上了车。他摇着纸杯要钱，看见孩子们后，便开始说教起来，使得整个车厢的人都安静下来。他说："你们这些孩子，看着我，听我说！你们要好好上学，要做作业！不要沾上毒品！不然的话，看看我，我就是你们将来的样子。听我的！留在学校，好好用功！不要吸毒！"他停了一下，似乎还想再说点什么，又觉得最好就说到这儿。于是，他皱着眉头，挤过人群，去了下一节车厢，留下我们面面相觑，为前途担忧。紧张了一会儿之后，一位乘客带头为他鼓掌，接着又有人加入，最后大家都为他鼓起掌来，孩子们，包括米格尔，也一起拍起手来。

非洲土人、中国猪与彩虹糖

Afros, Chinos, and Skittles

拉菲尔瘦小漂亮，有一双机警的黑眼睛，高颧骨，鼻子尖上有颗雀斑。那年夏天他曾离家出走，身上只带了漫画书。

拉菲尔的父母离婚了，他和两个妹妹跟着母亲、外婆、外公一起过。可是他一周能见父亲好几次，要么在皇后区，要么在康尼岛他父亲的家，就在游乐园一带。他父亲在那里扫人行道。拉菲尔的妈妈告诉我，她儿子到四岁时才开始说话，她说："之前他光用手指。"拉菲尔现在十岁了，仍然觉得说话有些难。他口吃，说话听起来就像是留声机的唱针有些卡。也许这就是他如此喜欢漫画的原因，漫画书上没有多少字句。

我问他："那次你出走了多长时间？"

"大、大概两个、两个钟头。"

"为什么要走？"

"因为他们老逗、逗我，我就跑、跑了。"

"他们是谁？"

"卢、卢辛达、诺加汉，呃，西蒙、加里、约什，还有马蒂奥，还有奥坎。"

"出走时你想去哪儿？"

"我不、不知道。"

"谁把你找到的？"

"我外、外公，我正在、在一家中国店里。那家店卖电子宠物和电子游戏。"

"知道吗，我小时候也离家出走过。"

"你那时多大？"

"也就你这么大，我想。我甚至忘了是因为什么。我把我的玩具装进一个小提箱里，嚷嚷着'我再也不回来了'，就冲出门去。你知道我去哪儿了吗？现在想想真是可笑，我爬上了我家门前的大松树，把箱子也弄了上去。从树上，我看得见一楼和二楼的窗户。我一直爬上爬下，往屋里看，等着瞧大人发现我跑了之后，慌成一团，报警什么的。"

"后来呢？"

"后来什么也没发生。他们还忙着自己的事情，他们知道我不是当真的。过了一会儿，我也觉出来了。然后我饿了，就回到屋里，一切就都结束了。"

我问拉菲尔，别人怎么欺负他了。

"他们叫我疯子、傻瓜。"

"嗯，疯子我明白，可是傻瓜是怎么回事？这完全不对，你一点也不傻呀。"

"他们还叫我黑鬼。"

我判断不出拉菲尔说的究竟是实情，还是故意这么说，只为了让那些孩子吃点苦头。这个说法不论怎样都不对。拉菲尔不是黑人，长得也不像，他更像是西班牙裔。他也可能并非真正清楚黑鬼这个词的意思。孩子们经常分不清人或物，当我第一次见他们时，大多数人还没有对肤色的认识。我看着他们慢慢学会歧视，学会欺侮别人，但是，他们并不总是知道自己在说什么。比如，他们骂别人同性恋、杂种、呆子，却并不知道这些词是什么意思。一次，锡克男孩阿玛吉特告诉我说："街上的孩子叫我印度臭臭，可我不信印度教啊，我就叫他们西班牙鬼。"

“那他们是吗？”

“我才不管呢！”

还有中国学生艾拉，她说，她父母不想让她上路易斯·阿姆斯特朗中学，因为那儿净是黑人，“黑人总是涂鸦，还干别的坏事”。我告诉艾拉她崇拜的辛顿老师就是黑人，她一时困惑了，继而突然明白，她之前一直都没有想到这一点。

黑鬼事件引起了一些混乱。说这话的学生被送去接受辅导，学习体谅他人。拉菲尔也去了，不过是接受安慰。他回来时跟我说：“辅导员给了我彩虹糖，他给我彩虹糖。”

在上一年，拉菲尔也曾去学习过体谅他人。梅尔文老师是他的教练。一天，她让孩子们写刷牙过程的说明，这虽然难，却是有益的写作练习。卡罗琳娜的说明写得很糟，当她念出来的时候，拉菲尔大笑起来，伤了她的感情。梅尔文老师为了好好教训一番拉菲尔，把他写的说明也大声念了出来，并笑话文中的错误，把拉菲尔给说哭了。然后，梅尔文老师说明了自己的观点：“看见了吗？己所不欲，勿施于人，现在你知道这是什么意思了吧？”

拉菲尔很爱哭，我觉得他将来有可能成为一个画家。他当然有艺术家的气质，敏感、易怒、一意孤行，对卡通和漫画一往情深。这让他妈妈很是忧虑。这个悲伤而温和的女人二十岁离开古巴后，一直住在皇后区。她告诉我说：“我刚来纽约时，天天都哭。我失去了生命的一部分：我的家人和朋友。来纽约三四个月之后，我都记不清他们的脸了，我要使劲去想我姐姐的样子，这真奇怪。”她嫁给了一个乌拉圭人。拉菲尔刚一出生，生活就变了味，夫妻俩开始吵架。她对我说：“拉菲尔那时还不会说话，他会看着我，眼神总是很担心，像是在问：‘你们又要吵架了？’即使是现在，他也还是不喜欢说话，不跟我也不跟他爸爸说话，也不跟他妹妹说。他总是独自一人。有时我想，他是个悲伤的孩子，他不爱我。我让他痛苦，我逼他做这做那，而他喜欢的只是漫画、漫画，还有卡通。特别是加菲猫，他一看就笑。”

拉菲尔几乎从来没有写过作业。我有点生气，不过我仍然全力鼓励他的爱好，喜欢加菲猫说明他的品位不错。拉菲尔不喜欢超级英雄或者重口味的暴力卡通。我给他看《凯文和小老虎哈贝》、《另一端》、《史努比》、温瑟·麦凯的《奶酪迷的梦》和《小尼摩》，以及朱尔斯·菲佛的《天花板上的人》—— 这本书的主人公也是个想当漫画家的男孩。拉菲尔把漫画看得如此重要，当我在办公室跟别的学生讨论写作时，也会准许他在这儿逗留。他会安静地坐在角落里画画。拉菲尔对节奏有一种天生的悟性，这其实很难掌握——用几幅画讲出一个故事。开始画一集新的漫画之前，他会想上很久，直到他能全部“看清楚”了，他才开始画。那时他就只需要注意细节，他的线条自信而准确。

在四年级时，拉菲尔创作了一个倒霉的人物，名叫牛肉干。这个人物跟拉菲尔一样，瘦瘦的，头发直立。在一幅画里，牛肉干打破了一面镜子。虽然牛肉干总觉得自己运气差，拉菲尔却告诉我，牛肉干只是在开自己的玩笑。他说：“他老是惹事。”

在拉菲尔的小岛故事的漫画中，主人公就是牛肉干。

在第一幅画里，牛肉干站在一条船上举着望远镜：“嗬，陆地！”

在第三幅画里，牛肉干被一群人包围，对话泡泡里他说的是：“我不相信，我竟然在一个全是中国猪的岛上！这些中国猪在这儿干吗？”

我说：“天啊，拉菲尔，这个牛肉干的语气真像个种族主义者。你真想让他这样吗？”

他没说话。

“你不喜欢中国人？”

“我喜欢中国人做的吃的。”

“美凯、艾拉还有大卫还有萨曼莎都是中国人，你觉得他们是坏人吗？”

“不觉得。”

“那你觉得中国猪这个词会不会伤害他们的感情？”

“我不、不、不知道。”

“要是谁叫你西班牙鬼，我也会很生气的。这样取笑别人很不好。”

他没说话。我往下继续看他的漫画。

在后面两幅中，牛肉干被收音机和汽车的喇叭声围困。

在最后一幅画中，牛肉干找到了解决办法，但旁人却难以苟同。泡泡里的话是：“我真受不了这些噪音，我饿了，我要吃只虾！”

我笑了，说：“我喜欢牛肉干吃虾这幅，结尾很好。但是，你不应当在这儿用逗号，在‘噪音’后边应当用什么标点？”

他研究了一会儿，说：“句号。”

“对了。你知道还有什么吗，拉菲尔？这套漫画如果不用‘中国猪’会很棒，你可以把这个词换成人，故事仍然会很可笑，你也不会因此而伤害别人。”

我把画还给他，让他重新写，可他不感兴趣。他走到门口，把纸一团，扔进了纸篓。

柳树

The Willow Tree

公园里的色彩每天都在增多，大自然就像一首音量渐强的交响乐。十一月中旬我们有一次外出。那天的天气宜人，是典型的秋日——蓝天、十几度的气温，微风拂面。和孩子到户外去令人兴奋，而中央公园真是绚丽多姿。有些树还是绿的，不过大多数都变了颜色，还有不少叶子已经掉光，树下落了一地，踩上去咔嚓咔嚓地响，很好玩。我们要去一个隐蔽的小水塘，那儿有野鸭。当孩子们惊叹水中的树影时，淑永说，这让她联想起上次参观大都会博物馆时看到的印象派油画。

我们沿着水塘边的小路走着，我盼着学生们发现从树上落下来的猴脑果。它们滚落在起伏的草地上，到处都是，一眼就能看到。果子黄中泛绿，表皮凹凸不平，形状奇怪，像是动物的胃。加里最先找到了一颗。

“斯沃普老师，这是什么？真像外星人的大脑。”

我耸耸肩，装作不知道这是什么，让他们自己把皮剥开，看看里边到底是什么东西。我努力抑制自己不要说太多，因为我读过一本书，叫做《林中的孩子》，我想像作者巴里·洛皮兹那样：

告诉林中漫步的孩子每样东西的名字，相当于早早打开一扇门，而这扇门只能通向最小的房间。通向大教堂的门是另一种：迟迟不语，行为示范，鼓励他们知觉敏锐。如果非要说，就说这一切是多么完美巧妙，暗示仅凭此一点就可以引出多么长、多么深沉的宁静。

我觉得我并没有完全领会洛皮兹的话，但我喜欢这些字句。我也懂得他所说的教事物的名称只能通往最小的房间的意思。我注意到艾拉特别会认树，这对她来说是个有趣的智力游戏。但她一旦认出了一棵树，比如枫树，就再也不会继续关注那棵树了，而是马上就去找别的树。这让她无法完全看清一棵树。但是，洛皮兹说的那种神秘的宁静，在这群孩子中又真是太难寻觅了。他们对出游盼望已久，只是想喊，想笑，想到处跑。事实就是这样，我虽然很想遵循洛皮兹的建议，获得一种宁静，就像参禅似的效果，却无法获得。你是现实中的老师，不是你想成为的那样。

另外，时间也太短，而我想让他们看的东西太多，比如我最喜欢的那棵树。我说："看见水塘那边的那棵树了吗？看一看，那棵树可是非同一般。"

从远处看，那棵柳树没有什么特别之处，只是非常美丽，树冠像是拖把，黄色的枝叶垂到了水面。我们走近它，孩子们惊奇地发现它的树干匍匐在地上，已经有很多年了，但虽然倒伏在地，这棵树并没有死掉。它的枝干又重新调整方向，朝向太阳生长。

这棵柳树简直就像一个人，我们坐在它跟前，我给孩子们讲达芙妮和阿波罗的神话故事。那美丽的仙女发誓不嫁，但阿波罗神爱上了她，追求她，渴望得到她。可怜的达芙妮就逃跑了，阿波罗紧随其后。绝望中，达芙妮向她的父亲河神求救。她跑到河边时，阿波罗的手就快要触到她了，但达芙妮的父亲把女儿变成了一棵树，阿波罗发现自己抱住的是树干。

我对大家说："这棵柳树让我觉得像一个人，我想写一个它的故事，可它却拒绝告诉我它的故事。"

娜利亚说："那一定是个伤心的故事，现在我明白它们为什么叫哭柳了。"

我说："你们看出来了没有？事物并不是像表面看到的那样。你们有没有掀起一块石头，发现下面有一团虫子在动？"

"哟，好恶心！"

"跟我来。"

我们走到柳树似乎还健康的主干的另一边时，孩子们吓了一跳。那树干已经空了，它有一条大大的敞开的伤口，巨大的空洞被苔藓、菌类和蛛网覆盖着。从这一侧看，这棵树像一具尸体，像从墓穴里伸出来的一只手。

"哟，真恶心！"

这棵有趣的树提供了一个绝妙的示例，演示了树干是怎样工作的。我解释说，几乎整个树干的全部都是死的，只有支撑作用，让它竖直。柳树的树干烂了，它就倒下了。但是，它并没有死。树上有足够的活组织，也就是形成层[1]—— 树皮下那薄薄的一层湿的细胞组织，这一层没有断开。由于有形成层把水从树根运送到树叶上，树干健康的一面才得以维持，柳树才能继续生存。

又该写点什么了。

我说："大家分散开，随便走一走，找一棵有故事的树。"

阿伦问："必须要写一个悲伤的故事吗？"他指着一棵枝叶舒展的悬

[1] 又称维管形成层。一般指裸子植物和双子叶植物的根和茎中，位于木质部和韧皮部之间的一种分生组织。经形成层细胞的分裂，可以不断产生新的木质部与韧皮部，使茎或根不断加粗。

铃木，那棵树就像一个手臂伸向天空的人，一副很高兴的样子。

我说："开心的故事也很好，而且，你也不一定要写故事，也可以写首诗，或者做自然写作。不管树让你想写什么，都可以，只要你写了。"

学生们在临近水塘的草坡上漫步，观察树，找到地方坐下。

一直紧跟着我的小姑娘萨曼莎问："我该写点什么呢？"

我说："嗯……"我看看她的样子，然后再四处张望，表示要找一棵适合她的树。我对她说："我觉得那棵柳树适合你，萨曼莎，你应当讲出它的故事。"

她说："好吧。"立即找了一块石头坐下，去听那棵树在讲什么。

地上到处是多彩的树叶，像是一张织锦地毯。

我看着孩子们坐下来，保证每个孩子都是独自一人，并拿出了作文本和铅笔。阳光闪烁着，穿过枫树黄色的树冠，旋风刮得银杏树叶四处飞扬，就像蝴蝶一样。这景色真是奇妙又美丽非凡，我兴奋得难以自持，热泪盈眶。我站在那里，眼前出现了一幅图景和一个故事的开头。我仿佛已灵魂出窍，仿佛看见地面上的树叶编织在一起，变成了一张波斯地毯，地毯中央长出了一棵树。这张地毯很大，足够带上所有的孩子和那棵树。它飞起来了，孩子们起先吓了一跳，然后十分兴奋，继而又变得既害怕又兴奋。他们跑到地毯的边缘往下看。我仰起头看着他们，看到他们在那里望着地面。他们在向我挥手，愈飞愈远，大声地叫着我："斯沃普老师！斯沃普老师！"

到此结束，仅此而已，这幅景象到这儿就戛然而止，没有了下文。我在想象这块魔毯时，被米格尔、阿伦和凯撒看到了我魂不守舍、嘴巴半张的样子。他们想试试趁我走神时能接近我多少。等我终于注意到他们时，他们指着我在地上打滚，大笑。

我说："是很可笑，现在回去接着写！"

阿伦和凯撒很快止住了笑，米格尔却失去了控制，笑个不停。他躺在地上，抱着肚子，笑得停不下来。这种笑我在悲伤的人身上看到过，与其说是笑，不如说是痛苦。看到米格尔这样子真让人难受，不过最好还是让他笑完吧。

我走到萨曼莎跟前，她正在写着她的柳树故事。她是今年才来的，英文的书写还不熟练，用英文写的作文也带着很重的中文的味道。她往往要写上两遍才能使语句通顺，但我挺喜欢她当天在公园里写的初稿，就在树前面，未经修改和编辑。孩子们的写作常常是这样的，第一稿虽然粗糙，但富有个性和诗意，经修改和润饰之后反而不如原来了。我总觉得她字里行间几乎有乔伊斯的韵味。我高兴地发现，她的故事里还有达芙妮和阿波罗的影子，也表达了有些东西（比如这棵柳树）实际上并不是表面看起来的那样光鲜亮丽。

从前有个男孩名叫阿尔，他喜欢上了一个叫艾米的女孩。阿尔每次遇到艾米，总要说些傻话，像是“杜滴亚由马”。艾米总爱上店里买线，做盒子、蝴蝶和拉链之类的东西。艾米和阿尔相遇的时候，两人会同时说嗨。艾米问他喜欢什么颜色，他们俩同时说:“绿色。”阿尔说我们俩都一样。他们成了朋友。艾米说，不要告诉别人我们是朋友。他们约会，一起玩，可是从来也不接吻。阿尔想亲艾米，可是艾米说:“不。”艾米从来也没告诉过阿尔或任何人，她其实是个难看的巫婆。她之所以变成一个女孩，是因为想交男朋友。但只要艾米被亲了，她就会变成原来的样子。不过这样的事还从来没有发生过。阿尔说，我带你去中央公园。阿尔说，我们去走走，你想去哪儿都成。艾米跟阿尔就去了一个水塘，在那里吃午餐。艾米叫了鸡肉三明治，阿尔叫了牛肉沙拉。他们吃了东西，之后就散步。走着走着，艾米发现了一大片空地。艾米说，就在这儿吧，我们就在这儿歇一会儿。阿尔飞快地亲了艾米一下，艾米就变成了难看的巫婆。她妈妈来了。阿尔想跑，去告诉他的朋友以及其他的人。可是艾米的妈妈对艾米和阿尔念了咒语。艾米你不听我的话，我告诉你不要变成女孩，可你非不听。艾米的妈妈把艾米变回了巫婆，没有变成一棵树。而阿尔变成了一棵柳树，永远都是那样了。阿尔越来越孤独，身子越来越弯。只有当人们摸他，看他的时候，他才会感到高兴。阿尔忘记了艾米，艾米也忘了阿尔。

加里也写了一通，像很多孩子一样，他没有写故事。他可算做了件好事，因为他的故事总是令人费解，让我头痛。纪实写作对他来说容易多了，他那天叙述得很清晰，我很高兴。

我发现了一个绿的像是脑子的东西。我想了一阵，仔细看。这是个果实，黄绿色，上面有鼓包，闻着像橘子。奥坎发现了一个裂开的。它的里边似乎有一块一块的土。这些大概是种子。当我第一次看见这种果子的时候，我觉得它就像科幻故事里的东西。它会不会是别的树上的呢？也许是柳树结的？我觉得奥坎把一个果子带回家了。

我再看米格尔的，他只写了：

树很有用。我们应当让大自然不受妨碍。动物是我们的朋友。

“米格尔，看看你周围。写你看见的东西，写景，不能光写意见。”他说：“斯沃普老师，我正在想这是个什么地方，我想每天都来。我不想走。我在想，对！我要告诉那些警察，让他们往城里扔个炸弹，把人全都炸死，我们就能在这儿待着了。我喜欢这些鸭子。”

噢，天哪！这让我怎么回答？我说：“坐下来写点东西吧，米格尔。”

“我正在想！”

“那就安静地想。”

下一个是伊斯特班，他也是新转学来的。伊斯特班来自哥伦比亚，五官端正，头发总是从中间分开。他非常安静，那年秋天他什么也没有写。辛顿老师说，她能理解，他们家里的事情不是很顺利。我还没能让他跟我说点什么，班上的人数猛增，我的时间不够用了。这会儿伊斯特班向我微笑着，他很高兴我坐到了地上，跟他挨在一起。我向他点头，开始写东西。我想让他看看，这很容易，他也能做到。我让他读我写的东西。

多么美好的一天！现在我挨着伊斯特班，坐在一个水塘边的草坡上。他看着像个好孩子。你猜怎么着？一只麻雀跟我说话来着！我吓了一跳！它说，它知道伊斯特班有个秘密，那是一只松鼠告诉它的。也许那只松鼠就在那儿，在美凯那边。

伊斯特班吃了一惊，没想到这上面还有他的事。他望着美凯身边的松鼠，又望着我，似乎在猜这是不是真的。我继续写：

不过，麻雀说，松鼠告诉它伊斯特班今天要写个很棒的故事。它说那个故事现在就在他的脑袋里，甚至伊斯特班自己都还不知道。它说，故事就在那儿，像个核桃，等着长出来。怎么样，伊斯特班，别再看斯沃普老师写的了，开始吧，你还有工作要做呢！

伊斯特班惊讶地望着我。我假装没在看他，换了个姿势，他就看不到我在写什么了。我用余光瞧了一眼，见他向四周张望了一小会儿，我看出他来了灵感了。那过程只有一秒钟，他的身体动了一下，似乎受了轻微的电击，马上他就开始写了，笔在纸上沙沙作响。

把大脑借给我的树

我跟全班同学和教写作的斯沃普老师去了中央公园。斯沃普老师让大家分散开，练习写作。我们都散开来。我跑的时候，掉到了一个洞里。我掉下去，一直掉到了一个丛林里。

我穿过树，天呀，真吓人！我决定回去。可是，我回不去了，所有的一切都变得越来越远，越来越远。这时，只听见斯沃普老师说："好了，出发！"我很害怕，我想我是永远也走不出这片吓人的丛林了。我的朋友想找到我，可是他们也掉到这片丛林里来了。我说："咱们分开走！"我们想找到路，但是不行，因为，就像我说过的，每样东西都变得越来越远。最后，斯沃普老师和辛顿老师找到了我们，他们也掉下来了。

于是我们就都在这片丛林里了。斯沃普老师说："伊斯特班，你怎么给我们招来这么大的麻烦？"我说："不是我的错！"可是，斯沃普老师说："别管了，继续观察树！"我们说："你怎么了，疯了吗？我们要从这儿出去！"我们开始看各式各样的难看的树，上边有蜘蛛，还有蜘蛛网。斯沃普老师说："我们现在分开吧，因为我们都在这儿了。"我们就照老师说的去做了。

我看见的树很难看。我看得不太清楚，因为它们很脏，上面有很多绿的、黏黏的东西。天啊，我真害怕！我走到这棵聪明的树跟前，你猜怎么着？我被吸进去了，我感觉就像到了垃圾场。

过了五分钟，它把我扔了出来，我变成了一棵树。因为我在树身体里的时候，它把它的脑子塞给了我。我变成了一棵树，却不能告诉别人。我成了一棵树，我觉得很冷。

你猜怎么着？这树开始说话，声音很像我的，动作也像我，它跑起来、走起来都像我。我太害怕了，但是我想，如果我把树的脑子吸进来，我就能把我的脑子拿回来。可是我办不到，那棵树离我太远了。我努力地吸啊吸，终于那棵像我的树过来了，碰上我，把脑子还给了我，我把它的脑子也还给了它。天呀，我太高兴了！

缪斯是个淘气的女神，你永远也不知道她会在什么时候关照谁，给他带来灵感。我注意到有些作业很对某个班的路子，可在其他的班又并不成功。当我对一次作业不抱太多的期望时，却总能获得意外的惊喜。就是这样，那一年，缪斯只拜访了伊斯特班一次，我再也没能让他写出一个故事来。我觉得伊斯特班就像西王母栽的桃树，三千年一结果，之后就进入了长长的休眠期。

怎样画一棵树

How to Draw a Tree

孩子们画的树都像棒棒糖，于是我就去问美术老师怎么教孩子们画树。我请她带学生去公园上课，结果让人大为震惊。很奇怪，好像树会附着孩子们的身体，自己显现出来，有些画画得相当棒。

阿伦、马雅、娜利亚、西蒙和凯撒因为生病，没有参加那次活动，我就把他们带到校园里，补上一课。我特别想让阿伦学会怎样画树，他有天生的艺术家才能。不过，长达两年，这一点在他乏味、磕巴的作文中都没有反映出来。但是，如果是写诗，结构自由，阿伦就很有表现力：

鸟神
在光明的空气中，
金色羽毛，
深绿的眼睛，
利爪，
弯钩的嘴，
高飞，
像太阳一样

骄傲，

飞向山中，

深谷，

它的巢。

闪亮的蛋，

金色的羽毛，

照亮了

山洞。

海盗来这儿

朝拜！

学校的院子里有好几棵大树。我告诉孩子们，他们要画其中的三棵。我找人帮我示范时，阿伦跳了起来。

我说："做成树的样子。"阿伦伸出胳臂。

"阿伦的胳膊哪儿最粗？"

西蒙说："最上边。"

"没错，连接肩膀的地方最粗，胳膊越往手腕这边越细。你们看他的手指，哪儿最粗？"

孩子们围过来，仔细研究着他的手指。

"连接手掌的地方。"

"没错，跟胳膊一个道理，由粗到细。树也是一样，观察树干、树根和树枝，它们都是由粗变细。"

孩子们仔细看树，要把这点看明白。

我说："在画树之前，你们还要看整体的轮廓。树与树不一样，一些树的树枝是直直的，一些树的枝条则弯弯曲曲，还有垂下来的枝条。给我各举一个例子。"

学校院子里的树，枝条都平伸着或者向上，树枝下垂的松树只有街对面才有。找出来这些树之后，我发下纸笔，嘱咐大家："用铅笔的一侧画，不要用笔尖。从树底往上画，不要先画个轮廓再填满。只需要画主要的枝条，三条、四条或者五条就可以。先不要担心细枝，你可以最后再加。画的时候，别忘了看一眼树，要记得：不要停下来，不要犹豫，不停地画下去就好了！"

上课的时候，来了一个给学校送货的人。他停下来看，对我说："我来自牙买加。在牙买加，每周五学生们都要到外边去，学习树和花草还有漂亮的鸟的名字。美国的孩子不知道鸟名，他们甚至很少见到鸟！伙计，你真是做了件漂亮的事。"

我对孩子们说："你们听见了没有？终于有人欣赏我了。"

西蒙发出嘘声，大家都笑了。

这节课再次获得成功。阿伦画的树特别美丽，我表扬了他，他就把画送给了我。这张画现在还装了画框，挂在我家里。

天气真好，很适合在户外待着。我给他们两个选择，是写诗还是回班上。

"写诗！"

马雅爬上了攀登架，凯撒伏在地上，西蒙靠着学校的院墙。娜利亚找了好一阵子，她走来走去，像只小鸡一样，嘴里说着："吱、吱、吱，我要找一首诗，斯沃普老师！一只小鸡的树的诗！"而阿伦，倚着他画的那棵树，写了下面这首：

我到学校的
院子里，
跟着斯沃普老师，
去学
怎样画一棵树。
我们画的第一棵

真是巨大。
第二棵树分成两枝。
第三棵
是棵奇怪的树。
它小小的，
可是很酷，因为
它有很密的
树枝！
来了个人，说：
“我喜欢你这样
教给学生们树的事情！
美国人不懂得树！”
斯沃普老师说：
“看吧，有人
欣赏我！”
我们说：
“是啊，没错。”
我们画呀画，
就这样
用铅笔的一侧，
从树干画起，
然后沿着它，
一直
向上。

——阿伦

夜景

Night Writing

那天晚上有满月，我留的作业是去外面写些夜景。“这就像是自然写作，只不过你去的是街上。写十五分钟。”

娜利亚说：“不可能，我爸妈是不会让我晚上到外面去的。”

“你是个聪明的姑娘。这作业的一部分就是说服家长跟着你一起出去，保证你写出你的树在晚上的样子。”

马蒂奥说：“天黑可能看不清。”

拉菲尔说：“有路灯，你能看见。”

不巧的是，那天晚上有雨，云彩遮住了月亮，但是，那也没有太大的关系。马蒂奥写了如下的夜景，他慢慢发现了平常景色中的美：

好吧，我站在家门口，阴天里看不见满月。下雨了，下班的人急着回各自的家。汽车在雨里嗖嗖地经过，车身湿了，鸽子在天上飞得很高。

小水滴打在树上，又不停地滴下，植物都高兴地淋着浴。由于下雨，我只能待在楼门前。雨不大，不是倾盆大雨。雨落在我身上，我感觉不到，我穿着雨衣呢。

飞机飞得很高，人们像蚂蚁一样跑着。没有什么特别的事情。一切都很安静，人们在关门前一分钟赶着进商店，给孩子买明天的午餐。而有些人只是出来玩。

景色真不错。下着雨，一切都静悄悄的。动的只有雨滴，落在我站的地上。没有星星，因为天上有云。

我对他说："马蒂奥，我喜欢这篇。"

马蒂奥是个好孩子，擅长运动，十分有礼貌，并且努力上进。上一年，我要学生们写一首诗，把自己的内心写成其他的东西，学习比喻。马蒂奥把自己比作一只鹰"凝望天空"，以这一段结尾：

当我做错了
什么事，
我的灵魂会生气。
我觉得我的灵魂
在说：
"要守规矩！"

我看到这节时，笑了。马蒂奥真正捕捉到了自己的某些特点，那个超我就在他的身体里对他发脾气。无疑，他就是因此而成了一个模范生。我很好奇他究竟有没有过些许懈怠。

我对马蒂奥说："你把雨中的城市写得很好。我喜欢嗖嗖经过的汽车，我喜欢描写水珠的细节，从树上滴下，还有人们在最后一分钟去买东西，都很棒。我看得出，并且感受到了一种活动感，同时又有一种雨夜的安静。干得好，我很喜欢。你是自己在外面写的吗？"

"我妈妈陪着我。"

多么了不起的女人！马蒂奥的妈妈身高不到一米五，不会说英语，但决心要让儿子好好学习。马蒂奥曾经采访过她一次，请她讲自己在厄瓜多尔的童年，并把采访结果写了出来。马蒂奥了解到，她妈妈在上学的时候，勤奋努力，曾是班里的第一名。

她觉得她最想要的是继续上学，但这个愿望没能实现，即使她的父母很想帮她实现。他们没有钱供她，他们也想让她的哥哥和姐姐接着上学。

在移民中，这是个普遍现象：家长决心让孩子接受自己曾错失的教育。马蒂奥的妈妈竭尽全力，即使她不明白为什么，即使这作业看起来有些奇怪，为什么大冬天的要去雨地里写作业。

因为天气问题，只有少数学生去了外边，马蒂奥是其中之一。其他人都只是看着窗外写的，但是，通过这次练习，他们仍然学到了一些东西。那个夜晚催生了一些可爱的、安静的描写，比如奥坎的这篇：

> 外面下雨了，我向窗外看去。没有太多汽车经过，这在我们这条街上并不常见。每过两分钟才有一个人走过。
>
> 我所在的楼非常安静，对面有一棵很高的树。它有很多粗大的枝干，大枝又分成小枝，一直分下去。它上边还有叶子，有的绿，有的黄。雨冲下来，它毫无防备，可是看起来非常平静。
>
> 今晚是月圆之夜，天空的颜色是一种混合的紫、蓝和黑。
>
> 从前这里还有一棵树，就在我住的楼旁边。有人把汽车上的一个废电池扔到了树下，电池液伤了树根，它就死了。过了一阵，市政的人就把它砍倒了。很久以前，下了一场大雨，大风把另一棵树刮倒了。

艾拉的弄虚作假让我生气，即使她要说谎，说自己出去了，也应当说得更好才对：

夜晚一片寂静。星星在闪烁，树隐身在夜空里，树芽和树皮难以分辨。路灯下只有几辆车驶过。深蓝色的天空衬托出星光与灯光。哦，在深蓝色夜空的衬托下，房屋是多么美丽。天色很暗，我几乎看不见我的树。一点声音也没有。哦，眼前的景色多美！

我对她说："这里头有些不错的描写，可你并不是在外头写的，对不对？"

"是，我是在外头写的！"

"可是有云，下了雨，你怎么还看得见星星？这个地方的夜里肯定有声响，你却写着一点声音都没有。你肯定没去外边，是自己编出来的。"

"下雨了！我只是个孩子，我不能出去！"

"可以，好吧！但是，你也不用撒谎呀，其他人也有的写了从窗户往外看的情景。而且，这也不是你住的地方的夜景，这只是个夜晚的幻境。我想让你亲眼看看外边，艾拉，写真实的事。你是个聪明的姑娘，能写得比这个还好。"

她噘着嘴，双臂交叉，站在那儿等我说完。她只是被迫站在那儿，并不是因为我的话对她有用。

麦当劳会议

The McDonald's Conferences

一月里的一个周六，孩子们参加了领英的第一轮考试。考试在三一中学里进行，这是曼哈顿的一所不错的私立学校，碰巧离我家很近。那天早上我就顺路过去，送给学生们一些卡片，祝他们好运。我还送了一些糖果，以防他们考试时会饿。学生们挤满了楼道，一个个满怀期望、心事重重，在这里找人可真不容易。我觉得自己就像在一部战争片里，在难民群中寻找自己的亲人。

我先看到了马雅，她靠着墙正在发呆。一看见我，她顿时露出笑容。

"斯沃普老师！"

"我来祝你好运，马雅，一切都会顺利的。"

"谢谢你，斯沃普老师。"

想上哈佛、想要拯救人类的罗茜，这时已经交上了一个朋友，正聊得起劲。

"斯沃普老师，你怎么来了？"

"我来祝你好运，还想告诉你，不管结果怎么样，我都觉得你是最优秀的。"

"谢谢你，斯沃普老师。"

我又找到了美凯，她正忧心忡忡，瘦瘦的身体抖得像片树叶，我都不知道她还能不能拿起笔，更不要说集中精力了。当她看见我时，她能说的只是："嗯？"

"我来祝你好运，美凯，我给你带来了好运的小礼物。"

"嗯？"

"试着放松一下，美凯，深呼吸几次。这不过是场无聊的考试，尽量让它好玩一些吧。"

"考试怎么能好玩？"

我说："我懂，可是你需要放松。"

"我妈说我考不上的。"

什么？她妈妈为什么这么说？

美凯那年给我讲了几件事，让我不得不为李太太担心。明显地，李太太治愈自己的能力被一个妒忌她的女人给耗尽了，她还觉得家里有邪灵。美凯告诉我说，西王母几乎从来不让李太太离开家里，命她按照密集的时间表学习，还只给她很少的睡眠时间。

我告诉美凯，她妈妈说的不是这个意思，我说："你是个非常聪明的孩子，你一定能考好。"

"嗯？"

领英的工作人员开始把学生们往餐厅那儿赶，就像把牛赶进屠宰场似的。我跟在美凯身边，说："考试并不是世界末日。"

"嗯？嗯？"

"别太担心。记住，你是个很棒的孩子，不管今天的结果如何。领英不是唯一的通道，你仍然会有很棒的生活，很美好的生活！懂吗？"

她仍然只是说"嗯"，就不再听我说什么。我退到一边去，看着她汇入人流。我喊："美凯，祝你好运！"她连头都没有回。我看着她脑后的马尾辫，直到看不见了，这才回身逆着人群的方向往外走。

我遇到了法蒂玛。

“法蒂玛，祝你好运！”

我遇到了加里。

“加里，祝你好运！”

我还遇到了纳吉亚、阿丽扎、米格尔和马修。

“祝你好运！祝你好运！祝你好运！祝你好运！”

最后一个孩子进了餐厅后，餐厅的门关上了，大厅里一片寂静。没有什么可做的了。

我来到学校外边。家长们滞留在这儿，不知道这剩下的三个小时该怎么打发。我碰到了托雷兹先生，加里的父亲，他请我到麦当劳的柜台上喝咖啡。其他的家长也是这么打算的，于是麦当劳里很是拥挤。咖啡好了，我们找了张桌子坐下。托雷兹先生告诉我，他很想让儿子考上领英，可是，如果考不上，他已经想好了不让加里再上公立学校。他担心那儿的学生，他说：“加里很天真，我只有这么一个儿子，再没有别的机会。我年纪也不小了，我儿子就是我的未来。”我告诉他，私立学校的学生对加里可能也会有不好的影响，没有百分之百的事情。这让托雷兹先生觉得很意外，他摇头叹息，泄了气似的，十分困惑。他问我是否了解教区学校，我说不了解。他说，他听说那儿的老师比较严厉，他希望上教区学校能让加里与上帝更加亲近些。这一点是他无法提供给儿子的，因为他星期天也要上班。

我对他说，加里有他这样全心为儿子的父亲真是幸运。他也对我说，有我这样全心全意的老师，也是加里的福气。我们相视而笑，互相赞赏。然后我看见了美凯的妈妈和哥哥，跟我们只隔着一张桌子，我于是与托雷兹先生告辞。

李太太笑容可掬，我看她的气色实在不错，便松了一口气。之前美凯所说的情况让我为李太太的精神担忧，但是一见到她本人，我的担忧立即烟消云散了。她的笑容让你没法不爱上她。美凯的哥哥阿伦替我们翻译，我们说话的时候，李太太不时爱抚地轻拍儿子的手臂。你不得不承认她一直在竭尽全力培养正直、勤奋的孩子。

我问她，有没有跟美凯说她可能会考不上。李太太笑着点头，解释说，这是她故意刺激美凯，为了让美凯发奋。我说：“我觉得这招不灵，美凯紧张坏了。”可李太太安慰我说，一点都没问题，西王母说美凯会通过考试的。李太太还说，西王母告诉她，美凯长大后会为儿童写书。她意味深长地望着我，我有点迟疑。我并没有感觉出美凯对写作有什么热情。假如西王母要硬逼着美凯做自己不喜欢的行业，我希望美凯不要怪我。

渐渐地，我意识到了另一张桌子上的一位漂亮女士一直在盯着我看。我朝那边看了一眼，她便羞涩地向我挥挥手。她这是对我有意思吗？我过了一阵才认出来，她原来是米格尔的妈妈克里丝蒂娜。我几乎都认不出她来了。她瘦了很多，还化着妆，穿得也不再像一个灵恩派教徒。我很高兴能见到她，我需要跟她谈谈米格尔。米格尔最近的故事让我心惊。在一个故事里，一片疯树叶锯下了一只小猫的脚，这个情节让米格尔咯咯直笑：“我现在真是暴力！”

我跟李太太母子告别，坐到了圣地亚哥太太跟前。我说：“见到你很高兴，克里丝蒂娜，让我为你买杯咖啡可以吗？”

“谢谢你，斯沃普老师。”

“请叫我山姆吧，不要这么拘谨。”

她笑了，说：“我尽量吧。”

我说出对米格尔的故事的担心，她哭了。我把麦当劳的纸巾递给她擦眼泪。她说：“有一天，我对米格尔说：‘你骗不了我，我了解你。’他听了大声嚷道：‘你不了解我！你不了解我的内心是什么样的！’我目瞪口呆，斯沃普老师，我很难过，他一向什么都跟我说的。我忍住痛苦，对他说，好吧，只要他想说，我就永远在那儿等着他。他见我很难过，就说：‘妈妈，你要有耐心，我准备好了就告诉你。’”

她说话的时候，马雅一家也进了麦当劳。我向他们点头，示意一会儿就过去。我又回来听圣地亚哥太太讲话，问她：“你跟你丈夫怎么样了？”

她说："很糟糕。"

很明显，她想聊一聊。如果听她说话能帮助到米格尔，我很愿意洗耳恭听。她说："我很高兴这些天从家里搬出去，自己一个人待着了，我觉得自由了。一回到家附近，我就会头痛，感到恶心。我想好好地生活，斯沃普老师！我想去参加舞会，想大笑，可是我不能，我不能！"

我什么也没有说，只是同情地点点头，递给她另一张纸巾。

她的声音低下来，似乎在坦白："我是个坏母亲，斯沃普老师。"

"别这样说，克里丝蒂娜，你的生活不容易。你非常爱孩子，大家都看得见。"

她盯着自己的咖啡，摇头说："你不知道，我是个很坏的妈妈。"

"为什么要这样说？"

她接下来所说的事很可怕。她对我说的时候自己一定很痛苦，可是这件事解释了米格尔前一阵的表现：愤怒，在森林里到处抽打，以及他的那些暴力故事。的确，家里发生了这么多事，米格尔还能上学已经很不容易了。他不只经历了痛苦，大人们还警告他，不许他把家里的事告诉任何人。

他父母害怕政府部门会说他们不适合照顾孩子，会强迫他们把孩子寄养在别处。米格尔也担心这样的事发生，所以不敢表露出悲伤。

圣地亚哥太太的故事虽然很让人担忧，我却不觉得应当拆散一个家。这个家虽然有折磨、痛苦，可也有爱和关心。当然，也需要有人伸出援手。不知道什么样的机构可以帮助他们一家，而这些机构到底又怎么样。我告诉她，他们应当找专家——治疗师或者社会工作者。我说："一定有什么精神健康机构可以去的，是不是？"

她说，学校给了她一个电话号码，但是她丈夫不让她打。他想靠教会解决他们所有的问题，可是她说："斯沃普老师，我不想再去教会了，我不再相信这样的教会，我丈夫如此投入，可到头来还是这样对我。"

我们的纸巾都用完了，可是圣地亚哥太太还在哭。我起身去拿纸巾，很高兴能离开一会儿。我的心里在放电影，我需要透口气。经过马雅一家时，我跟他们打了个招呼。他们打算考试之后带马雅出去玩玩，作为奖励。幸运的马雅！这温暖、幸福的一家人！聊了几句后，我跟他们告别，拿着纸巾回去找米格尔的妈妈。我想来想去，只能这样对她说："你有这么多伤心事，我很难过，生活对你不公平，可是你得打起精神，没有别的选择。你要坚强，你也必须坚强。你的四个男孩都得靠你呢，你要为了他们变得坚强。"

圣地亚哥太太默默地点头。这种话她一定对自己说过不知多少遍了。她勉强一笑，那是米格尔的那种笑，她说："我现在好一些了，斯沃普先生，你别担心，我好些了。我那天通过了驾驶考试，你知道，我这是第一次通过。"

"你真棒！"

"既然有了驾照，我打算明年夏天尽量带着孩子们多出去玩玩，到外边去。我丈夫不喜欢我弄湿自己，和孩子们在地上滚，他说那样不像个淑女。但我不是那种人，我想让孩子们玩，我想让他们到处跑。如果我想跟我的孩子玩，斯沃普先生，我就跟他们玩，谁也别想拦着我。"

"我很高兴你这么说，孩子们需要到外边去。"

这个快乐的消息让我高兴，我笑了，希望危机就此过去，一切都恢复正常。我在麦当劳已待了两个小时，该离开了。在离开之前，我问克里丝蒂娜有没有吃早饭。她说没有，她要省下钱乘地铁。这样的贫穷在我是无法想象的，我很高兴能为她买一份麦当劳的火腿蛋奶酪汉堡和一杯橙汁。这使我离开时心里少了些歉疚。

勇敢的男孩

The Stalwart Boy

米格尔的妈妈允许他告诉我家里的事。她对他说，不用担心，斯沃普老师不会做任何事的，不会把他送去寄养。第二天，也就是周一，我找到米格尔。他哭个不停，我问他，是不是觉得家里出的事都是他的错。

他点头，说："他们每次打架，我爸爸都说'你儿子'，我妈妈就说'我们的儿子'。我总听见他们叫我的名字，他们从来也没叫过我弟弟们的名字。我总觉得他们在说：'就是因为他，一切才会这样。'"

"噢，米格尔！这不是你的错，不能怪你。"

他哭得很厉害，都说不出话来。最后他说："我有时会想，我肯定是做了什么很坏的事。有时我又想，上帝不爱我了。我知道不应当生上帝的气，可是，我就是那么想的。圣经上说：'祈祷、祈祷，直到你的祈祷有了回答。'可是我祈祷之后却什么也没有发生！我很不容易，斯沃普老师！我不行了！"

"你好像是不行了，米格尔，但是，你能做到的，你也必须做到。生活对你不公平，对很多孩子都不公平，但你要相信，你可以熬过去。因为，你如果不这么想，如果不相信……这听起来很可笑，但是，帮助自己的最好办法就是做作业，受教育。这样你就能有别的选择，不然，生活会更难的，你懂吗？”

他不说话，只是哭。

“你懂了吗？”

他还在哭。

“还记得三年级的时候，圣诞节我送你的那个词吗？”

“勇敢。”

“你还记得那是什么意思吗？”

“坚强。”

“是啊，是精神上坚强。你要坚强起来，米格尔。你能坚强起来吗？”

他仍只是哭。

我叹了口气，说：“好吧，朋友，午餐时间到了。”

在让学生写作之前，我经常会营造教室里的气氛。我会把灯关上，放一段平静的乐曲，或者给他们读些什么。跟米格尔的谈话过去好几天之后，我给学生们读了《格林童话》中的《杜松树》。我用的是罗尔·西格尔翻译、桑达克作插图的版本。这个古怪的故事有着熟悉的民间故事的元素。故事中，一个女人在一棵杜松树下祈祷自己能有个孩子，然后她怀孕了，特别想吃杜松果，却因为吃得太多而生了病。之后，她生了个男孩，“看见这个孩子她太高兴了，就死了”。她丈夫把她埋在杜松树下，过了一阵就再婚了。这个妻子带来了自己的女儿。像很多民间故事那样，继母恨继子。一天，当男孩打开一个箱子，探身去拿里面的苹果时，继母使劲关上箱子，把男孩的脖子压断了。然后她又把男孩的头安了回去，恢复原样，就好像他还活着似的。她让女儿安玛丽去碰男孩的耳朵，安玛丽一碰，男孩的头就掉了下来。她妈妈让这女孩觉得是自己杀死了兄弟。父亲回到家，哪儿都找不到儿子，很是担心。可他坐下来吃晚饭时，吃得很香，他不知道那锅汤就是用他亲生儿子的肉煮成的。安玛丽偷偷地把她兄弟的骨头埋在杜松树下，她心里很愧疚。但很奇怪，埋了骨头之后，她感觉好多了。

杜松树动了动，枝叶展开又合上，就像人在高兴地拍手一样。这时，树上冒出了一团烟，烟里有一团火，火里飞出了一只可爱的小鸟。小鸟叫得很动听，飞到了天上。等小鸟飞走后，杜松树又恢复了原样，包着骨头的包袱却不见了。

这只小鸟先是飞到了金匠那里，然后是鞋匠那里，最后是磨坊主那里。它对每个人都唱了同样的歌，不是唱了一遍，而是两遍：

“我继母杀害了我，
我父亲吃了我，
我姐姐，小安玛丽，
她收起了我的骨头，
然后用绸子包起来，
放在杜松树下。
唧唧，我是只多么美的小鸟！”

为了报答它的歌声，金匠给了小鸟一条金链，鞋匠给了它一双红色的鞋，磨房主则给了它一个磨盘。小鸟飞回到他父亲的家，带着这些礼物，又把这首歌唱了三遍。这首歌虽然歌词很悲伤，但是曲调很美，让安玛丽和他父亲心里都充满喜悦。邪恶的继母却只感到恐慌。当安玛丽跑到外面去看小鸟时，小鸟把红色的鞋子送给了她。当父亲跑到外边时，小鸟则送给他金链。继母也来到了外边，也想要件礼物。

但等她走到外面时，咚！小鸟扔下了磨盘，正砸在她的头上，把她当场压扁。父亲和安玛丽听见了，跑了出来。从原地冒出了一股烟，火焰升起，当这一切消失之后，男孩就站在那儿。他拉着父亲和安玛丽的手，一家三口多么高兴。他们进屋，坐在桌前吃晚饭。

人们会说原始的民间故事是多么令人毛骨悚然，指的就是这类《格林童话》。一般人觉得这种故事不应当读给孩子听，可是我倾向于另外一派，这一派觉得这样的故事对儿童原初的恐惧是一种释放。担心被父母遗弃的恐惧，如汉赛尔和格莱特；担心被狼吃掉，如小红帽。不管怎么说，我的学生已经五年级了，论年纪已经足以驾驭这样的故事。不过，我在读的时候，在重复着鸟儿的歌词时，我真觉得是在念着什么咒语，或者施着什么我自己也不太明白的魔法。这个故事的确让孩子们兴奋，我讲完时，他们的嘴半张着，屏住了呼吸。我希望他们能汲取这个故事的神秘和力量，所以没有立即讨论，而是让他们写一个故事，写一棵神秘的树。这是米格尔的故事：

无所谓

在一个遥远的叫做约瑟夫的地方，人们和厄瓜多尔之间买卖粮食、肉、酒、布、种子等等东西。

有一天，我到基多去给家里买东西。到了那里以后，我买了一匹棕色的骏马，花了 907,421,180,906,452 苏克雷[1]。当然是用我自己的钱买的。然后我买了十个芒果、两只肥猪、五十根玉米和一支步枪。我不知道我父亲为什么要我买步枪，但我还是买了。命令就是命令。

当我回家后，我父亲把猪抓去杀了，把肉洗干净，并把肥的去掉，煮上。这个时候，我母亲煮了十二根玉米、扁豆和土豆泥。

该吃饭了，弟弟们最先坐好。我们开始吃。我要吃最后一勺时，听到有人说："你要去基多，赶快！"我朝着大门走过去，我父亲说："儿子，来，拿着这个。我叫你买这个，是因为我觉得你应该有一支步枪了。"然后他就把来复枪拿给我。

---

[1] 苏克雷：厄瓜多尔货币。

我跑到外面，上了马，飞奔到基多去。我到的时候，人们正围着一个人。怎么回事？那人的手里只有一颗小小的种子。他看到了我，对我说："来，孩子，拿着这颗种子。"我拿过种子。"十二月十四日那天，夜里差一分十二点时，把种子种下去。不能早，也不能晚。"那天是我生日的前一天。

我赶回家，把这件事告诉了我父母。于是在十二月十四日那天，夜里差一分十二点时，我把种子种下去，然后就睡下了。第二天我去给它浇水，看见它变成了一棵巨大的树，藤蔓就像两条大蟒蛇。

没多久就来了一群强盗。他们接近我和我的树时，树上的藤蔓把他们全都缠了起来，勒死他们后，又把他们"吞掉"了。

我跑去告诉我母亲这件事，可是她不相信。

那天晚上，我母亲被一阵声音惊醒了。她和我父亲一起下楼，看到来了十五个强盗，离那棵树有二十来尺。在昏暗中，我的父母看见那棵树的藤蔓缠住那些强盗，勒死了他们，把他们"吞掉"了。

第二天早上，我的父母说不出话来。吃完早餐后，我走到外面，骑上我的马。给我种子的那个人跑过来对我说："那颗种子要用有毒的清澈液体来浇，而不是水。它应该不会吃人，它吃的应该是野草和圆白菜，蝴蝶和蚜虫。"

我亲切、温柔地对他说："无所谓。"

"无所谓？！"那个人的声音像狮子或豹子在吼。

"对，无所谓。"

说罢，我的树就把他也缠住，勒死了他，把他"吞掉"了。

他的大儿子来找我算账，我说："我没杀他。不过，既然你有一匹马，我也有一匹，咱们赛一场，谁要是赢了，两匹马就都归谁。”我说话算话。一匹价值 907,421,180,906,452 苏克雷的马，可不是闹着玩的。他同意了。

比赛开始时，我就差一步。然后我的马跳过了一段木头，领先了。我们赢了，这多亏了我的马。我赢了两匹马，把那孩子的马给了我父亲。

生活继续，自在又充满神秘。

在平静中回想

Emotion Recollected in Tranquillity

我问学生们，他们从我的写作课上学到了什么。他们会说“要更加具体”、“绝对不能无聊”。这些是我的格言。我希望自然写作能让他们具体地描写世界，可是，在自然写作的初期，我发现，没有条理的规范，写出的东西是不可读的，只是一连串漫无目的的随机观察。有些孩子天生就会写，像写日记那样进行自然写作。为了帮助没有掌握要领的学生，把他们的观察理清，我建议他们把自然写作当成写信，写给他们认领的树。我告诉他们：“告诉树，你在哪儿坐着，你看见了什么，听见了什么，让你的思想带你去别的地方，要有更大的想法，让自然产生奇迹。我要你们像诗人威廉·布莱克那样，‘在一粒沙中看到世界，在一朵野花里看见天堂’。”

罗茜说：“他真酷。”

我解释说，这些致“亲爱的树”的信，应当是《树之书》中经常出现的体裁。信和诗、故事、手工结合起来，一年四季伴随着我们。尽管这些信是一个噱头，或者方式，它却是所有的学生都能掌握的。有不少人写得相当好，甚至法蒂玛也回心转意了：

亲爱的树：

你好，我又来了。我现在坐在一块石头上，一块脏石头上。不过，我不在乎。我觉得一切都很美，即使这块石头有点脏。我听见鸟在唱，鸭子发出哗哗的拨水声。此刻乌云密布，仅仅在一分钟之前还是艳阳高照呢。哦，又出太阳了。嗯……你永远弄不懂天气，是不是？我喜欢这样，在公园里四处走，或者写我们的笔记。

一切如此和平、安静。没有一个人说话，就这样，我们真正开始倾听自然。

我看见一些树上有青苔或者生了菌类。来了一阵小风，把我的头发给吹乱了，但是，我不介意。我想有个阴凉的地方。我还看见一块石头上长了青苔，风吹树叶，样子很可笑。现在，斯沃普老师说，我们要走了，可是我还想多待一会儿。

你的（法定）监护人 法蒂玛

一天，我问几个学生："告诉我，在公园里写作感觉怎么样？"

马雅说："我喜欢！我喜欢，每次去中央公园我就想写，不知道为什么，词说来就来了，就像一阵风似的。"

淑永也同意："公园里那么安静，那么美，你让我们写，开始时什么也想不出来，我就看着石头和人，忽然一下子，想法就来了，我就开始写了。"

可是美凯说："在公园里时，总有风和直升机来打扰我。松鼠也挺讨厌的。有时，写着写着，就有别的同学来跟你说话。所以，我不喜欢。"

西蒙也有不同的看法，他说："有意思的东西太多，看不过来，你没法把什么都写下来。"

我建议他："要是你只记下要点，过后再写信，回学校再写呢？"

西蒙说："对呀！"

"那我们这样试试吧。也许，你跟威廉·华兹华斯一样，是个自然派诗人。他说，诗是宁静中忆起的情感。"

淑永问："那到底是什么意思？"

"嗯，情感，你知道是什么意思，就是强烈的感受。宁静就是安静。华兹华斯会到大自然中去，有了那些伟大的、很强烈的感受后，他很兴奋。可是，要等回到家他才会开始写作。那时他就冷静下来了，可以平心静气地回想。"

淑永说："可你要是过后再写，就不能真正地感受到四周的自然了。"

西蒙说："可你记了要点呀，所以还能想起来。"

罗茜说："最好能看到自己要写的东西，还是亲眼看到好得多。"

淑永说："在家里我一点也不能平心静气，在家我什么也感觉不到，可就是不能平静，我在中央公园里才能平静。"

最后，一些人在中央公园里写，一些人做了笔记过后再写。很多人因为树的启发而写出了自己最好的作品。我喜欢读他们的印象，喜欢这种写下来的证明，清晰的叙述，简单而真诚，他们被大自然所触动。经常一两句话，或者只是一个简单的用词，就能使我兴奋。想到巴特利特的《名言警句》，你也会觉得确实如此：那些被收录的作家所写的也不过是只言片语。

在大自然里一切都如此和平、安静。在城里，我去的任何地方都很吵，我很奇怪，为什么不能到处都有大自然？

——卢辛达

我看见了以前从来没有见过的东西。水发出哗哗的声响，鸟儿在鸣唱，叽叽喳喳，风在吹，树在颤动，叶子落在地上。

——玛吉

有时候，我觉得自己像风、水、鸭子和树一样，嗯，就是觉得四周的大自然在跟我说着悄悄话，我却听不懂她说的是什么。

——阿玛吉特

我看见成千上万棵树，有些斜着，有些弯着，很多树都显示出大自然的曲折和奇特。

——罗茜

今天在中央公园，感受周围的大自然，然后把它写在纸上，感觉真是奇妙。

——马修

我今天看见了一只小鸟，它是褐色的，背上和翅膀上带有白点。我不知道它还会不会回来。即使它回来了，我也不知道那究竟是不是它。

——查瑞提

我向那棵树走去，比起别的树，那棵树像是在飞（并不太高）。树底下的部分，树根，看起来非常轻，好像都不在那儿了。

——纳吉亚

我观察了三只鸽子。一只正在找果子吃，一只一动不动，在睡午觉。第三只好像想上厕所。

——凯撒

跟两个月前相比，这里似乎少了点什么。没有绿色照亮城市，我望着窗外，觉得一点意思也没有。

——加里

我看见近处有只小鸟，我喂它面包、种子和一些水。小鸟很高兴，但是它觉得冷，我把我的围巾摘下来，帮它盖上。它飞走了。

——萨曼莎

哇，一切都这么美！！！！

——艾拉

马雅是最复杂细致的自然写作家，而且最持久。她找到了一种风格，她笔下的世界充满了生动的细节，因而产生出一丝温柔的悲伤，这些使她对大自然的神秘有一种探究的气质。

没有声音，没有鸟，没有东西在动。

完全的寂静，除了这支在纸上书写的笔。天空是一片白色。也许会有雨，也许没有。谁说得清？一只鸟飞过头顶。好吧，至少还有东西在动。

我的树看上去有些悲伤。好吧，又不完全是悲伤。我是说，我认为它有些悲伤。我猜那是睡着时的感觉。（我的树在睡觉，你知道的。）

风吹过，很冷，这种冷是“心冷”的那种冷。我猜风在生气，我不知道它为什么生气。我猜这世界有些不对头。

我觉得就要下雨了。天是白色的，一切都很冰冷。我也是。一辆汽车开过去，打破了寂静。寂静是大自然的一部分，伪装起来的大自然，你知道。一只鸟在生蛋时，大自然是寂静的。有时候，大自然需要安静下来。让大自然完全安静下来要等多久呢？可是，慢着，从来也没有完全的安静，要是你从另一个角度看。

又一只鸟（好吧，是鸽子）从头顶飞过。它飞向林子的尽头，又飞回来，落在离我几尺远的地上，找食（啄食）。我起来，走近它，我来到它的身后！可是，它飞走了。为什么鸟有这种直觉？我与鸟之间的距离从来也没有少于一尺过，好像它知道我在那儿。它先转过头，然后快步走，越走越快，跃起，飞走，让我在那儿凝望。“随风而逝”，对吗？

赏雪诗

Snow Poems

一个星期天的早上，我醒来时，发现我的猫坐在窗台的正中央看着外边，似乎被漫天的飞雪迷住了。一片片湿润的雪花正无声地缓缓飘下，落满了窗外的树木。雪下了将近三尺厚，可以打雪仗了。这是冬天的第一场雪，我不敢说还有没有第二场。

等到九点整，我就拿起了电话。

“米格尔，你往窗外看了吗？”

“我还在睡觉，我们的卷帘还没有拉起来。”

“赶快拉起来。”

“下雪啦，斯沃普老师！下雪啦！”

“让你妈妈带着你和弟弟们到外边去，你们可以在雪地里玩！这是你的作业，明白吗？你必须要到雪地里玩！等你玩回来，要写一首相关的诗。我们的《树之书》里还差下雪的作品，所以一定要看看雪中的树！还有，帮我一个忙，给你们组的其他同学打电话，转告他们，好吗？”

“好的，斯沃普老师！”

我给其他组的组长也打了电话。我打电话给马雅和法蒂玛，这两个人也在睡觉。我打电话给加里，他没在家。我又打电话给马蒂奥，可他去教会了。最后我找到了凯撒。

“凯撒，你看见外边了吗？”

“看见了，下雪了。”

“美不美？”

“美。”

“你猜我想让你干什么？”

“嗯……我知道！写诗？”

“真聪明！但是，首先，我要你到雪地里去玩，这算是你的研究，之后再去写诗。”

“我原来想过会儿再出去。”

“不！过会儿就太晚了！雪就化了，会变脏的。马上出去！雪不会下太久的！给你们组其他的同学打电话，告诉他们，好不好？”

“好的，斯沃普老师。”

雪，雪，到处都是雪，
我叫约什出来玩，
他马上就来到。
我们戴上手套，数到
三——
一个雪球打在我脸上，
一个雪球打在他脸上。
约什坐滑梯滑下来，
摔倒了。
我坐滑梯滑下来，
没摔倒。
我们堆的雪人多漂亮！

我们在雪地里
痛快地玩了三个钟头！
我们又去他家
玩大富翁，
休息，
在我们又湿又冷
之后。我回到家，
洗了热水澡。
我们又通了半天电话。

——凯撒

树芽的课

The Bud Lesson

这天我们去爬中央公园的一座小山，孩子们抱怨天气太冷了。我说：“冷？你们管这叫冷？气温是五度呢！这算什么！不要这么娇气好不好！”

我很失望，那天不算冷。那天的课，我一直希望气温能在零度以下。我觉得除此之外，没有更好的方式能说明树芽的奇妙。

淑永走在我身边，问：“冬天对树来说意味着什么？”

“我觉得树感觉不到冷。”

“你怎么知道它们不会冷？”

“它们没有神经系统。”

“实际上，假如会觉得冷，它们可能就都冻死了。”

“不，不会死。这些树会冻僵，可是还会活着。”

“它们会吗？”

到了山顶，我们在几棵不同种类的树前停下。我问大家：“你们会怎么描述冬天里的树？”

美凯说：“光秃秃的。”

加里说：“悲伤、难看。”

“没人觉得它们美吗？”

纳吉亚没想到我会这样问：“真的？你觉得它们美吗？”

“是的。看见树枝扭曲交织的样子了吗？看见树皮不同的纹理了吗？冬天的树就像雕塑一样。如果你敞开心胸接纳，树就会给你一些东西。它们在感情上有影响，就好像它们之间有交流。我没法解释。这会儿不要说话，只要看和听。”

西蒙、加里和马蒂奥都咯咯直乐。我走近他们，让他们停止扮演小丑。我们静静地站在那儿。

我说：“你们看见树有美的一面了吗？”

淑永说：“你要是集中精力，它们看上去也不丑。不过，它们也不够美——”

对淑永来说，这是个进步。有了继母之后，她又多了几个兄弟姐妹，比以前放松了些，少了些消极，而且沉默的次数也少多了。另外，她那年主动在午餐时帮助学前班的小朋友，做得非常好，因而被选为班长，这很感人。在三年级排演《彼得·潘》时，淑永想演温迪，女孩的母亲。我认为淑永是因为自己失去了母亲，所以才想成为母亲。淑永正在好起来，我告诉自己，甚至她的作文里也显露出了一些幽默。

如果我是片树叶，我就能看到
身边那些事情，
我就能给树添上颜色。
如果我是片树叶，我周围
就会有很多虫子，
会有花大姐和蚱蜢，
蚂蚁和毛毛虫在我身上爬。
如果我是片树叶，我就做吃的

给花。

如果我是片树叶，我就会

被人踩在上面。

可是我不在乎，因为……

我不是一片树叶。

我请大家看一看冬天里的树，提醒他们再有几个月就是夏天。我说："现在这些树光秃秃的，是不是？那么，请告诉我：树为什么会突然长满了叶子、开出花、结出果实——苹果、橘子？这些都是从哪儿来的？它们是不是都在树里藏着？是不是有谁按下了一个按钮，挥了一根仙杖？"

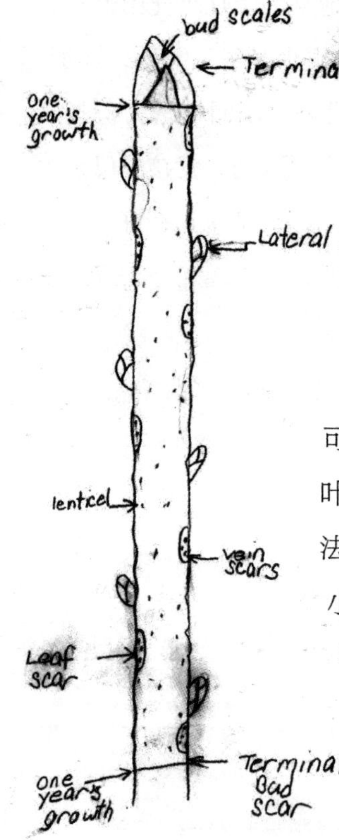

他们个个面露狐疑之色。

"去用你们的放大镜。我想让你们两人一组，研究一下这四棵树的细枝。"

很快，法蒂玛就说："这些树枝上有绿色的小坚果。"

我说："那不是坚果。"

在这个学期之前，如果有人问我树是什么时候发芽的，我会说是在春天。可是，原来树芽竟然是在夏天长出来的，每片树叶的根上都长一个，树枝的顶端也会长一个。像法蒂玛发现的小绿疙瘩一样，多数的芽都很小，小到你注意不到，你要去仔细找。令我感到惊讶和奇妙的是，这些芽苞能够历经整个冬天，勇敢地独自待在冰天雪地里。我对大家说："你们可以写一个树芽的故事。它们就像仙女的藏宝箱，它们藏着春天的叶子和花。"

我让学生们假装自己就是树芽，抱膝蹲在地上，把头缩起来。我让他们想象自己待在树枝上，经历寒冷的冬天，熬过雨雪冰霜，在漫长的寒冷的夜晚，身上盖满了雪，挂满了冰凌。接着，我又让他们想象终于有了一丝暖意：太阳照下来，树液升上来，让你吸满，你开始伸展，动了一点点，张开，你慢慢活了过来，向着太阳，伸展！伸展！伸展！

娜利亚说：“斯沃普老师？”

“什么事？”

“我觉得有人在放屁。”

“谢谢你指出来。”

我让全班挪到上风口处。我们全都坐在一块朝向太阳的大石头上，下面是一片湖水。在他们看着鸭子和天鹅的时候，我给他们读了《小熊维尼》里的《跳跳虎不上树》。之后，我让学生们开始写故事，并建议道：“如果你不知道怎么开头，这儿有一个可以参考：你过生日时，父母带你到中央公园来野餐。然后你自己走开了，遇到了一棵奇怪的树。”

后来，我读了他们写的故事。像往常一样，有好有坏，其中阿玛吉特的疯狂故事令人惊讶。我一下子明白过来，孩子们确实长大了。阿玛吉特对于写作从来也没有显出太大的热情，但是，一切事物都有自己的季节，她的笔端只是需要注入一点点荷尔蒙。而直到现在，这才有可能。

阿玛吉特青春期前的性冲动被电影明星莱昂纳多·迪卡普里奥激发成了巨大的热情。可怜的阿玛吉特，莱昂纳多是她的偶像，让她身不由己。她出神、叹气，她把他的名字写在本子上，把他的形象印在心里。有一次，在等地铁时，我看见她站在一张海报前，跟莱昂纳多四目相对。她像被施了咒语——除此之外再没有别的形容——无力自拔。噢，莱昂纳多！阿玛吉特写的这个故事，只为你一人！

梦的种子

我们全家还有我们的狗小蓝，在我生日这天去中央公园野餐，我十一岁了。

我的父母在收拾空饮料瓶和脏了的餐巾。这时，我跑到了漫步森林，这片林子就在中央公园的中心。小蓝跟着我。当我和小蓝蹲在一棵枫树后面时，一颗橡子砸到了我的头。我向上一看，只见一只松鼠从一棵枫树的树冠，一跳跳到了附近一棵常青树上，又跳到漫步森林里别的树上。突然之间，我有一种奇怪的感觉，这种感觉告诉我要去跟踪这只松鼠。它跳得很快，我要跑着才能追上。终于，它在一棵小银杏树上停下了。这棵树长在林中小路的中央。

我眼看着这棵小树越长越大，一下子就长成了大树。小蓝对着树吼叫，我很害怕，想逃跑。这时，我听见了一个声音："救命！"我转头看去，从粗糙的树皮下露出的是莱昂纳多·迪卡普里奥的脸！我又惊奇又害怕，可我并没有跑开。我说："你是谁？"他说："你可能不认识我，我是莱昂纳多·迪卡普里奥……请你救救我，我被这棵银杏树困住了！"这时，树在我的眼前消失了。莱昂纳多给了我半粒种子，说："它会帮助你的。"说完他就不见了。

我站在那儿目瞪口呆，松鼠又在我头上扔下一个纸团。我打开来看，这张纸神奇地开始变大，就像刚才那棵树那样。在这张地图上，我看见了中央公园的瞭望台城堡，上面还画着莱昂纳多被锁在城堡地牢里的图像。小蓝和我飞快地跑过树林，身上都被划破了，可是我没有停下，一口气跑到了城堡……

我跑下城堡的台阶，打开地牢的门，然后……突然，我发现自己正滑进一个深洞。我到了洞底，这里是一个地洞。小蓝不见了，我看见莱昂纳多被捆着，邪恶的银杏树正用树枝在他脸上乱划，划出了一道道血痕。

我吹了一声口哨，想叫小蓝。小蓝顺着洞一下子就滑下来，落在我怀里。它跳到地上，看见银杏树就跑了上去，抬腿就尿。树“哎哟”一声，惊慌地扇动树枝，想把自己弄干。

机会来了，我跑到莱昂纳多身边。他拿出半粒种子，喊道：“快，拿出你的那半粒，和我的对上！”我就按他说的，从兜里掏出那半粒种子，跟他的合上。

一下子他就挣脱了。树在融化，小蓝跑到我身边，挠着自己。

莱昂纳多就要离开了，我跟他要签名照片。他给了我一张。他又把那粒银杏果交给我，说：“要是想见到我，只要摇一摇这粒种子就行。”他走了。我想试试灵不灵，就摇了摇那粒种子。他就真的又出现了。

多么了不起的生日！这正是我想要的，随时都可以见到莱昂纳多。这一切只靠一粒银杏果。

阿玛吉特从来没有写出过这么长、这么热情的东西，她的手稿字迹潦草、跳跃。我试图想象那天在中央公园的情景，她是不是坐在一截树桩上，或是背靠着一棵树？或是，她是站着写的，就像西蒙那样？不论我怎么绞尽脑汁地回忆，我一点也想不起来她是怎么样的了，完全没有这个小女孩吐露心扉的印象。她从来没有引起过我的注意。

那天，当我们离开公园时，淑永逗我说：“我恨你，斯沃普老师，我刚想好怎么写，你就让我们离开。”

“你今天晚上还可以写呀。”

“不！”

“要是我把这个当成你的作业呢？”

她坚决地摇头，说：“你想让我瞎写？我会瞎写的，但你想读垃圾吗？”

我叹了口气，败下阵来，只好放弃。她就是这样倔强而叛逆的女孩。“算了，淑永，我不想读垃圾。”

她感觉我受了伤害，于是说：“我也许会写一点吧。”

“那简直太棒啦！”

过了几天，她来我的办公室讨论初稿。我问她：“你周末在爸爸和继母家过得怎么样？”

她回答说：“他们想让我叫她妈，可我叫不出口，好像有点怪。”她说家里没有人跟她说话，父母和兄弟姐妹都不理她。

我的心沉重起来。我多么希望她能有个幸福的家，我说：“你一定觉得很孤单。”

“是啊！”她无可奈何地耸了下肩膀。

我一定要意识到这些我认识和喜欢的孩子都会没事的，船到桥头自然直，可是有些伤口不那么容易或者最终会愈合，我们无法让事事圆满。

淑永不想再提周末的事，我就转向她写的故事。我们要用工作忘掉那些痛苦。我匆匆看了一眼，感到有些不对头。“为什么没有分段，一次也没有？我知道你懂得怎么分段，淑永，你又犯懒了，对不对？”

“我长得高，像我爸爸，我的眼睛也像我爸爸，我的懒也随他，所以我总是犯懒。”

“你要跟懒怠作斗争，淑永，这不是好习惯。”我念出她的故事：“‘《奇怪的一天》。我的名字叫尼可·怀特。十六岁生日这天，发生了一件奇怪的事。天气很好，突然之间，我妈妈问我想不想去中央公园野餐。’有意思，你从来不用对话。妈妈在这里说的话可以放在引号里，可是你却用了间接引语。”

“我也不知道为什么，可我的故事里从来也不用对话。”

“你不一定得用，不是所有的作家都用对话的，这只是一种方式。你下一篇作文为什么不试着用用呢，就当是练习一下？”她点头同意，我接着念：“‘我妈妈这么说，让我害怕。’尼可怕什么？”

“我没写她害怕呀。”

“我读错了吗？这不是写着害怕吗？”

淑永看了一眼，才说：“她害怕，是因为他们从来也不带她出门，她害怕他们会把她扔在公园里，自己回来。”

“啊，有意思，有点像《糖果屋》。好吧，咱们看看……‘我们到了中央公园，上了瞭望台城堡。’——瞭望这个词结尾有个e——‘吃午餐的时候，我发现自己的兜里有粒种子。趁着我爸妈亲嘴的时候，我偷偷溜出了城堡，跑进了漫步森林。’这是个很生动的细节，我可以想象得出来，很好。”

我无从知道，她的故事与真实的情况相距多远，但是不无可能，淑永看到了她爸爸跟新妻子接吻，或者这新的关系让淑永觉得不安，她不知道自己的归属在哪儿。我问：“尼可看到她爸妈接吻时会怎么想？”

“觉得恶心。”

“她跑进漫步森林，是不是想逃走，或者想躲开一阵儿？”

“想躲一阵儿。”

“好吧。那要是再多一点……”

“细节——”

“关于尼可的内心在想什么。她是个心理活动很有趣的人物。她爸妈以前从来也不带她出门，她担心他们会把她丢在中央公园。而他们在她生日时，不理她，自己接吻。那粒在她兜里的种子有什么作用呢？”

“也许是她在校外活动时捡的。”

“好吧，你应该让这粒种子与众不同，这样她就有理由把它种上。‘她把这粒种子种下，突然之间，种子裂开来，长出了好多巨大无比的绿芽，形状像树一样。真奇妙，那些绿芽张开，开出花来。这棵树也不枯萎，一直挺立着。’这真让人兴奋，但是，那个瞬间你能再多形容一点吗？我有点不明白是怎么回事。”

“我不知道，有种子，然后就变成树。只是上面没有树皮和树干，只有绿芽。”

“这真是个疯狂的主意，我喜欢。”

她没说话。

“你能多描写一下这些芽吗？不只说‘它们巨大无比’。它们看上去是美丽还是吓人？”

“吓人，看起来像一个巨大的人脑。”

“那很好！我要你从这儿写下去，你不要忘记‘巨大的人脑，吓人’，好吗？好吧，你害怕了——我的意思是，尼可害怕了。你能形容一下那些花吗？”

“有点像野菊花，白的和紫的，我觉得。”

“所以，一开始，那是个可怕的巨大的苞芽，人脑形状的，然后就变成了一大捧花。噢，我喜欢这个！那么，你，我是指尼可，怎样看待这些花？”

“奇迹。”

“啊！然后就是结尾：‘我听见我妈在叫我，我不得不离开。’”我做了个鬼脸，夸张地叹道：“噢，天哪！正当精彩情节要出现的时候，你退出了！”

淑永咯咯地笑了，看了一眼挂钟。

“你还有别的事？”

“我要走了，我要参加乐队的活动。”

“那我再留你一秒钟。你的故事下一步会发生什么事？”

“树把尼可也变成一朵花，她被别人踩。”

我翻翻眼珠，说：“噢，求你！为什么你的人物总是遇到这些可怕的事？”

她咯咯笑："我不知道，他们就该这样！"

"能不能改成你被人摘了，而不是踩了？这样至少你可以漂漂亮亮地回家，让别人欣赏。"

"她妈妈可以把她摘了。"

我说："太棒了！那样就完美了。"

淑永说："因为这是个意外。"

"很好，你明天可以交来第二稿吗？"

她说："也许能，也许不能。"语气半是逗乐，半是威胁。

后来她确实重写了一遍，加上了一些对话，这里那里多了一些情节，她也改了结尾。但是，她做这些只是为了让我不再抱怨。她没有用心，但我没有批评她。

喜歌

Epithalamium

三月里的旅行途中，米格尔问："那边的那只鸟叫什么？"

"那是知更鸟。"

他跳着喊："我就知道！这是我的第一只知更鸟，斯沃普老师！我这辈子见到的第一只知更鸟！这意味着春天来了！知更鸟会带来好运，对不对？"

我从来也没听说过这个，不过，也许吧，这里面是有某种寓意。米格尔看到知更鸟后不久，收到了三个喜讯。

第一个喜讯是一封信。米格尔放学回家时，看到妈妈举着一封信在向他笑，信是领英寄来的。他妈妈笑着让米格尔追着她在屋里跑。原来，米格尔通过了领英的第一轮考试，信是请他去参加第二轮考试的。

我默默地在心里祈祷，幻想着米格尔的未来：他被接收，领英将成就他，这是我所做不到的。他将取得很高的成就，发挥他的潜能，总有一天——谁知道呢——也许他会在野生动物保护协会供职，在中美洲追踪猎豹。

米格尔的第二个喜讯来自我们去面试的克林顿作家和画家中学。他瞥见了校长写在他的申请表上的评语。"斯沃普老师，他写了'印象深刻'，还在底下划了线！”

“你就是让人‘印象深刻’，米格尔！但是，不要高兴得过早，到了时候你才会知道。”

而不抱希望是不可能的。我的希望有点遥不可及，一切却都悬而未决。

第三个喜讯是最好的。米格尔的父母又合好了，再次在教堂举行了那种有承诺仪式的婚礼。米格尔骄傲地说：“我要把我妈妈交给我爸爸。”

我敲着木头，说：“太好了，恭喜你。”

没有得到任何提示，米格尔想起要写一首诗作为给父母的结婚礼物。我说：“为婚礼作诗有很长的历史，甚至这种诗还有一个专有的名字，叫做‘喜歌’。”

他说：“真的？”

“重复一下，喜歌，epithalamium。”

“Epithamum。”

“埃皮萨雷米耶姆。”

“埃皮——萨——雷——米——耶姆。”

“埃皮——萨——雷——米——耶姆。”

米格尔花了好几天才写完。看到他如此尽心尽力，真让人觉得又欣慰，又难过。他在尽自己的全力去成全父母的婚姻。

我把妈妈交给
爸爸，
风把种子交给
土。

面纱
蒙上了她的脸，
种子蒙着什么？
它的硬壳

就是它的面纱，
它藏起了
树的美丽。

妈妈和爸爸是一体，
作为一对，
种子和土是一体，
作为一对。
妈妈和种子
是新娘。
爸爸和湿土
是新郎。
妈妈、爸爸、土、种子……
要结出
果子，
更多的果子，
延续生命！

故事树

The Story Trees

米格尔好运连连，我却相反。四月对我来说极为残酷，坏事一件接着一件。首先是天气，简直糟透了。四次外出计划都因为下雨而取消。我试图说服辛顿老师，无论如何都照样去中央公园，下雨也是大自然的一个组成部分，但是争论没有结果。另一件令人失望的事是，有太多学生忘了每天去观察他们认领的树，错过了树芽绽放这个神奇的瞬间。辛顿老师告诉我说这毫无指望，她说："每年到了这个时候，你就等于失去了他们，他们关心的只是放学。他们不想做的事，就不会去做。"

接着，电话里传来的消息给了我一个毁灭性的打击。华格纳中学的校长在上学期曾向我保证，他要为我预留好几个名额，现在却因为得知中学所在的区居民意外增多，他没有办法接纳任何来自皇后区的孩子了。事情不止于此，我要告诉孩子们这个消息，还要让他们心存希望：还有路易斯·阿姆斯特朗中学呢。

而就在这时，路易斯·阿姆斯特朗中学的信也来了，一封接着一封，内容相同。我的学生一个也没有考上，一个也没有。当我向升学顾问反馈的时候，他说："所以我们不再迫使孩子们申请，我不知道为什么，他们从来也没有接收过我们的学生。"我很生气，便给阿姆斯特朗中学打电话，质问招生过程，却被告知了一大堆繁琐的规章、电脑数据和法院的一些对本地人有利的政策。我说：“那你们在开放参观时为什么不说，而是让这些人家心存幻想？”这样的谈话不会有什么结果，我于是问他们是否有待选名单。对方说有，但是很长，没有什么保证。那天晚上我给更多的学生家长写了信，催促他们给阿姆斯特朗中学写信，要求把自己的孩子列入候选名单。可是，只有马雅的家长照做了。

不过，米格尔、美凯、马修、马雅、加里和罗茜还没有被领英淘汰。法蒂玛和阿丽扎已经出局。

克林顿作家和画家中学还没有消息。但无论多么幸运，这所小小的学校也只能提供四五个名额。

情况就是这样，在我搅起一片混乱之后，大多数学生还是要去上138中学。当我看到学生们脸上那失望的表情时，我纳闷自己当初为什么要做那番尝试。我感觉糟透了，就像是我自己辜负了学生们一样。

这个月只有一件令人愉快的事：校长助理齐格勒先生请我为五年级和学前班共同的植树节活动出主意。

嗯……

因为没有地方可以种树，而种树又是植树节传统的仪式，我就建议我们象征性地庆祝一下。五年级的每个学生都要写和画，手工制作一本绘本，送给学前班的小朋友。为了表示这件礼物是无私的奉献，就像树结出果子一样，到了植树节这一天，五年级的学生要举着大大的绿伞（树的象征），把这些绘本系在伞上（好像树结出的果实），让学前班的孩子们来摘取。这个设计还有一种循环往复的意味——学会了读书写字的大孩子，给刚刚开始上学的小孩子们写一本书。

大家都觉得这个主意妙极了。

可做书是个大工程，做一本绘本更是如此。首先，你要写个故事，还要编辑、重新写，然后，你要做本傻瓜书，或者小样，在上面计划好每页上都有什么，画什么。这样做很重要，不至于最后才忽然发现糟了，没地方了，而把一半的文字都塞进最后一页。另外，封面要经过深思熟虑。计划好了整本书的内容后，就要开始操作了。你要裁纸，折纸，字迹要清楚，画要一丝不苟，纸面要钉好。

时间有限，我们只能简单地钉起书页。将空白的纸页对折，对齐，在书脊上打上两个孔，用一条长长的橡皮筋在内侧穿过这两个孔，顶端正好露出，再用一根筷子穿过橡皮筋的两端，让书脊直挺，固定住书页。

我的学生在那一年做过好几本书，装订也很复杂，他们知道该怎么做。五年级的其他班则不一样，那些老师都没有意识到时间已经来不及了。不是所有的学生都写得出一个完整的句子，更不要说一个故事了，他们也从来没做过一本书。植树节就快到了，辛顿老师觉得就要大事不好，她跟同事们开了个会，统计了一下，发现还差一百本书。我们班要负责补上这些差额。

我们能遇上辛顿老师真是三生有幸。她知道什么事该做，什么事不该做。一切无关活动都停止了，去中央公园的外出活动也取消了一次。对于做出三本书的学生，有一次到麦当劳吃午餐的“贿赂”，于是教室成了工厂。辛顿老师招呼着：“快点做出来！快点做出来！这些书不必得普利策奖。”

你真该看看学生们是怎么干的。我叹为观止，惊得目瞪口呆，又焦急盼望。多么工业化！多么有效率！何等的喧嚣！

嘭！嘭！好了，下一本！

“快做出来！快做出来！”

全班一起，孩子们干得很带劲，我都跟不上他们。又一本书做好了！一本又一本！

“美凯，等等！我还没读过那本！那本还没编辑过！”

“慢着，西蒙！颜色涂出来了，还得重画！”

“奥坎，且慢！你为什么画上了飞船？你的故事不是讲飞船的！”

“快点做！快点做！”

完美主义者的日子不好过。我不得不放弃控制，深吸一口气，靠边站，由它去。我对自己说：“学会像树那样。”

实际上，大多数书都做得很好，有很多还不止很好。它们可爱、令人伤感、美丽。我很自豪，但也由此意识到，我并不是不可或缺的。孩子们不用我帮忙也照样做出了这些书。我告诉自己，这是件好事，这才是教育的真谛。

话虽如此，我还是怅然若失……

登山者

The Mountain Climber

罗茜对我说："我长大了要当领袖，不能只是助理。"她是唯一有政治野心的学生，我因此而喜欢她。这天我让学生们想象自己已走到人生的终点，要给自己认领的树写一封信。这封信是罗茜写的：

亲爱的树：

我活到 101 岁，现在死了。我躺在我的坟墓里，我要告诉你一件事。我实现了世界和平，所以，我死的时候是个幸福的人。现在，你若上街去，不会再有歧视，不会再有不平等。我的孩子们被哈佛录取了，我女儿要当飞行员，我儿子要当科学家。我为他们而骄傲。可惜的是，我丈夫死在我前面，他有贫血症。现在我也死了，我是在生日那天被人刺杀的。我还不知道谁是凶手，不过，时间会揭示一切的。

你的诚挚的罗茜

罗茜很像是 20 世纪 60 年代民权运动时的孩子，我听到他父亲竟是共和党人时十分惊讶（班里的学生家庭大多亲民主党，亲共和党的很少见）。罗茜解释说，她父亲是个商人，痛恨收税。她说："所以他投票给共和党。我听说这个党亲近商人，不主张收税，是吗？"

他父亲的糖果店生意不错，她骄傲地说："他刚又开了一家店，就在曼哈顿！"另外，她家又买了一所房子，现在罗茜自己有一间卧室了。她父亲早先来美国时还是个少年，他成功的代价也不小，工作得十分辛苦，罗茜很少能见到他。

一天，罗茜告诉我，她的父母想让她嫁给和她同一种姓的人。

"对你来说，这有什么不妥吗？"

"当然没有！"

"假如你爱上了另外的人呢？"

"不，我不能，我就是不能！"

"那你父母会为你选丈夫吗？"

"不会，我能自己选。"

"为什么一定要同一种姓的人才能结婚？"

"我不知道，这是他们的选择。那好像是很久以前的事了，我爸爸这样说，他说你跟同一种姓的人结婚，你的宗教和文化才能延续，要是跟其他人结婚，就都乱了。"

听起来不无道理，但是很有限。对我来说，罗茜的文化正在被侵蚀和瓦解。她告诉我，她的父亲并不十分热衷宗教，他们家也不是严格吃素，每年他们还会弄棵圣诞树。

我问罗茜长大后想做什么，她说："医生或者律师吧。对不起，斯沃普老师，我不是不尊敬你，不过我父母不想让我当作家，我妈说作家都是怪人。"

"有点对。"

"比如你，我们家的人就想象不出你是什么样的人，你为什么要做这些事，为什么大老远地跑来教我们这些学生，不要钱，也不用感谢。"

这是个合理的问题，我自己也常常纳闷。我说：“我觉得好玩，我就是喜欢你们大家，你们的生活我也感兴趣。我告诉过你，我想写本关于你们的书。”

罗茜说：“你知道你的主要问题在哪儿吗？你所做的一切就是为了在学校玩。”

“玩有错吗？你不觉得我很快乐吗？”

她笑了，好像觉得这个问题很傻：“不觉得！”

“真的？天哪，我觉得很快乐！你觉得我高不高兴自己会不知道吗？当然，我不会总是高兴，学生们要是不做功课，教书就是件很折磨人的事。我讨厌当恶人，讨厌一个劲地催你们做这做那。”

“可我想让你使劲催我，斯沃普老师。你应该催我们这些学生做我们所能做的一切，虽然这样一来你就会像个坏人，可这是对我们好！”

“看见没有，罗茜？所以我才来干这个工作，这样我才能亲耳听你说出这么美妙的话来。”

她笑了。

“而且，你知道，我还有其他的生活，我有很多朋友。”

她说：“噢，对啦，我记得你告诉过我，那位做书的女士喜欢我的故事。”

“哪位做书的女士？”

“就是在那个出版过美国伟大的书的那个出版公司，得了癌症的那位。”

她说的是吉拉·伯尔科维奇，美国图书馆的主编。这家出版社专门出版美国伟大作家选集的最终版。那年吉拉被诊断出癌症，我花了很多时间陪她。部分是因为吉拉从小生长在一个贫穷的移民家庭，她像我一样，对我的学生和他们的故事感兴趣。由于罗茜是图书馆的常客，我就给她讲吉拉从小就去图书馆的事，讲她把儿童区的图书一本接一本地都看完了，然后又找到了一个最近的入口，那是成人小说书架的最后边。她就从那儿看起，从Z开始（吉拉告诉我，她看到了半道，大概在字母H的地方。我想是，她意识到了，作家的水平不是都一样，有些很伟大，有些还好，有些很差）。一天，我告诉罗茜吉拉·伯尔科维奇这位显要的编辑觉得她的故事很有意思，罗茜的眼珠都快瞪出来了，叫道：“不可能！”

可是，我得告诉罗茜关于吉拉的不幸的消息：“她的癌症恶化之后，她去了威斯康星州儿子的家。过了不久，她就过世了。”

听到这个消息，罗茜有点不知所措，只说：“噢。”

我向她笑了笑，告诉她我没事。“我最后一次给吉拉打电话时，她说她在床上就能看到树，她说她喜欢看树。我妈妈去世时也跟她一样，我的一位好朋友也是这样。他们跟这个世界告别时，树都使他们得到了安慰。”

罗茜说：“我有个叔叔死了，我哭了。可是我现在不那么伤心了，因为有一天我们都会死。”

罗茜在学期初写了这个：

亲爱的树：

现在我非常喜欢你，因为我知道了很多关于你的事情。我知道你有巨大的树叶！那当然是复叶，而且是对称的，看起来很漂亮。从客厅里，我能看到你的树干的中间部分，从阁楼（我哥哥的房间）我能看到你的树冠在秋风里摇摆，好像你正在跟大风吵架一样。有时，我要是仔细看，我还能看出你生气了。

我很为你难过。万圣节时要是有人对着你喷漆、扔鸡蛋，你可怎么办呢？你会受伤吗？冬天，我听说你死了，可是春天，你又会活过来。那真是奇妙。如果树能活过来，人又为什么不能呢？

我妈说一定要同样地敬重每样东西，假如你自己想受到敬重的话。我猜她所说的事物中也有你。你很幸运，是我妈让我认领你的。她说，你跟别的树有些不同。我们一家真的不喜欢污染或者除草、杀动物。你还应当知道我们家的另一件事。我们最喜欢的是学很多的知识。你看，我们家里唯一传下来的就是知识。如果你的知识不多，你就不能再往后传下去。我父母把知识传给我，将来我就会把它传给我的儿子或者女儿。

你会传些什么呢？

诚恳的罗茜

从那年春天的某个时候起，罗茜的写作松懈了下来。她近来的“亲爱的树”一直令人失望——潦草、陈词滥调、缺乏真诚。我相当肯定问题出在哪儿。辛顿老师把学生们的座位组合在一起，她称之为小组学习。有一个组的成员是美凯、艾拉和阿丽扎，她们成了小帮派。这个小帮派做的事真是令人讨厌，传小道消息、写加密的纸条、讥笑别人。我从小就见过这种东西，这种小帮派对于圈里和圈外的人都是一种痛苦。美凯这个曾经的快乐化身也变成了令人讨厌的家伙，这真是太可怕了。辛顿老师说这是荷尔蒙的作用，是青春期前女孩的一个发育阶段。（其实，这并不是普遍规律，大多数女孩以及所有的男孩，都还是孩子，也许他们的这个时期会迟一些来。）辛顿老师希望罗茜在这个组能起些好作用，所以才让她坐在那儿。可是罗茜不够坚强，被那个黑暗、不快乐的小帮派吸了进去。

我并没有因此对她失去信心。我肯定她会长大，会脱离这些东西，然后回头一看，会感到内疚，而这种内疚会让人变好。这是成长的一部分。我知道罗茜尊敬我，她只是需要几句鼓励的话。我以好天使的面貌出现在她面前，告诉她，她要成为领袖，避免同伴的胁迫，要对其他同学友善，恢复正常的写作。于是，在与法蒂玛进行了一场亲切、有益的谈话之后，我请她叫罗茜来找我。

法蒂玛说："愿意效劳。"说完突然露出一丝冷笑。

"你为什么冷笑？"

"我没有！"

"你正在笑着呢！"

"好吧，你想听实话吗？"

我是个傻瓜，所以说："当然。"

法蒂玛洋洋得意，顿了一顿才说："罗茜其实讨厌上这儿来，她觉得这里太无聊了。"

"你这话真是恶毒，为什么你们总要伤害我？"

"你不是总告诉我们要诚实吗？"

我指着门对她说："你这不是诚实，是刻薄。回班上去！"

我一点也不相信她的话，我自认对罗茜了解得一清二楚。假如有哪个学生喜欢和我待在一起，那就是罗茜。可是，当我听到她敲门的声音，心跳还是快了起来。

"进来！"

罗茜进来了，笑得很勉强。她坐下来，避开我探询的目光。

我说："你看起来很忧郁。"

她说："我没事，我挺好的。"

"家里怎么样了？"

"挺好的。"

"你自己怎么样？领英来消息了吗？"

她的嘴唇抖动起来，我知道她被拒了。可怜的罗茜！我比任何人都清楚领英对她来说有多么重要。为了完成父亲让她进哈佛的目标，这是她要迈出的第一步。

“我很难过。别人有消息了吗？”

“美凯也被刷下来了。”

“太糟了！那加里呢？”

“他也没通过，还有马修。”

“真倒霉。米格尔呢？”

“只有他和马雅还没有得到最后的消息。”

好歹他们俩还有希望。“我真难过，罗茜，你一定很失望。”

“是啊。”

“你爸妈怎么说？”

“我不知道，他们没有……他们想让我去，可是……他们很失望。”

“这些领英的傻瓜是怎么了？哪所学校要得了你这样的学生都会高兴坏了的。”我说这就是我痛恨考试的原因：考试永远也不能发现一个学生最重要的品质，不能显露她的内心，或者衡量她的热情和创造力，她的梦想和愿望，以及她想要做得多好。

罗茜听了这些话，不但没有得到安慰，反而恼怒起来。她说：“要是换了你，你就不会这么说了。我的经历跟你的不一样。”

“我知道，你有这么大的压力，我很难过。你年纪还小。”

她昂着头，生气地说：“你知道，不是因为我父母给我压力。我真的很难受，我就是不能放松下来歇口气。我不能这么轻易地让机会过去，我要努力。我家里最重要的是学知识，所以，我要是通不过这次考试，就一点用也没有。”

她冷笑起来。看到我的安慰对她来说一钱不值，我很难受。虽然如此，我仍然继续说道：“总有一天，你会回头看这次落榜，会发现这是件好事。你还可以进哈佛，公立学校的学生比私立学校的更顽强。这没准会增加你的优势呢。”

她耸耸肩说：“我才不想上领英呢，不管怎么说，我现在整个暑假都可以玩了。”

我说："这就对了。"我决定最好不要把这件事看得太重，而是要继续下去，一切照常。另外，我发现了另一个鼓励她的办法。我说："我跟你商量一下《树之书》吧。你是个好作家，是我的学生当中最好的一个，你写的'亲爱的树'系列会是这本书里重要的一个部分。我喜欢你把观察和思考结合起来，另外，纸张公司那边也很欣赏。可是，我还没有你写的春天的信，我想把你的信用在书的结尾。"

她说："我写过春天的了。"

"没错，可那远不是你的最佳水平，你能写得好得多。下周我们去中央公园的时候，我想让你再写一封。"

我觉得她似乎有些愧疚，她转脸望着别处，小声地说："反正也会下雨的。"

"我们是在走霉运，可是也不会总是一外出就下雨呀。"

她阴着脸说："不，会的，我知道，因为我信宗教。已经一连四次了，我妈说，去中央公园的旅行受到了诅咒。"

"受到了诅咒？这是什么意思？"

她晃晃头，咬着下唇，拒绝解释。但是，我看得出，我已经成了她的敌人。在这个五年级学生的脑袋瓜里，生出了一个异想天开的故事，持续下雨、树、长大和领英落榜这些事，事事都与我相关，是我在从中作祟，我就是一个诅咒。这可是我不期而遇的一场战役，我甚至不知道对手是谁——她的帮派？她的宗教？她妈妈？她的想象？我又痛心又气愤。我提高了音量，告诉她，这是无聊的迷信，我错把她当成了领袖，学期还没有结束，她还要做作业，而她的写作还不够好，她需要帮助，她必须全力以赴。我把她的比喻扔给她："你常说登山，罗茜，可是，登山途中遇到了困难，你怎么样？你放弃了！好吧，《树之书》就是我们的山，你登还是不登？"

她说："我会接着爬的，你用不着担心，谁也拦不住我！可那是我的山，不是你的！"这种敌意令我震惊。

因为伤痛，我的声音变得冷冰冰的：“你是说，你不去中央公园了？”

她试探地说：“我不想去了。”我看出了她的企图，她是在试探能否反叛，而现在她发现，是的，她能。“是呀，就是这样。”她说着，变得强硬起来。这时，她直视着我的眼睛，说：“对，我不想去。”说完她扬起了下巴，明显地，她说到做到。

要想维持权威可不是件容易的事，即使罗茜的冒犯原因很荒唐，她也显示出了胆量，等她长大后有了主张，要去改变世界的时候，她需要这样的勇气。

我说：“我对你尤其失望，罗茜，原本我对你的期望更高。现在请你回教室去吧，把洁西卡叫来。”

罗茜收拾好自己的东西，一言不发地离开了。我坐在那儿气得七窍生烟。我对她全心全意，她却敢这样对我！叛徒！不知好歹的坏蛋！可是，恨了一阵之后，我又强迫自己站到她的立场上，并开始意识到她别无选择。三年以来，斯沃普老师一直是她的缪斯和编辑；三年以来，他给她留作业，称赞她的作文，给她批评和建议；三年以来，他品评她，给她录音，记录她。她当然需要自由，任何独立的思想者都需要。罗茜在那一年并不是没有努力，她尽力了！六个月来，她一直在给她的树写信，而且写得很好。但是，这么长的时间——已经够了，斯沃普老师！树真无聊！

我做了什么？虽然我的用意是好的，但却令人失望。我辜负了罗茜，辜负了写作，辜负了树，辜负了学校，辜负了一切。

有一瞬间，我想放弃《树之书》。但即使我放弃了，罗茜也不会回心转意，我们在一起的时期结束了，一个老师只有这么多可教的，她也从我这儿学到了所能学的一切。罗茜需要继续前进。

有人敲门。

“请进。”

来的是洁西卡，她满面笑容地招呼我：“嗨，斯沃普老师！”

“嗨，洁西卡，你怎么样？”

她说：“很不错！”

“咱们看看这里都有什么。”我说着打开她的习作夹。

“我能问你个问题吗，斯沃普老师？”

“当然可以！”

“罗茜回教室的时候在哭，是你把她弄哭的吗？”

“真的？她哭了？”

“她不说为什么，谁问都不说。”

好哇，真够勇敢的！这么倔！想想我们刚才争吵的时候，她费了多大的劲才忍住眼泪，一点也没有示弱。回到班上后，谁也不告诉！太棒啦！罗茜将会成为多么了不起的女人！

春天里的惊喜

A Spring Surprise

我想带学生去看樱花。那年的樱花开得十分灿烂耀眼，樱花树下的光线都变成了粉红色。这些树就像是有魔法，坐在树下写作一定会很棒。可是樱花的花期并不长，花瓣已经落了一地，如果我们那天再不去，就没有机会了。

在外出这天早上，我看看窗外，开始叹息。天空阴着，天气预报说有 50% 的几率会下雨。我出发去皇后区，心里默默祈祷着。

辛顿老师同意冒着下雨的风险出行。像之前说定的那样，罗茜和她的小帮派拒绝一起去。这已经够让人失望的了，而辛顿老师这时又告诉我，另外有九个孩子（九个！）也不愿意去。她说，他们抱怨每一次出行我都让他们走太多的路。我听了，吓了一跳。太多？任何一次出行，我们的路途加起来都只有两三公里。这些又胖又懒的家伙，天天只想泡在沙发里！这真是太令人气馁了。我教他们教得太晚了，他们才十岁，身体却已经胖得变了形。

没关系、没关系、没关系，剩下的孩子仍然十分兴奋。我们出发了。可是在去地铁的路上，下起了小雨。雨非常小，只不过是毛毛细雨，实际上可以说是水雾，可是辛顿老师发现只有四五个孩子带着伞，她于是决定返回。在她的看管下，没有孩子会感冒。

出行取消了。也许罗茜是对的，也许去中央公园的旅行真的受到了诅咒。

马雅十分失望，哭了起来，这真令人担心。她妈妈周末给我打电话，很是忧虑，因为马雅总是哭，为每一件事烦恼：叔叔的死令她悲恸，女生的小帮派让她受伤，对中学焦虑之至。她妈妈告诉我，马雅知道自己没有被领英接收时，悲痛欲绝，哭得歇斯底里，直喊着："我想死！我想死！"

既然不能去中央公园，我决定今天好好款待马雅。她努力用功，成绩出色，完全配得上这样的待遇。我获得批准，带她到学校外边，直奔邓肯甜甜圈店。一到了那儿，我们就买了一大堆油煎饼来款待自己。吃完之后，马雅带着我去看她的树。那是一棵大枫树，我猜它有一百多年的树龄。我还带了个听诊器，原来打算给学生们听樱花树的。现在，马雅和我把听筒对着枫树听了起来。我们听见了奇怪的"刷拉刷拉"树液上升的声音，像是心跳。

小雨下下停停，我们在街道上漫步，一点也不在意。马雅指给我一栋房子，告诉我说，那栋房子里原来住过一个瘾君子，后来他死了，这房子现在会闹鬼。我们看树，谈到友谊、书籍和长大这些事情。她问我是否相信上帝。我说我不知道，也许我相信一些东西，一些说不出来的东西。我说："我有时在想，树也许就是上帝。"

"那是什么意思？"

我从背包里拿出大理石花纹封面的写作本，给她读我正在写的故事，一个创世神话故事。我告诉马雅，这个故事的灵感来自我读过的一本讲树的书，我从书中得知，树已经存在了三亿年以上。我说："人在地球上出现也只有数万年，可是树早就在这儿，已经有好几亿年了，这么长的时间是我们无法想象的。树经历了恐龙的出现和灭绝，我们所谓的古代历史——金字塔、巨石阵、长城——都不算什么。人类在树的历史上只是一个点，一个时间上的小点。”

我对马雅说：“科学家觉得第一棵树出现在现在的中国。想象一下！第一棵树！他们只是推测，但是不能确定第一棵树是怎么来的。反正，这第一棵树长大，掉下来种子，一些种子就变成了树，然后落下更多的种子。慢慢地，就有了几棵，就有了森林，历经百万年，千万年，历经了缓慢的、沉默的、绿色的迁徙，最后树长满了地球，使动物的生存有了可能。”

马雅说：“我从来没想到过这些。”

“我也是，所以，不管怎么说，我就是受了这个启发才写了这个故事。”我想把初稿读给她听，却觉得有点不好意思。于是我说：“你知道，这故事还没写完，只是个草稿，不是很好。”

一开始，上帝创造了海和陆地，可是陆地上光秃秃的。于是上帝把自己变成了一棵树。当这第一棵树的种子掉到地上时，其中一颗种子长成了另一棵树。这棵树也是上帝。过了一段时间，更多的树长了出来，所有这些树都是上帝。当上帝看见树足够多了，他就造出人来。从那儿以后，他就在他创造的人之中，供给他们空气、食物、燃料和住所。

我读到这儿就停了下来，不准备告诉她剩下的部分。实际上，我放弃了这个故事，因为我不知道要怎样结尾才不至于十分压抑：人类一开始与树和谐相处，懂得树就是上帝，甚至与之对话，但是，到后来人类就变得越来越骄傲自大，终于忘了树就是神，他们盲目无知、渴望破坏，使自己和神都濒于灭绝。

虽然我没有说出这些，马雅已悲伤地感觉到了这个可怕的情节。她问：“你觉得世界会很快毁灭吗？”她的声音里充满了忧虑，我不得不马上说：“不、不、不，当然不会，马雅。世界还会继续存在很久、很久。”

我们默默地走着，遇到了一棵开着花的树。我们停下来看花，繁花中有一只热带小鸟正在歌唱，像是在问候我们。这真是个意外的惊喜：它黄色的羽毛上有些淡紫的痕迹。它如此美丽，就像是从一本故事书里飞出来的。我几乎觉得这只鸟就要开始跟我说话了。它肯定是只逃掉的宠物鸟，但是，你很难不把这只美丽的鸟当作一个象征，或一个祝福——生命确有奇迹！马雅和我返回学校，心情大好。

春天赶走了
冬天，
把它装进玻璃瓶。
九月来了，
每一天
瓶子打开
一点点。
春天给疯子的
心里
一点安静，
送给你一股
闻不出来的轻风，
催你的希望和梦想开花，
把噩梦赶走，
把它们
扔进
垃圾桶。

——马雅

淑永是谁

Who Is Su Jung

五月来了，太阳又灿烂地照耀着，我们恢复了去中央公园的旅行。天气很好，人人都参加了，包括女生的那个小帮派。

在这个月，我在学校里跟学生们讨论他们的自然写作，要求他们写出终稿。这时我要选出纳入《树之书》的文字了。我和淑永、马雅浏览她们各自的习作夹，马雅说起自己一直在记日记。她说："我每天都写，但我从不让别人看。我在那儿保存我所有的秘密。"

淑永说："我也有日记本，很漂亮，还带锁。只不过，我从来也不在里面写东西。我只把秘密保存在我的脑子里，所以我总是很紧张。我从来也不把一切都告诉别人。我本来准备对美凯说，可后来又改变了主意。"

马雅问为什么。

"我有很好的理由。可是，我宁可告诉美凯也不会告诉阿什利，我就是这么觉得的。"

马雅说："阿什利很好。"

"我觉得她保守不了秘密。还有美凯、罗茜和艾拉，她们几个天天泡在一起，把别人说的话传来传去。我不知道。我觉得把秘密告诉班里的任何一个人都不放心。"

我告诉她："长大不容易，可是，总有一天你会发现一个你能信任的人。"

"也许是这样，但也许永远也找不到这样的人。"

"不要说永远不会，如果你这样说，那就真是永远也不会了。你要对生活有信心。"

为了逗我，淑永没完没了地说："也许永远不会，也许永远不会，也许永远不会……"

要想赢她根本没可能，她总是要说最后一句，我也会说最后一句。我叹了口气，说："好吧，那就永远不会吧。"

淑永跟谁都无法维持长久的友谊。她需要的爱太深，她在一片孤独的大海中沉下去，会抓住任何接近她的同学，拉着对方跟她一起沉下去。第一人被她抓住的人就是美凯，然后是阿什利。当淑永告诉我，她跟她们是好朋友，处处相像、心有灵犀时，这两人笑得有点勉强。这样的友谊要求太多，不能持久。尽管我知道结果，却也帮不了什么。当然，这两个女孩伤了淑永的心。

淑永需要把外壳变硬。最近我问她家中可好，她什么也没说，只是冷笑，那种幽灵似的表情让我震颤。我想象得出，淑永在此后的很多年，会是个心怀怨毒和愤恨的女子。

我说："你前两天写了这个，淑永，我很喜欢这段。"

> **我还没有注意过麻雀也可以这么美丽。我猜，你如果关注什么，你就会发现它的美吧。我希望我能把麻雀当宠物养，可是我想，自由地在天上飞翔对它们更好。**

"嗯——"马雅叹息起来。

淑永说："年初，我有一阵特别喜欢大自然。但是现在，我不在乎树了，就像把一张纸揉成一团，扔掉，上面什么也没写。"

“真的？”马雅问，有些不相信。

我说：“我没法相信你现在不喜欢大自然了，淑永。那么这段话就是在说谎了。”

淑永说：“完全是在说谎。”

“那你就不该写这些啊，淑永。”

“我不知道。我只是一时兴起写了下来，想让你高兴。我觉得我不是真的这么想的。”

马雅看出我不高兴，就说：“斯沃普老师，她在逗你呢。我觉得她真是这么想的，只是她不想说出来，不想让别人了解她。”

这真是聪明，淑永听了也很高兴，她觉得马雅注意到了自己。她淘气地晃着脑袋，咯咯笑了：“才不是呢！”

马雅哈哈笑了，说：“看见没有？就是这样！”

我说：“我不相信你写的是假话，淑永，你写出了大自然的美。”

淑永说：“我才不在乎呢！”她笑着，决心要赢这场争论。

我曾经希望淑永爱上文字，语言会给她一片自由自在的天地。但是，这并没有发生。淑永也读书，但不是如饥似渴；她也写，并不是满怀喜悦。我过了很久才明白，老师只能给学生示范自己的热爱，却不能把热爱交给他们。

这个学年一点点地进展着。多元文化节的第二天，我中午去学校附近一家中国人开的墨西哥快餐店吃午餐。半路上，我遇见了福蒂老师，他是学校乐队的音乐老师。福蒂老师身材矮小，头发蓬乱，老是一副魂不守舍的样子，总让我想起贝多芬。但他总是神情恍惚，更像是卡通片里那种头刚刚被平底锅拍过的感觉。他很容易被人取笑，而学生们常常会这样，尽管都不是恶意的。他们喜爱福蒂老师。我听说，他毕业于朱利亚音乐学院，在一个职业室内乐队演奏。不过，他真是个会令人发疯的同事，有时他会不加预告地突然走进教室，说乐队有特别排练之类的，而我正在上课！这时，他的学生，也就是我的学生中的一半，就会随即起身离去。那些学生刚开始写的故事，就不会再有下文。

福蒂老师很害羞，遇到我就移开目光，靠着墙走，我从来没跟他聊过。可那天我把他拦下了，祝贺他的乐队头一天在游行中的表现。我很惊讶，这几年他们的进步如此显著。福蒂老师举着指挥棒，走在乐队的前面，经过欢呼的众人，新一代美国人与上一代美国人相遇了。我眯起眼睛，望着他们穿着笔挺的制服，奏着《七十六支长号》。

一开始，福蒂老师受到夸奖，脸红了。我又说，我们三年来教的是同一群孩子，我问他对他们的感觉如何。这就让他打开了话匣子，他需要找人说一说。他说："这是我教的第一支乐队，我简直不相信他们会有这么好。他们每个人的语言和文化都不同，最美的是，他们都在同一个乐队里。人们说的是真的，你在这里，在皇后区，音乐是最普遍的语言。我试着告诉学生们这个，但他们只是看着我，他们不知道这是什么意思。"

我问他是怎么做到的，怎么把这么多乐器教给这么多孩子。

他说："我没做什么，这太奇妙了。我来学校时，乐器堆在地下室，真是一堆，都损坏了，部件都不全。我把它们拿回家，修好，但是我能力有限，乐器的状态还是很差。可孩子们吹得脸都紫了，却居然真的吹出音调来。不是我的原因！我不能给他们上完全部的课程，只是教一点这个，教一点那个！但是，聪明的人能弄明白，还能教给别人。这真是……真是……"

福蒂老师哭了起来。他一边说，一边用手背擦眼泪。他说："我只是担心他们坚持不下去，我们辛辛苦苦建起来的乐队，他们的这些才能，都会浪费，他们以后再也不会碰音乐了。这么多人都这么棒。加里吹长号，还有美凯，最特殊的是一个叫淑永的女生。你认识她吗？她是他们当中最惊人的。我从她的竖笛里一个音也弄不出来，可她站起来，就能吹出所有的高音。我告诉她，她有才华，而她却不相信我。我担心她会停止演奏，这样她可就……"

福蒂老师太激动了，无法再说下去。他向我点点头，拖着脚步走开了，留下我一个人站在那儿发呆。他原来是这么好的人，而淑永由此变得更加神秘了。我对这个女孩有所了解吗？我还以为自己很了解她，可我却从来也没有意识到她热爱音乐。我忽视了一条明显的线索，跟我谈写作时，她总是看钟，从来不想排练迟到。

那天下午，我把淑永拉到一边，告诉她福蒂老师对她的评价有多么高。我说："他说你真的很棒，也许你能当一个职业演奏家，淑永，你喜欢吗？"她说她说不好是否会接着吹竖笛，她真正想要的是台钢琴，可她家买不起。有一阵，我头脑发热，想匿名买台钢琴送到她家。可是，我后来一想，我也买不起。

学期末，当乐队成员归还自己的乐器时，淑永说自己的竖笛找不到了。她说家里没有，一定是落在学校里了。于是大家帮着找了一通，可是竖笛仍然不见踪影，好脾气的福蒂老师也没有让她赔。我问淑永到底是怎么回事，她马上避开我的目光，我于是怀疑是她偷的。我内心里也希望如此，我希望音乐对她来说有这么重要，重要到可以去偷。

松散的结局

Loose Ends

当米格尔终于得到领英的消息时，他并没有那么失望，没有我失望。实际上，他似乎松了一口气，好像知道自己绝对做不完那么多功课。另外，他已经被克林顿中学录取，这样被领英拒绝就变得比较容易接受了。想到克林顿，想到这所培养艺术家的学校可能会把他打造成下一个毕加索，他就无比兴奋。画家是他最新的职业选择。

美凯、罗茜和阿玛吉特也被克林顿中学录取了，我真为她们高兴。

马雅也有好消息。她被列入了候补名单，将会上路易斯·阿姆斯特朗中学。这又是一个大大的安慰。

加里、拉菲尔、卡拉和玛吉会去上天主教中学。阿丽扎则上穆斯林学校。有四五位家长发现附近还有两所小型公立中学，也在皇后区，我当初没有调查出来。他们计划编造一下住址，让孩子到那儿去上。

剩下的学生都去了 138 中学。有些人，尤其是那些已经有哥哥姐姐在这所中学上学的，都很向往去那里。我告诉自己，138 中学不会像传说中的那么差，一定也有好老师，你需要的只是一位好老师，一位会帮你的老师。另外，我们的学生都是聪明的好孩子，他们会克服糟糕的中学。很多人都经历过同样的中学，这并不意味着他们以后就不能幸福和成功。

不过，我为大多数学生担心。

学期末的最后一周，幸运之轮意外地转动了。华格纳中学的校长突然打来电话，说他预期错了，学校还有不少空缺。他说，什么学生都可以接受，只要他们想来。我说："谢谢你！谢谢你！"随即飞跑了三层楼的楼梯，冲进教室，告诉全班这个好消息，气都快喘不上来了。我问："好了，现在有谁想去？"

没有一个人举手。学生们面面相觑，似乎选了华格纳而不去138就是背叛同学，背叛那些他们从幼儿园起就在一起的同学。又或者，到了这一步，他们大概对于什么学校都无所谓了，不想再提起这个问题。

我说："他们说，华格纳中学是纽约最好的学校，你们就不想得到最好的教育吗？"

没用，没有反应，我遇到了一面墙。

这时，凯撒举起了手。他说："我去。"

勇敢的孩子！这需要一个人来开个头。下一个举手的是阿伦："我去！"然后是约什："我也去！"然后是尼可、伊莲娜、马修。形势变了，贾拉尔、卢辛达、西蒙。手举起来、举起来，至少有一百根手指在空中舞动：二十个学生！

那天晚上，我给他们家里打了电话，告知那些凡是懂点英语的家长。学期快结束了，我没有多少时间了。最后，二十名减少到了八名，因为担心乘地铁，不少学生不能去华格纳。可是，阿伦、马修、贾拉尔、约什、约瑟夫、西蒙、马蒂奥和凯撒都会去，我很高兴。

就是这样，我做了自己所能做的一切。最后，在上中学这件事上，结果还不坏，至少每个人都做了选择。

我们一起度过最后一周，我已做好了准备。我的出版商跟我订了合约，我要写一本新的绘本，对方对我的一部小说的构想也感兴趣。我鼓励别人写作很久了，自己也跃跃欲试，想重新开始写作。当然，我也有些伤感。我已经开始想念我的学生了，我已经想念了他们一阵子了。我想念他们还是小孩子的时候，他们再也不是原来那样了，他们长大了。不过，并不是人人都愿意长大。阿伦肯定不想。娜利亚也不想，而这一切对她来说尤其痛苦。这一整年，她都想让我为她想象中的朋友纳奥米高兴。可是明显地，她并不觉得纳奥米是真实的。纳奥米对她来说，并不像对小孩子那么生动、真实。娜利亚只是假装纳奥米存在着，那是大孩子知道了令人失望的现实之后，仍在假装相信有圣诞老人。没有娜利亚的信心，纳奥米很难活起来。

那个星期有一天晚上，我正在伤感着，就像三年前那样，我举行了一个小小的仪式。我放上一些舒缓的音乐，给自己倒了一杯酒，坐在心爱的沙发里，猫在我的膝上。我重读学生们写的第一篇故事，我最开始让他们写的故事。那时我说："写个故事，什么故事都行。"

我读了淑永的《森林中的生活》、米格尔的《自传》、阿伦的《夏天的圣诞老人》。我把它们都读了一遍。读着读着，我有了新的发现，这些发现在初读时是没有的。我对这群孩子的认识，他们基本的品质，已经在这里了，在他们的第一篇故事里。

在倒数第二天的下午，我的电话响起来，是米格尔打来的。他说："我没有话要说的时候，也可以给你打电话吗？"

我纠正他："应当是'没有什么话'。"

"没有什么话。"

"当然可以，米格尔。你任何时候都可以给我打电话，我想当你的朋友。你还好吗？"

他说还好，他父母很少再吵架了，他爸爸送给他妈妈一块手表，她哭了。

我说："真是太好了！"

此刻我已不再是他的老师了，我不知道对他说些什么才好，于是我又恢复了老一套："米格尔，告诉我，上一周你写了几百个故事？"

"一个也没有，不过我在想着一个故事。"

“什么故事？”

他的故事是关于一个男孩的。这个男孩跑到森林里去，与一条德国牧羊犬成了朋友。米格尔说呀说，我听得却是心不在焉。我猜他永远也学不会删繁就简，或者他现在就该学，因为我不会再在他身边督促他了。当他讲到一些大孩子拿着刀要跟主人公和狗打架时，我打断了他：“噢，米格尔，我希望你长大后是个温和的、爱好和平的人。”

“是啊，不过我的故事不会和平。”

“为什么呢？”

“我心里可能有一小团火，想要报复什么，可我也不知道到底是什么。”

“是什么让你生气呢？”

“有时我会无缘无故地生同学的气，气他们来烦我。有的女生说我有时有点凶——好吧，没错。你可以这样说，我承认。但是，我真是想当个好孩子，可我仍然那样。不只是我自己想改，我还需要一点帮助，因为这真让我生气。比如奥坎叫我放屁鸡，我没法改变他们，如果我能，我就会。可我要不理他们，他们就来烦我。”

我告诉他：“也有孩子取笑过我。有一次，我的朋友们咬耳朵，他们一起数到三，一下子从我身边跑掉，大笑。我哭呀哭，我记得很真切，就像是昨天的事。我还记得我有好几次把别的孩子弄哭了。童年是残忍的。”

“我有时会哭，偷偷地哭，有时我觉得很受伤。”

“你不觉得伤心比生气和打架要好一些吗？”

“我知道，可是有时我一下子就发火了，我控制不住，就像我的怒气控制了我。有点像大卫王，他的怒气控制了他。他爱他的儿子押沙龙，儿子死了，他不能不想念。他不想服从上帝。”

“基督就不主张暴力，他是和平王子。”

“是啊，可是他说，准备好剑。”

我不想跟他辩论神学，于是转换了话题：“米格尔，你下学期要努力学习。我不在你身边，不能替你向其他老师求情了，你会努力吗？”

米格尔没有马上就回答，起初我担心他是哮喘发作了，后来才意识到他是哭了。

“米格尔，你怎么了？出了什么问题？”

他的声音很小，像个小小孩：“我对自己没什么信心，不知道能不能通过。”

“你为什么会这样觉得？”

“我觉得上帝把我放在那儿，不是没有目的的。如果我还是这样下去，我宁可死。”

我告诉米格尔：“也许上帝不想告诉你原因，也许你要靠自己找出答案。我就是这样做的。三年前我迷失了自己，我觉得我的生活漫无目的。当我决定改变的时候，我发现了你们班，我许下了诺言。不，不只是诺言，我立下了誓言。我告诉自己，今后三年我要把自己交给你们这些学生，尽我的全力去帮助你们。这场经历真是奇妙，你们这些孩子改变了我的生活。但是，是我自己，给了我的生活一个目的。米格尔，是我自己给的。你也能做到，你要想象一个不一样的生活，自己的好生活，然后去努力使它实现。你懂了吗？”

米格尔压低了嗓音，不让父母听见：“现在真是很难，我老是想起我爸爸过去怎样对我，他怎么冲我喊，我甚至都能听见他的吼声。”

“总有一天，你不会再跟你爸爸住在一起。总有一天，你要搬出去自己过。我能肯定，你生命中要做的一件事就是想办法宽容你爸爸，米格尔，那不是很容易。不过现在，主要的事情是你要好好上学，这对你很重要，我不知道怎样才能让你明白。如果你不……如果你……嗯，一切会难得多。”

又是一段短暂的沉默。之后，他怯声说道：“我能从家里跑出来一阵，跟你一起住吗？”

可怜的孩子，我曾多次帮助过他想象出来的主人公逃跑。告诉这孩子这样不行，真是很痛苦，但他不能跟我一起住。我说：“你现在住的是你的家，你想想你要是跑掉了，你妈妈会有多着急。她会报警，你爸爸也会生气。你父母也不会再相信你，让你坐地铁去克林顿中学。”

“我想上克林顿！”

“那你就不能跑掉。”

我的理由很正常，无法反驳，但米格尔只觉得我在拒绝他。他说：“好吧，斯沃普老师。”他的声音听起来隔着十万八千里。

这孩子最想成为善良的、勇敢的救世者，但是，在内心深处，他是在害怕自己的将来，感到自己会逃跑？或者他不能不让自己变坏？谢天谢地，他要去上克林顿中学了，这所学校很小，校长很严厉、正直。他说，他要对米格尔多加关照。

米格尔和我又聊了一会儿，我有几次把他逗笑了。然后我说：“好了，我得走了。你要坚强，米格尔。目光盯着未来，如果你努力用功，事情就会好起来的。随时给我打电话。”

“我会的，斯沃普老师。”

“明天见，好吗？明天是最后一天！”

“耶！”

“再见，米格尔。”

“再见，斯沃普老师！”

我挂上了电话。

再见，祝好运！

Good-bye and Good Luck

过去这几个月里，我走进教室时，不再能看到兴奋的面孔，孩子们甚至都不朝我看：哦，你又来了。但是，学期的最后一天，当我站到门口时，他们都欢呼起来。他们知道我带了刚刚印好的《树之书》。每个参与过制作的人都被自己在书中的贡献深深感动。最终的结果是，《树之书》印刷精良，装帧漂亮，它是一本真正的书。每个孩子的名字都在上面出现了若干次，所有的作品都很棒，他们可以引以为豪。

我走遍教室，把书发出去。学生的手臂热烈地伸向我。拿到手之后，学生们翻开《树之书》，尖叫着、欢笑着寻找自己的名字，喊出别人的名字。每个故事都有作者的亲笔签名，看上去很是震撼，这是书的力量，看到自己的东西被印出来时感受到的力量。即使是那个女生小帮派，虽然铁下心不与我来往，也经不住这种力量的诱惑。

这是个令人满足的时刻，但是很短。最后一天要做的事情太多了，感情这么浓厚，还有这么多游戏要玩。书被塞进书包，放到了一边。我不在意，就像种树的人一样，他们享受不到树荫。我相信《树之书》最重要的时刻是在未来。无疑，大多数《树之书》都会历经搬家但仍然保留着。不过，我也想象得到，其中有些会被遗失，我甚至能想象阿伦在放学的路上就会设法把它丢掉。当这些孩子长大，他们会一次又一次地打开自己的《树之书》，而那些书页如同漂流瓶中的信息，来自过去。

我设想他们当中的任何人——娜利亚、加里、尼可、西蒙——把书读给他们的孩子听。我想象淑永当了老师，每年都要给学生读这本书，直到一个深爱她的学生将它偷走，她才永远地失去了它。我想象法蒂玛成了园艺专家和不成功的作家，她正在找一个主题，偶然找到了自己的《树之书》，而这本书给了她灵感，让她终于写出了一本成功的回忆录，讲述自己如何爱上树。或者罗茜成了议员，是著名的民权和环保活动家，在人生的低谷，她翻开《树之书》，那些小时候写下的人生理想提醒了她，使她获得了新的勇气。

或者有个学生极其出名，权当是马雅吧，她在八十岁时获得了诺贝尔文学奖。这使得《树之书》的价值像火箭一样蹿升（那上面有她初次发表的作品），而让凯撒大大获利——他的孩子正需要动手术的钱。我甚至想得更远，想象《树之书》躺在阁楼上的一个盒子里，一个女人遇到了它，惊讶地发现她的曾曾祖父米格尔的名字就在上面，于是她读到了他早先给树写的信。

此时此刻，在他们小学的最后一天，《树之书》的作者们正在打闹。有人到外边玩，有人在打牌，下跳棋，耍子儿。我看着他们玩，觉得自己有点格格不入，像是一个聚会上的外人。是该走的时候了，我告诉自己。该去收拾一下我的办公室，然后回家。我一个个地跟孩子们握手道别。马雅和洁西卡哭了。加里、马蒂奥和西蒙跟我击掌。法蒂玛看起来有点伤心，有点害怕，但在尽力装作没事。

“再见了，法蒂玛，祝你好运。”

“再见了，斯沃普老师，好好生活！”

大多数孩子都高兴得忘乎所以，不知道要跟我说什么。米格尔很高兴，看上去好像根本不记得昨天晚上跟我通过电话。他把他妈妈的礼物转送给我（这件礼物花了他们不少钱），说：“你猜怎么着？放学后，我爸爸要带我去买自行车，庆祝我毕业！”

“米格尔，太棒了！我真为你高兴。再见，我的朋友，祝你好运。”

“再见，斯沃普老师！”

我鼓起全副勇气，向小帮派那边走去，经受她们的轻视，跟她们告辞。阿丽扎为了逞能，钻到了桌子底下，手垫在屁股下面，咯咯地笑着，拒绝跟我握手。艾拉拉长了脸，装得像个公主，把冰冷、残忍的手伸给我。美凯和罗茜没有那么无礼，但是道别依旧是冷冰冰的“拜”。

“再见了，姑娘们，祝好运。”

我来到娜利亚跟前，她笑得十分灿烂，对我说：“噢，格力呼力，斯沃普老师，我肯定会想你的！”

“格力呼力，娜利亚！你的心胸像天空一样大，你知道吗？”

“要是我愿意，也能把它变得跟橡皮屑一样小，你知道吗？”

“不可能！”

“对我来说，没有什么不可能！我是卡通！疯子！傻子！精神不正常！”

“你的第一场演出可要请我呀，好吗？”

“一定！”

“再见，娜利亚，祝你好运！”

“再见！”

再见，尼可、奥坎、萨曼莎。再见，拉菲尔、纳吉亚、阿玛吉特。再见，阿什利、卡罗琳娜、伊斯特班。再见，马修。再见、再见，祝大家好运。

我最后才跟淑永告别。我说：“我永远不会忘记你。”

从她的眼睛里，我既看到了她对我的爱，也看到了她的痛苦：斯沃普老师要走了，他们都走了，没有人再爱我了。

“再见，斯沃普老师。”

“我不再是斯沃普老师了，你要叫我山姆。”

她摇头，笑了：“我不会叫你别的，只会叫你斯沃普老师。”

“如果有空就给我写信，我喜欢听到你的消息。”

“也许会，也许不会。”

“我希望你会。再见，淑永，祝你好运。”

“再见！”

阿伦、约什和凯撒要求跟我去办公室，帮我整理东西。他们这样做让我很高兴。跟这么热情、简单的孩子告别真是令人愉快。一到楼下，我们就把书架清空，上边装满了书、纸、学生作文和图画，铅笔、尺子、蜡笔、彩笔和有关树的纪念物。

凯撒问我的猫怎么样了，他总是问起麦克。

我告诉他们：“说什么你们都不会信，前两天，我睡过头了，担心要迟到，于是急急忙忙地收拾。我一进厕所，看见麦克正蹲在浴缸边上，眼睛盯着浴缸里缩在水漏边上的一只发抖的老鼠。麦克真是惊人的聪明。她逮住了老鼠，想来想去后把它放在浴缸里，这样它就跑不了了。你真应该看看她当时的样子，她发出满意的呼噜声，好像一天都计划好了。她会玩一会儿老鼠，睡一小觉，然后再回来玩。但是，可怜的老鼠！我看得出，麦克已经玩了它一阵了。老鼠的身体上有血痕，是麦克用爪子和牙弄破的。我不能把它留在那里受一整天的折磨。可是我就要迟到了，我慌了神，不知道该怎么办。”

凯撒问：“那你到底怎么办了？”

“我把它冲下了马桶。”

“不！”凯撒叫道。

阿伦和约什尖叫起来：“杀人犯！杀鼠犯！”

“我知道！我是出于好意才这样做的，但是当我看见老鼠在水里挣扎，然后被旋涡带走时，我感到很可怕。当它消失在下水道时，你是对的，我确实觉得自己是个凶犯。”

看到我为一只老鼠而烦恼，阿伦和约什咯咯地笑了。凯撒却问：“你为什么不直接把老鼠拿到中央公园放了？”

我不由得嘴巴张开，要是那样就好了！我说：“噢，凯撒，我真希望你当时在那儿，告诉我该怎么做。我怎么就没想到呢？可怜的老鼠！现在我感觉更糟糕了。”

凯撒对我说：“你知道，你不用为这事烦恼的，斯沃普老师，至少你尝试过了。”

嘿！我真高兴！

我是一架飞机，喜欢周游世界，
我去过加拿大、拉斯维加斯、西班牙和巴西。
好多人要靠我才能
安全地到达目的地，
我却很高兴去这些地方！

——凯撒

后记
Epilogue

亲爱的同学们：

无论你们在哪儿，我希望你们都在努力地做着自己喜欢的事情，并能获得成功。我也希望你们有时会出于乐趣而写作、阅读，并且偶尔仔细地观察世界，注意到那些使你们好奇的事物。

你们看，我在好几年前就开始写的这本书，现在终于写完了。到它出版的时候，你们已经上高中二年级了，这意味着我写书所花的时间，比真实的事件所经历的时间还要长。如果书中碰巧写到了你们当中的某个人，我不知道你们还能不能认出来。以前的事你们还记得多少呢？

马蒂奥上中学时，我跟他聊过一次，问他还记得多少三年级时候的事。他起初似乎很困惑，连班主任是谁都不记得了。我很惊讶，对他喊道："你怎么能忘记邓肯老师呢？她是个天才！你们都崇拜她！"这时，马蒂奥才说："哦，对啦……"他露出笑容，仿佛记起了一个美梦。可是我再问他到底记起了什么特别的事情，他耸耸肩说："反正我记得。"

相比之下，我对你们的记忆较为清晰，部分是因为我十分在意，我知道自己以后会把你们写出来。不过，把那段经历浓缩成一本可以读的书，真是累人。我省略了多少东西啊！所有的事情都要经过压缩、删减、重新安排。最糟的是，我不能把你们每个人都写成一个人物。即使是这样，你们也都在书中，在字里行间，成为了我想要描绘的丰富而复杂的课堂的一部分。

我还要为另一件事情抱歉。我不能在书中使用你们的真实姓名，特别是在为你们的作品署名时。不过，我这是想要保护你们的隐私。毕竟你们还是孩子，还不能完全为自己的行为负责，仍然会有所变化。你们那时并不能决定你们的现在。我希望，我的描写是公正的，但是，当然了，我是从我的角度来讲述的。你们每个人对于我们在一起的那段岁月都有自己独特的感受。也许，有一天你们会使用自己的写作技巧来把这些事情讲述一番。

法蒂玛就是，她可能已经开始这样做了。我很高兴地报告给大家，她仍然在写作。最近，她告诉我，她正在考虑写自己的回忆录。还有一些人也找到我，把他们的写作生活讲给我听。你们当中有些人在为校刊工作，有些人得到了语文方面的奖励。拉菲尔送给我一些漫画，告诉我他仍然在画画。洁西卡注意到，她写作起来比她的中学同学要轻松得多。凯撒则有些失望，华格纳中学的老师很少要求他进行创造性写作。

我最近参观了你们的母校。斯卡利斯校长已经退休，全校文艺汇演和多元文化节也成为了过去。你们的老师当中，只有辛顿老师还在教学。梅尔文老师生了第二个孩子后，就不再当老师，而做了全职妈妈。邓肯老师也退休了。她其实年富力强，还能教好多年，但她最终无法认同市政府倡导的新教学大纲改革所体现的价值观。新的教学大纲要求那些表现欠佳的学校的老师遵循同一个模式，精确到集体阅读多少分钟、讨论多少分钟，等等。她说，这样一来，她教学的乐趣和创造性都被剥夺了（她还说，我这种教学项目现在已经不大可能实现，因为没有时间）。尽管邓肯老师觉得新的教学大纲能帮助更多的儿童学会读书写字，但她知道，他们最后会痛恨上学，因为整个过程太无趣。

还有些什么消息呢？马雅和约什报告说，他们认领的树被砍掉了。

奥坎做了公开的魔术表演。美凯一家搬到了大一点的公寓里。娜利亚家买了一座房子。罗茜说，她从克林顿中学毕业时，被选为学生代表在典礼上致辞。她也感谢了我所给她的一切帮助，我听了很高兴。还有很多学生报告说，他们进了纽约的一些重点高中。我最近的一次电话交谈是和米格尔。他告诉我，他在考虑参加海军，因为他的生活需要纪律。我也跟他妈妈谈过，她说她跟丈夫终于还是分手了。但她听起来很坚强，正准备去电脑学校学习一技之长，这样自己就可以更加独立。

这就是我所知道的一切。我跟你们当中很多人都失去了联系，部分是因为我需要与你们拉开一些距离。我要写你们小时候的事情，却得知你们已经长大，这太令人迷惑了。我需要把你们凝固在一个时间段里。

不过，有时我会在梦里见到你们。最近我梦见了淑永，那是个美梦。我一直，或者说至今还没有她的消息。在梦中，我走在夏天的人行道上，人很多，我看见十几岁的淑永开着一辆老式丰田车，正在等红灯。伊琳娜跟她在一起。她们很开心，两人都在笑。车流动了，我看见淑永先挂了一挡，又挂了二挡，然后把车开走了。

至于我，我出版了两本儿童图书，其中一本是小说。我曾经给你们读过一些片段。我的猫麦克还在，她已经十八岁了，瞎得像只蝙蝠，但仍旧敏捷得惊人。

我很想念你们，我也很感谢能有机会与你们亲密相处。我总在想，你们长大后会成为什么样的人。教学就像读一本精彩的小说，故事还没有读完，书就弄丢了。假如有空，给我写点什么吧。

你们永远的好朋友　斯沃普老师

大家一起"读铅笔"

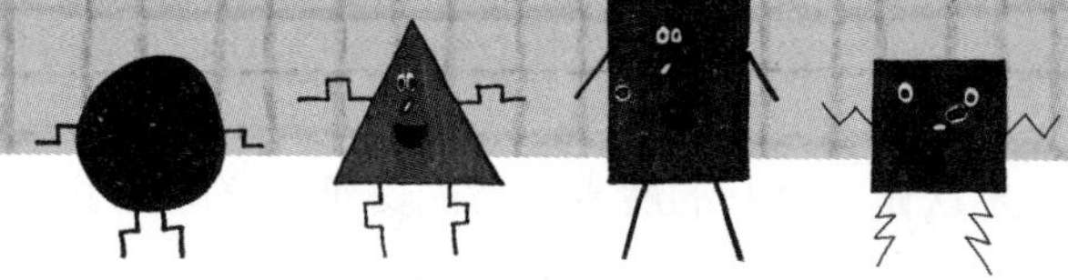

读完这本书，他们这样看待想象力和写作：

这是一部真实的童话，书里的那些男孩女孩虽然没有一个叫马良，却都拥有了一支神奇的笔。给他们这支笔的，不是那个白胡子老头儿，而是个一头白发的外国老顽童。山姆·斯沃普肯定是一个闯入童心世界的密探，他凭着真挚的笑容、迷人的创意、专业的点拨和热诚的鼓励，激起了孩子们内心的热情和想象。于是，孩子们绑架了魔法，手中的一支支笔和着内心的歌唱，在白纸上快乐地扭动。

—— 全国著名语文特级教师、儿童阅读推广人　周益民

儿童写作的边界，就是想象的边界；儿童的想象天马行空，写作也同样可以天马行空。山姆·斯沃普老师，这位可爱的"大男孩"，带着孩子们在作文王国里"飞扬跋扈"、"为所欲为"，展现了让人叹为观止的写作景观。好玩，够酷，有料！每一位老师和家长都应该来读一读这样的书。

—— 语文特级教师　张祖庆

"给孩子一个绿色空间，回报你一个多彩世界。"作家老师山姆·斯沃普用尊重、关爱、分享和激励的魔法，走进孩子的心田，激发真情表达潜能。孩子用手中充满生命活力的笔，书写纯真美好的生活。

—— 北京西城区小语学科带头人，小学语文特级教师　马丽英

在写作技巧训练的过程中，这本书使师者颠覆了长期以来作文教学的传统，为作文教学注入了鲜活的生命之水。读过此书后，有如关上了一扇刻板教育的门，打开了一扇灵动教育之窗，写作不再令孩子们感觉枯燥乏味，焦虑恐惧，而是变得如同呼吸一般畅快简单，轻松自如，不吐不快。

——"语文乐中学"教学法倡导者、小学语文高级教师　王艳玲

这本书是关于教育的故事，关于语文的故事，关于写作的故事……但这本书更是关于童心的故事，关于成长的故事，关于生命的故事……成人世界和儿童世界在应答，现实世界和童话世界在交融。爱、等待、呼唤、点燃……读这本书，你会情不自禁地回到生命和教育的原点，你会相信：写作其实是生命的本能，孩子天生会写作！

—— 个性化作文倡导者、中学语文特级教师　王君

对于刚起步学写作文的孩子来说，不是飞得多高，而是如何飞得起来；不是按固有的模式飞，而是有创意地飞；不是迫于无奈地飞，而是超级享受地飞……从这几点来说，无疑，做山姆·斯沃普的学生是非常幸运的；做山姆·斯沃普的读者，也是一个非常棒的选择。

——儿童文学作家　赵静

比起中国的写作课只传授作文规范，斯沃普老师的课像在探索一种共同的成长，如童话中魔豆的藤蔓生长。

——新浪中国好书榜榜评

我常常被斯沃普老师的一个个精彩而又富有神秘感的计划吸引得如痴如醉。那些原本对于写作并不拿手的孩子们，在斯沃普老师的教导下都变成了一个个能够写出奇妙文字的“小诗人”……看着他教给学生写作的方法，我也应用它努力地写作。

——小读者酒衷豪《致山姆·斯沃普老师的一封信》

周末爬山途中，一路走一路跟女儿玩儿本书中的“观赏一棵树的十三种方法”，写文字，配图，玩儿得不亦乐乎。已将书中好玩儿的点子推荐给女儿班上的老师和家长们，希望有更多的人受惠于这些快乐的计划。

——亲子阅读践行推广人　宁宇

我真希望能上斯沃普老师的课，在他的课堂上，文字得到精美的包装，树木是灵感的来源，而最糟的情况也不过是无聊而已。这三年的相处过程展现出斯沃普和他的学生的共同点：他们的作品具有强大的力量，优美、原创而且窝心。

——《就是有点冷》作者琳达·普斯坦

可爱，但有时令人心痛……斯沃普让我们看见，当我们培养孩子的想象力并鼓励他们找到内在力量与写出真相时，他们的表现往往令人惊艳。

——《出版人周刊》

这本迷人且令人赞叹的书，非常适合家长、老师与所有关心儿童的人阅读……本书生动记录了一个充满天分与热情的老师指引学生发挥创造力的成果。

——《普罗维登斯快报》

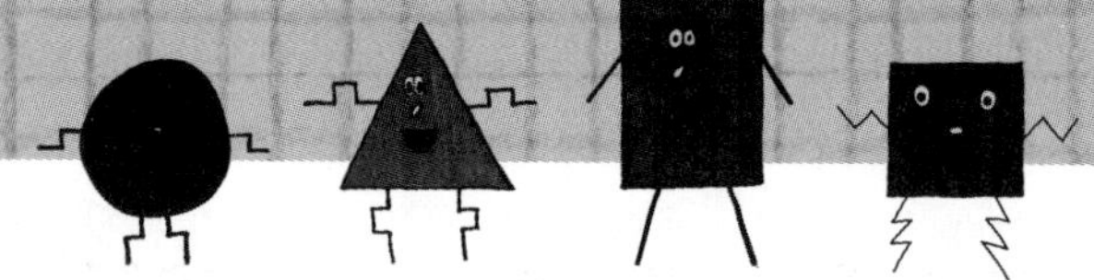

读完这本书，他们这样思考人性和教育：

本书在中国出版后，书中的案例在无数课堂和家庭生活中被重新演绎。在书中，读者可以看到作者对学生的尊重、对教育终极意义的思考，以及作为个体所做的努力。这为正在思考如何让孩子真实地用文字表达自我的中国教育，提供了一条可实现的实践路径。

——《中国教师报》

学生怎么学？教师怎么教？家长怎么引导？读完本书一定会有大长见识、豁然开朗的感觉……教育理念的先进，师生关系的和谐，孩子好奇心的培养、想象力的释放，是对读者至关重要的启示，也是我郑重向各位同行“人学工作者”推荐此书的一条最重要的理由。要做一个“热爱事业与热爱学生相结合的完美教师”吗？建议把这本书列为案头必备。

—— 全国著名语文特级教师　吴昌顺

斯沃普认为写作是完善人的其中一条途径，儿童写作教育更是为了帮助儿童实现自我成长和自我教育，是为了让孩子树立真诚的言说态度和真诚的生活态度。如果说这本书给了我们什么启发，那就是，山姆给了我们当头棒喝——我们通常的技术主义倾向的作文教学忘记了最重要的因素——人。

—— 特级教师、浙江省杭州市天长小学副校长　蒋军晶

斯沃普老师的每一个创意都那么神奇，似乎充满着某种魔力，能勾出孩子无穷尽的灵思妙想来……他教给孩子们的其实不止是写作的秘密，更多的是对于生命的真切关怀。这本书里携带了太多信息，让身为语文老师的我被深深吸引，甚至让我不厌其烦地做起了批注。

—— 中央教科所南山附属学校教师、著名阅读推广人　周其星

非常好的作品。山姆发现这个班上的学生非常可爱，甚至是令人着迷，尤其是那些不听话的孩子……山姆·斯沃普仔细观察班上的孩子学习写出自己的故事与诗的过程，这个题材非常适合制作成戏剧并进行演出。

—— 美国资深幼教专家　维薇安·裴利

这本书向我们权威地证明了，无论一个孩子来自怎样的地方、拥有怎样的背景或者面临何种困境，他都有可能在老师的引导之下疯狂地爱上诗、爱上阅读和写作。任何人若想要在今日的师生身上得到启发，或是想要向作者看齐、让师生关系变成彼此的成长契机，他都应该阅读本书。

——《怪才的荒诞与忧伤》作者戴夫·艾格斯

斯沃普这本动人的杰作让教学回忆录重新获得人们的喜爱……同时展现出前所未见的温柔、洞见与人性关怀。

——《与儿童在一起》作者菲利普·洛佩特

斯沃普从不因为小看孩子而简化活动的复杂程度……读者可以透过孩子们展现的批判性思考、生动的描写，以及运用想象力超越贫穷，看见一个属于自己的世界的能力，体会到斯沃普送给这些孩子的珍贵礼物。

——《洛杉矶时报》

斯沃普让读者重新开始相信，我们每个人的内心深处都有一个诗人，一个充满想象力的人—— 一个孩子。

——《读者文摘》

斯沃普爱他那群聪明、充满想象力而且学习心切的学生（其中大部分是新移民的孩子），而孩子们也因为他做的“蠢事”以及他对他们的着迷而爱他……一本非常可爱的书。

——《芝加哥论坛报》

斯沃普并没有打算爱上这些孩子，但他情不自禁地深深爱上了他们。当孩子们对他产生信任后，他们透过写作所展现的原始力量令人惊讶……假如这本书是我们可以遵行的教学计划，那该有多好！

——《洛杉矶时报书评》

斯沃普从学生身上释放的动力与能量……显示了我们的教育有督促学生发挥潜力并超越自我的必要。这些学生所呈现的成果令人赞叹。

——《天柏论坛报》

图书在版编目（CIP）数据

我是一支爱写作的铅笔 /（美）斯沃普著；汪小英译．
—北京：北京联合出版公司，2015.1
ISBN 978-7-5502-4196-1

Ⅰ.①我… Ⅱ.①斯… ②汪… Ⅲ.①儿童故事－美
国－现代 Ⅳ.①I712.85

中国版本图书馆 CIP 数据核字（2014）第 278451 号

著作权合同登记号图字：01-2014-6729

策划支持：小鲁文化

我是一支爱写作的铅笔

I Am a Pencil

山姆·斯沃普 著　　汪小英 译

项目策划： 禹田文化
责任编辑： 王　巍　赵晓秋　付凤云
版权联系： 杨　娜
封面设计： 大　娟
内文设计： 辰　子

北京联合出版公司出版
（北京市西城区德外大街 83 号楼 9 层 100088）
北京市通州兴龙印刷厂　印刷
总字数 268 千　170mm × 240mm　16 开　22 印张
2015 年 1 月第 1 版　2015 年 1 月第 1 次印刷
ISBN 978-7-5502-4196-1
定价：29.80 元

退换声明：若有印刷质量问题，请及时和印务部门（010-88356856）联系退换。